Eichengrund

Die Angst vor dem Schmerz war grenzenlos. Sie bedeutete alles, und was sie nicht erfasste, war nichts. Grenzenlose, kalte Angst vor dem Unerträglichen, dem unausweichlichen Grauen.

Zwei nackte Füße im gelben Sand. Schutzlose Haut und das Tier, das auf ihr thronte. Das kleine Tier mit dem gebogenen Schwanz und dem spitzen Stachel. Der Stachel, der alles war, der alles bedeutete. Der Stachel, das Tier, die wehrlose Haut. Kein Horizont, kein Raum: nur der Stachel und das, was in seiner Reichweite lag.

Wer diesen Schmerz kannte, wusste, dass es kein Entrinnen gab, konnte nicht fliehen und nicht flehen, weder keuchen noch jammern. Es gab nur den Stachel und das namenlose Entsetzen, das er entfesselte.

»Du hast also keinen Dämon, der für dich sprechen könnte!«, säuselte der Herr des Schmerzes.

Er schoss vor, sein Schwanz zuckte. Dies war der Moment: Leiden ohne Maß, ohne Hoffnung.

Der Mund des Mädchens öffnete sich zu einem letzten stummen Schrei.

»Maya, Maya wach auf! Maya wach auf, du musst atmen!«

Mit einem hässlichen Geräusch strömte Luft in Mayas Lungen. Sie riss die Augen auf und starrte verständnislos in Annikas besorgtes Gesicht. Kein Wüstensand, kein Tier, nur ein grobes, gleichmäßiges Poltern.

»Es war nur ein Traum, hörst du?« Annikas Stimme schien unendlich weit entfernt zu sein. Langsam, sehr langsam wich die Furcht aus Mayas Augen.

»Du hast nur geträumt«, flüsterte Annika. »Du bist hier bei mir. Wir fahren mit dem Zug zu deiner Großmutter!«

Maya ließ ihre Wange in die kühle Handfläche ihrer Freundin sinken. »Wir sind im Zug. Es war nur ein Traum«, wiederholte sie.

»Es ist alles in Ordnung«, bestätigte Annika und strich Maya mit der freien Hand eine verschwitzte Strähne aus dem Gesicht. Sie flüsterte noch viele beruhigende Worte, bis Maya verstand, wo sie sich befand. Die beiden Mädchen saßen im schmucklosen Abteil eines Regionalzuges, dessen altersschwache Räder rhythmisch dröhnend über das vernachlässigte Gleisbett polterten. Es waren Sommerferien, noch viele Wochen Sommerferien!

»Wenn ich eine Ärztin wäre, würde ich dich jetzt fragen, ob du deinen Namen kennst und ob du weißt, woher du kommst und wohin du willst«, bemerkte Annika ironisch, ohne ihre Freundin aus den Augen zu lassen.

Maya verdrehte erschöpft die Augen.

»Ich heiße Maya. Du bist meine beste Freundin. Wir waren die letzten Tage bei mir zuhause in Berlin. Jetzt fahren wir nach Eichengrund ins Schattenmoor, du zu deinen Eltern, ich zu meiner Großmutter. Habe ich den Test bestanden, Frau Doktor?«

»Nicht ganz. Die Notoperation hebe ich mir für später auf«, kommentierte Annika im Tonfall einer Oberärztin. »Entlassen bist du aber noch nicht. Immerhin hast du vieles ausgelassen. Insbesondere über unser Nachtleben der letzten Tage hast du nichts erzählt. Das lässt Schlimmes befürchten!«

Bei dieser Bemerkung ihrer Freundin eroberte ein erstes Lächeln Mayas Mundwinkel. Die letzten Tage waren in der Tat sehr lustig gewesen. In der vergangenen Nacht hatten sie Michael, den Freund von Mayas Mutter, überreden können, sie erst um ein Uhr morgens von der Disco abzuholen. Sicher war dies der Grund dafür, dass Maya im Zug eingenickt war.

»Das war eine harte Nacht, was?«, murmelte sie ihrer Freundin zu und versuchte wie ein alter Cowboy zu klingen.

Annika jedoch wurde wieder ernst.

Markus Tiedemann

Die Wanderheiler
Maya und der Fünfte Kreuzzug

Für Hannelore Hoger, deren Stimme
noch immer die alte Ursel belebt

Für Valeska Lembke, eine wunderbare Lektorin

Für Jascha und Lina – wie schade,
dass Geschichten nicht so schnell wachsen wie Kinder

Für alle, die auf eine friedliche Verständigung
zwischen Christen und Muslimen hoffen

Inhalt

Bibliografische Information der Deutschen Nationalbibliothek
Die Deutsche Nationalbibliothek verzeichnet diese Publikation
in der Deutschen Nationalbibliografie; detaillierte bibliografische Daten
sind im Internet über http://dnb.d-nb.de abrufbar.

Printed in Hungary
Einbandgestaltung: Weiß Freiburg GmbH – Graphik & Buchgestaltung
unter Verwendung einer Illustration von Lina Tiedemann
Satz: Satzstudio Winkens, Wegberg
ISBN 978-3-487-08571-5

Markus Tiedemann

Die Wanderheiler

Maya und der Fünfte Kreuzzug

Mit Illustrationen von
Lina Tiedemann

OLMS

»Hör zu, Maya!«, sagte sie. »Das mit deinen Träumen ist wirklich gruselig. Du bist kaum eingeschlafen, da spreizt du plötzlich alle Viere von dir. Dein Gesicht verzerrt sich zu einer Fratze, und du reißt den Mund auf, ohne zu atmen. Ich habe das nun schon zum dritten Mal bei dir erlebt. Du kannst von Glück sagen, dass wir allein im Abteil sind. Jeder andere hätte den Zug angehalten, den Rettungshubschrauber gerufen oder so was. Maya, man könnte glauben, dass du stirbst.«

»Er bringt mich nicht um, er macht mir nur Angst«, seufzte Maya.

»Wer ist er?«

»Smert!«

»Smert? Wer zum Teufel ist Smert?«

Maya erschrak. Sie hätte diesen Namen nicht aussprechen dürfen. »Bitte, Annika«, sagte sie rasch. »Ich kann es dir nicht erklären. Ich darf es nicht. Ich habe schon viel zu viel gesagt. Glaube mir: wenn es einen Menschen gibt, dem ich gern alles sagen würde, dann dir, aber ich darf nicht.«

»Schon gut, schon gut, ich werde nicht weiter fragen«, versprach Annika. »Ich weiß ja, dass das alles mit jener Nacht zu tun hat. Was immer damals geschah, ich weiß, dass du es für mich getan hast. Am Morgen hast du mir diese wunderbare Heilsalbe gebracht. Seither ist meine Hautkrankheit nur noch ein kleines Ärgernis. Wie könnte ich dir also böse sein? Aber sag diesem Kerl, dessen Namen ich bereits vergessen habe, dass er mächtig Ärger bekommt, wenn er dich weiterhin so quält.«

Die besagte Nacht vor drei Jahren! Ja, sie hatte in der Tat vieles verändert. Maya war damals ein unbekümmertes Mädchen von dreizehn Jahren gewesen. Ein ganz normaler Teenager, der seine Sommerferien bei der Großmutter auf dem Land verbrachte. Ihre braune Hautfarbe und ihre Freizeitbeschäftigung, das Turmspringen, waren damals ihre vielleicht einzigen ungewöhnlichen Eigenschaften gewesen. Mayas Leben war in geordneten Bahnen verlaufen. Dann jedoch hatte eine Nacht alles verändert. Es war die Nacht, in der Maya zu einem Weltenwanderer geworden war. Zuvor hatte sie nichts gewusst von den unsichtbaren Kräften, die Vergangenheit und Gegenwart miteinander verknüpften. Damals war ihr auch nicht bekannt, dass sie einer Familie von Heilern entstammte und die Gabe besaß, in die Vergangenheit zu reisen. Die alte Ursel, Mayas Großmutter, war ein erfahrener Weltenwanderer, aber sie hatte es immer verstanden, diese Gabe vor ihrer Enkelin zu verbergen. All dies hatte sich erst geändert, als Maya begann, die Stimmen von Dämonen zu vernehmen. Dämonen, die Gutes bewirken, und Dämonen, die Krankheit und Tod bedeuten. Und dann war sie ohne die Erlaubnis ihrer Großmutter in die Vergangenheit aufgebrochen, um Annikas Hautkrankheit zu bekämpfen. Es war ein schwerer Fehler gewesen. Niemand durfte ohne die Fürsprache eines Dämons durch die Zeiten reisen. Maya war aber mit keinem Dämon verbunden und Smert, der Wächter zwischen den Welten, wollte sie dafür mit dem Tode bestrafen. Er hatte seinen grausigen Stachel tief in die nackten Füße des Mädchens gestochen, und die Erinnerung an diesen Schmerz ließ Maya auch jetzt, mit offenen Augen noch erzittern. Erst die verzweifelte Fürbitte von Mayas Großmutter und die Aussicht, dass Maya das sagenumwobene Verräterkind sein könnte, hatten Smert dazu bewogen, sein Todesurteil zurückzuziehen. Auch die alte Ursel hatte für Mayas Leben einen hohen Preis bezahlen müssen. Sie hatte Smert ihre tiefsten Geheimnisse offenbart. Es war die Geschichte ihres Sohnes, Mayas Vater. Ein Mann, der schon als Kind die Welt der Heiler hasste und dennoch die Gabe der Weltenwanderer besaß. Nur einmal war er durch die Zeiten gewandert, um das Leben seiner schwangeren Frau zu retten. Er hatte mit Gewalt den Lauf der Geschichte verändert und war auf diese Weise zum Verräter geworden. Smerts Strafe war unerbittlich. Der Wächter zwischen den Welten erlaubte einem mächtigen Dämon, Mayas Vater in die Gegenwart zu folgen. Er fand und tötete Mayas Vater und trachtete auch Maya nach dem Leben. Fast wäre es ihm gelungen. Seit jener Zeit hatte Maya viel von ihrer Großmutter über die Heilkunst gelernt. Sie verstand sich auf die Wirkung zahlreicher Kräuter und lernte, verschiedene Dämonen zu besänftigen. Eine Weltenwanderung hatte sie jedoch nicht wieder unternommen. Sie besaß keinen Dämon und fürchtete sich zu sehr vor Smert. Ein zweites Mal würde er sicher keine Gnade walten lassen.

»Maya! Maya, du träumst ja schon wieder.«

Die Stimme ihrer Freundin verscheuchte Mayas düstere Gedanken.

Annika lächelte. »Wir sind gleich da, die nächste Station ist Eichengrund. Meine Eltern haben versprochen, uns am Bahnhof abzuholen. Wir fahren dich dann zu deiner Großmutter. Freust du dich, sie wiederzusehen?«

»Natürlich«, bestätigte Maya. »Meine Großmutter ist vielleicht ein wenig komisch, aber ich weiß damit umzugehen. Wenn man sie wirklich kennt, muss man sie gern haben.«

»Ja, sie ist toll, die alte Ursel«, stimmte Annika zu. »Nur gelegentlich ist sie etwas schräg! Das ist ein Glück. Ohne sie gäbe es vielleicht gar nichts Spannendes im Schattenmoor.«

»Ja, das stimmt. Meine Großmutter ist für mich kein Problem«, sagte Maya schmunzelnd. »Viel schlimmer ist, dass du nur noch eine Woche hier bist. Es sind noch vier Wochen Ferien. Was soll ich hier im Moor bloß anfangen, während du in Kanada mit den High-School-Boys flirtest?«

»Na komm schon!«, lachte Annika. »Du bist sechzehn Jahre alt. Ein großes Mädchen wie du wird unsere Trennung überstehen. Außerdem könntest du Stefan und Peer den Kopf verdrehen, sofern das nicht schon passiert ist.«

Maya überhörte diese Andeutung. Peer und Stefan waren Freunde, mit denen die Mädchen seit Kindertagen die Sommer im Schattenmoor verbrachten. Sie lebten wie Annika in Eichengrund. Stefan war eine wahre Frohnatur, die selbst über das eigene Übergewicht unablässig scherzte. Er ließ kaum ein Fettnäpfchen aus, schlug aber nur selten wirklich über die Stränge. Zudem war Stefan großzügig. Sein Vater besaß die größte Schweinezucht der Region, und die finanziellen Verhältnisse der Familie waren ebenso rosig wie die Haut ihrer Masttiere. Peers Vater hingegen fand als Zimmermann nur selten eine dauerhafte Beschäftigung. Er lebte mit seinem Sohn in einem bescheidenen Haus am Dorfrand. Sein größter Stolz bestand darin, dass Peer trotz mancher Schwierigkeiten das Gymnasium in der Kreisstadt besuchte. Peer selbst war ein schweigsamer Junge, der nur selten lachte. Er hatte an seiner neuen Schule schon deshalb kaum Anschluss gefunden, weil viele Freizeitaktivitäten für ihn zu teuer waren. Diese Dinge verschwieg Peer seinem Vater. Dafür arbeitete er umso härter, um in der Schule Schritt halten zu können. Maya gehörte zu den wenigen Menschen, mit denen Peer offen über diese Dinge gesprochen hatte. Seither war ein besonderes Vertrauensverhältnis zwischen ihnen entstanden. Annikas Anspielung kam nicht von ungefähr. Wiederholt hatte es Augenblicke gegeben, in denen sich Maya über ihre Gefühle für Peer nicht im Klaren gewesen war.

Erneut war es Annikas Stimme, die Maya aus ihren Gedanken riss. »Hast du alles? Der Zug hält an!«

Mit einem schier endlosen Quietschen kamen die alten Räder zum Stehen. Die beiden Mädchen schulterten ihre Rucksäcke und stiegen aus dem Wagon. Maya war sich sicher, dass der Bahnhof von Eichengrund sich niemals verändern würde. Nichts war je anders gewesen und nichts würde sich je wandeln. Das Gleisbett, das sich zwischen Wiesen und Feldern im Nirgendwo verlor, der baufällige Unterstand mit den verblassten Hinweistafeln, der Bahnsteig, an dem Gras und Löwenzahn nagten, die verrosteten Fahrradständer und die entfernten Umrisse des Dorfes; all dies war für die Ewigkeit geschaffen. Die Zeit perlte an diesem Ort ab wie Regentropfen an einer Glasscheibe.

Die Hupe eines Autos erschallte und Annikas Mutter entstieg einem in die Jahre gekommenen Volvo. Frau Mundschenk war eine große schlanke Frau mit schulterlangen rotblonden Haaren und einem atemberaubend gütigen Lächeln. Sie hatte Maya vor vielen Jahren ins Herz geschlossen, und ein Außenstehender hätte an der Begrüßung nicht erkennen können, wer Tochter und wer Freundin war. Beide Mädchen erhielten einen Kuss auf die Wange und ließen sich nur zu gern durch die Haare streichen. Danach ging Frau Mundschenk voran bis zum Wagen und öffnete den Kofferraum.

»Ihr seht beide so aus, als könntet ihr ein wenig Schlaf gebrauchen«, bemerkte sie lächelnd. »Lange ausruhen könnt ihr euch aber nicht. Morgen Abend ist bereits wieder unser Dorffest, und ihr wisst ja, dass die Discos in der Großstadt dagegen ein Kindergarten sind.«

Annika zwinkerte ihrer Freundin zu. Das Dorffest gehörte zu den festen Ritualen des Sommers, und die Mädchen verbanden viele lustige Erinnerungen mit diesem Ereignis. Nur vor drei Jahren war es anders gewesen. Damals war Maya in der Dunkelheit allein aus dem Dorf zum Haus ihrer Großmutter gegangen. Bei Tag war das einsame Haus im Moor in weniger als zwanzig Minuten zu erreichen. Als Maya aufbrach, herrschte jedoch längst Dunkelheit, und dichter Nebel war aufgezogen. Selbst für ein Mädchen, das die Umgebung kannte, war diese Wanderung ausgesprochen leichtsinnig gewesen. Allerdings konnte sie nicht wissen, dass in der Dunkelheit ein bösartiger Gegner auf sie lauerte: Schleicher, ein Dämon in Katzengestalt, der Maya vom Weg und tief ins Moor lockte. Damals hatte Maya lernen müssen, was Todesangst ist und was es bedeutet, wenn Furcht so stark wird, dass sie Gestalt annimmt. Es war die Nacht, seit der Maya Dämonen erkannte.

Mit einem Seufzer jagte sie die dunklen Gedanken fort und ließ ihren Rucksack in den Kofferraum plumpsen. Annikas Mutter hatte eine unwiderstehliche Art zuzuhören. Hier die Andeutung einer Frage, dort ein kluges Schweigen, und schon sprudelten die Erlebnisse der letzten Woche aus den Mädchen heraus. Kinobesuche, angebranntes Essen und gescheiterte Verabredungen, all dies hatten Annika und Maya erzählt, noch bevor der Bahnhof einen halben Kilometer hinter ihnen lag.

»Das klingt nach einer wirklich guten Zeit«, schmunzelte Frau Mundschenk.

»Ja, es war großartig!«, bestätigte Annika. »Dominique, Mayas Mutter, und Michael, ihr Freund, sind prima. Wenn wir nächstes Jahr wieder bei ihnen sind, wollen sie uns sogar das Tauchen beibringen!«

Maya lachte ebenfalls. Auch sie mochte Michael. Ihre Mutter hatte ihn vor zwei Jahren an Bord eines Forschungsschiffs auf dem Atlantik kennengelernt. Michael war Meeresbiologe, Dominique fotografierte als Taucherin den Meeresgrund, das passte gut zusammen. Natürlich war Maya anfänglich sehr zurückhaltend gewesen, doch Michael hatte sich Stück für Stück ihr Vertrauen verdient. Er besaß zwar noch seine eigene Wohnung, lebte jedoch die meiste Zeit bei ihnen. Seither, so fand Maya, hatte sich vieles verbessert; für ihre Mutter, aber auch für Maya selbst. Es kam jetzt nur noch selten vor, dass die Wohnung leer war, wenn Maya nach Hause kam, und Michael gab sich wirklich große Mühe, ihr zu gefallen. Tatsächlich hatte er die beiden Mädchen nach Strich und Faden verwöhnt.

Auch Mayas Mutter war es sehr wichtig gewesen, dass Annika sich bei ihnen wohlfühlte. Zudem plagte Dominique ein schlechtes Gewissen, da sie erneut zu einer Forschungsreise aufbrechen wollte. Zusammen mit ihrem Freund hatte sie die Mädchen zum Bahnhof gebracht. Danach waren die beiden gleich weiter zum Flughafen gefahren. Diesmal lag ihr Forschungsschiff im arabischen Meer. Ihre Aufgabe bestand darin, die Auswirkungen von Fischerei und Bauwirtschaft auf die dortigen Korallenriffe zu dokumentieren. Korallenriffe gehörten zu Michaels Spezialgebiet, und er konnte sich stundenlang über ihre Zerstörung erregen. Er schimpfte über Sporttaucher, die sich Erinnerungsstücke abbrachen, oder über Staaten, die künstliche Inseln für Touristen aufschütteten, ohne die Auswirkungen auf die Meeresströmungen zu beachten.

Dominique hatte aus unterschiedlichen Motiven angeheuert. Zum einen liebte sie das Meer und das Tauchen. Zum anderen war die Arbeit als Taucherin sehr gut bezahlt, und Maya und sie konnten das Geld gut gebrauchen. Vor allem aber brauchte Dominique einen Tapetenwechsel. Das vergangene Jahr hatte sie damit verbracht, ihre Doktorarbeit über die zerstörerische Wirkung von Schleppnetzen zu verfassen. Vor wenigen Wochen war die Arbeit abgegeben worden. Zur Feier des Tages hatte Maya ihrer Mutter Spaghetti gekocht, und sie hatten bis spät in der Nacht in der Küche gesessen. Damals war es Maya gelungen, ihre Mutter zu überreden, das Angebot der Forschungsreise anzunehmen. »Ich habe Großmutter ohnehin versprochen, den Sommer bei ihr zu verbringen, und du brauchst mal wieder Schwielen vom Tauchen statt vom Tippen!«

»Nun gut!«, hatte Mayas Mutter schließlich geantwortet. »Aber in der letzten Woche komme ich auch ins Schattenmoor. Ich will sowieso herausfinden, was du und deine Großmutter für geheimnisvolle Dinge treibt. Ich habe längst verstanden, dass es sich um mehr als nur um Kräuter und Salben handelt!«

»Ich habe übrigens eine kleine Überraschung«, sagte Frau Mundschenk zu Annika und durchkreuzte damit Mayas Erinnerungen. »Benita ist zu Besuch bei uns. Sie bleibt noch fast eine Woche, bevor sie zurück zu ihrer Tanzschule muss.«

»Super, das wird cool!«, rief Annika, und zu Maya gewandt fügte sie hinzu: »Benita ist die beste Freundin meiner Mutter. Sie ist Mexikanerin und so was wie eine Garantie für gute Laune. Wir haben immer Spaß, wenn sie uns besucht. Sie bringt sogar meinen Vater dazu, Tanzschritte einzuüben!«

»Diesmal ist es noch nicht dazu gekommen«, lachte Frau Mundschenk. »Wie du weißt, besucht dein Vater den Kirchentag. Er kommt erst übermorgen zurück, damit wir dich gemeinsam zum Flughafen bringen können.«

Der Wagen hatte gerade die bescheidene Kreuzung erreicht, an der die Hauptstraße ins Dorf und ein Feldweg durch eine Eichenallee zum einsamen Haus im Moor führte.

»Darf ich bitte hier aussteigen?«, fragte Maya einer plötzlichen Laune folgend. »Ich gehe am ersten Tag immer so gern zu Fuß durch die Eichenallee!«

Annikas Mutter brachte den Volvo zum Stehen, runzelte aber die Stirn.

»Nun ja, es spricht eigentlich nichts dagegen, schließlich ist es heller Tag. Andererseits kannst du sicher verstehen, dass ich kein gutes Gefühl dabei habe, dich ausgerechnet diesen Weg allein gehen zu lassen.«

»Aber ich werde ab morgen jeden Tag mindestens einmal diese Strecke allein zurücklegen«, gab Maya zu bedenken.

»Na komm schon, Mama!«, half Annika nach. »Die Lust auf Moorspaziergänge ist Maya bestimmt für alle Zeiten vergangen.«

Frau Mundschenk gab sich geschlagen. »Immerhin habe ich vorhin gesehen, dass Doktor Lambrecht zur alten Ursel gefahren ist. Ihn werde ich fragen, ob du sicher angekommen bist.«

Zwei Minuten später hatte Maya ihren Rucksack geschultert und schlenderte vergnügt durch die Eichenallee. Schon bald lag auch die verrostete Hinweistafel hinter ihr, die davor warnte, die Wege zu verlassen.

In einiger Entfernung wurde die alte Wassermühle sichtbar. Das Gemäuer hatte Maya schon immer fasziniert. Die Leute behaupteten zwar, dass es dort spukte, doch seit Peer ihr gezeigt hatte, dass dort Fischotter ihre Jungen aufzogen, wurde Maya fast magisch von diesem Ort angezogen. Allein hatte sie es allerdings noch nicht gewagt, in die Ruine einzusteigen. Eine staubige Dunkelheit gähnte hinter den zersprungenen Fensterläden und lockte mit Geheimnissen, Furcht und Abenteuern. Das Dach war an mehreren Stellen eingestürzt und Efeuranken bahnten sich ihren Weg unter die Dachziegel. Zögernd trat Maya einen Schritt auf die Mühle zu. Der Wunsch, die Otter auf eigene Faust zu beobachten, war ebenso mächtig wie die Furcht vor der Einsamkeit in der feuchten Dunkelheit der Kellergewölbe. Unschlüssig trat das Mädchen von einem Bein auf das andere. Maya war so hin und her gerissen, dass sie meinte, von einer unbekannten Stimme gerufen zu werden.

»Na komm schon, Heilertochter! Komm rein und schau dir die Gespenster an!«

Maya erschrak. Die Stimme in ihrem Kopf war einen Hauch zu real gewesen.

»Vorsicht, Maya!«, ermahnte sie sich selbst. »Lass deine Fantasie nicht mit dir durchgehen. Außerdem ist es keine gute Idee, allein in die Mühle zu gehen. Schleicher könnte noch immer in der Gegend sein und ein unheimliches altes Gebäude wäre das perfekte Versteck für einen Dämon.« Sicher würde der Kater Maya nur zu gern erneut an einen Ort locken, an dem Angst und Schrecken Gestalt annehmen konnten.

Wieder erklang die Stimme in ihrem Kopf. »Na los jetzt, Heilertochter! Wenn du dich nicht endlich traust, wird es nie was mit uns beiden!«

Maya legte die Stirn in Falten. »Na los jetzt«? So sprach vielleicht ein Teenager, aber sicher kein Dämon. Wahrscheinlich war sie übermüdet, und ihre Fantasie war im Begriff, mit ihr durchzugehen. Eine Weile überlegte Maya, ob sie nun erst recht in die Mühle gehen sollte. Es wäre eine gute Gelegenheit gewesen, sich in der Kontrolle von Gefühlen und Einbildungskraft zu üben.

Das Dröhnen eines Motorrades machte ihren Überlegungen ein Ende. Es war Doktor Lambrecht, der auf seinem museumsreifen Motorrad samt Beiwagen den holprigen Weg vom Moorhaus herangepoltert kam. Maya verkniff sich ein Grinsen. Mit seiner Lederkappe und der froschartigen Schutzbrille gab der kleine rundliche Landarzt ein gleichermaßen liebenswertes wie komisches Bild ab. Auch an ihm schien die Zeit spurlos vorüberzugehen. Allerdings bemerkte Maya, dass der Arzt eine bessere Körperhaltung hatte. Er schien gerader auf seinem Gefährt zu sitzen. Auch als er abstieg und Maya herzlich begrüßte, wirkte er ein wenig straffer und frischer als in den vergangenen Jahren. Maya freute sich sehr. Sie hatte den Landarzt immer gemocht. Besonders freute sie, dass Doktor Lambrecht ihrer Großmutter den Hof machte. Er gehörte zu den wenigen Menschen, die sofort den weichen Kern hinter der harten Schale der Alten erkannt hatten. Mit der Zeit war aus der gemeinsamen Betreuung von Patienten eine Freundschaft und schließlich eine echte Beziehung erwachsen. Die beiden gaben ein merkwürdiges und gegensätzliches Paar ab. Die alte Ursel war oft mürrisch, und ihre spitze Zunge war gefürchtet. Viele Leute nahmen ihre Heilkunst in Anspruch, aber hinter vorgehaltener Hand tuschelte man über finstere Machenschaften und unheimliche Rituale. Doktor Lambrecht hingegen schien mit einem Lächeln geboren zu sein. Er hatte sich von der bärbeißigen Art der Alten nicht einschüchtern lassen. Zudem hatte er nie danach gefragt, worin genau ihre Heilkünste bestanden. Dieser stillschweigende Pakt war die Grundlage für ihre Beziehung. Hinzu kam, dass der

Charme des Landarztes mit der Zeit jeden Fels erweichen konnte. Er sprach gern und viel. Dabei sparte er nicht mit Komplimenten, was Maya ebenfalls zugutekam.

»Herzlich willkommen!«, lachte der Arzt, während er seine Schutzbrille in die Stirn schob. »Ich hätte dich fast nicht erkannt. Wer hätte gedacht, dass du dieses Jahr noch hübscher werden würdest. Wenn es so weitergeht, musst du die Heilkunst deiner Großmutter nicht mehr erlernen, dein bloßer Anblick wird in den Menschen die Lebensfreude wecken. Nein, nein, du brauchst gar nicht rot zu werden! Ein alter Greis wie ich darf so etwas sagen. Außerdem wird deine Großmutter bestimmt kein Wort darüber verlieren, was für eine Augenweide du geworden bist. Stattdessen wird sie dich gleich mit Kräuterkunde quälen. Dabei ist sie ganz vernarrt in dich. Die alte Ursel hat mich regelrecht vom Hof gejagt, damit sie ihre Enkelin ganz für sich allein hat. Sie freut sich schon seit Tagen, auch wenn der alte Drache das natürlich niemals zugeben würde.«

Maya entgegnete einige Höflichkeiten und setzte hinzu: »Auch ich freue mich auf meine Großmutter. Ihre Art macht mir nichts aus und ich will wirklich so viel wie möglich von ihr lernen.«

»Oh, es ist wunderbar, dich so reden zu hören«, schwärmte Doktor Lambrecht. »Du bist ja schon so etwas wie eine junge Kollegin. Wie du weißt, schätze ich die Heilkunde sehr. Ich verstehe nicht wirklich, was ihr da so treibt, aber mir ist alles lieb, was Krankheiten lindert. ›Wer heilt, hat Recht!‹, so lautet mein Wahlspruch. Die Zusammenarbeit mit deiner Großmutter ist mir eine große Ehre. Nur schade, dass deine Großmutter nicht genauso über meine Künste denkt. Soll ich dir einmal verraten, was gelegentlich durch mein altes Hirn geistert?«

Maya lächelte unsicher, aber der Landarzt wartete ohnehin nicht auf eine Antwort.

»Stell dir einmal vor, du würdest von der alten Ursel zu einer richtig guten Heilerin ausgebildet werden, anschließend studierst du Medizin und übernimmst meine Praxis!«

Nun war Maya endgültig überfordert.

»Ich habe gerade erst die neunte Klasse abgeschlossen«, stammelte sie.

Doktor Lambrecht beeilte sich, ihre Unsicherheit aufzufangen: »Natürlich, natürlich! Es handelt sich auch nur um die Tagträume eines verrückten Landarztes, der seine Patienten in gute Hände übergeben will. Wer weiß, was du später einmal machen willst. Wahrscheinlich würde uns die alte Ursel ohnehin erschlagen, wenn du dich für klassische Medizin interessieren solltest.«

»Ja, das wäre zu befürchten«, lachte Maya zaghaft.

»Ein Anliegen habe ich aber noch«, ergänzte der Doktor, während er sein Motorrad bestieg. »Es handelt sich um eine junge Patientin von mir. Seit über einem Jahr verweigert sie eine vernünftige Ernährung. Ich bin mit meinem Latein am Ende. Noch ein paar Wochen und ich werde sie ins Krankenhaus schicken müssen. Das bedeutet Schläuche und künstliche Ernährung. Mit viel Überredungskunst habe ich die Eltern des Mädchens für einen Hausbesuch der alten Ursel gewinnen können. Wir haben gerade gemeinsam diesen Fall besprochen und deine Großmutter hat vorgeschlagen, dich zu diesem Hausbesuch mitzunehmen. Vielleicht ist das keine schlechte Idee. Das Mädchen ist nur wenig älter als du und es würde mich interessieren, wie du über ihr Verhalten denkst.«

So viel Anerkennung machte Maya sprachlos.

»Mach den Mund zu, Mädchen!«, lachte der Arzt, während er den Motor startete. »Vor allem aber solltest du dich auf den Weg machen. Wenn ich dich noch länger aufhalte, wird die Alte mich in jedem Fall erwürgen. Sie hat irgendwie gewusst, dass du zu Fuß kommst und sie hat mir aufgetragen, dich nur kurz zu grüßen. Besonders hier an der Mühle sollte ich dich in Ruhe lassen. Sie ist eben wirklich ein rätselhaftes Frauenzimmer, deine Großmutter!«

Mit diesen Worten brauste er davon, während Maya schmunzelnd zurückblieb. Sie dachte noch kurz an die Stimme aus der Wassermühle, marschierte dann aber in Richtung Moorhaus.

Das Ende der Eichenallee kam schnell in Sicht. Dahinter lag ein kreisrunder Erdwall, der das Haus der Großmutter von den Sumpfwiesen abschirmte, aus denen bereits die ersten Nebelbänke aufstiegen. Das kleine Backsteinhaus mit den moosbewachsenen Holzschindeln stand in der Mitte des Kreises zwischen drei beeindruckenden Trauerweiden. Maya wollte gerade die windschiefe Gartenpforte öffnen und nach ihrer Großmutter rufen, als die Alte plötzlich wie aus dem Nichts neben ihr stand.

»Wir begrüßen uns wie echte Heiler«, raunte sie und legte ihrer Enkelin einen Finger auf die Lippen. »Alles Weitere machen wir später, meine Kleine.«

Maya war sofort einverstanden. Voller Vorfreude schloss sie die Augen, als die Alte ihr die Hände um die Wangen legte. Mayas Großmutter vermochte ihre Aufmerksamkeit so sehr zu bündeln, dass sie damit die Körperteile anderer Menschen untersuchen konnte. Die Energie sammelte sich wie eine warme Quelle hinter Mayas Stirn und durchströmte von dort mal diesen, mal jenen Körperteil, bevor sie sie schließlich mit einem erfrischenden Prickeln verließ.

Als Maya die Augen öffnete, lächelte die alte Ursel zufrieden.

»Gut, gut, so soll es sein«, raunte sie. »Und nun bist du an der Reihe. Zeig deiner Großmutter, welche Fortschritte du gemacht hast.«

Maya atmete tief durch. Sie hatte in den letzten Jahren viele, viele Stunden hart an sich gearbeitet. In den Sommerferien war sie ausgiebig von ihrer Großmutter unterrichtet worden und auch daheim hatte sie ihre Übungen fortgesetzt. Wahrscheinlich verbrachte sie bereits ebenso viel Zeit mit der Heilkunst wie mit ihrem Lieblingssport, dem Turmspringen. Es bestand sogar eine sonderbare Beziehung zwischen diesen beiden Leidenschaften. Der Sport hatte Maya gelehrt, eine Übung diszipliniert zu wiederholen, bis sich die Ergebnisse verbesserten. So wie sie beim Einüben eines Sprunges ihren Körper darin trainierte, verlässlich die gleichen Figuren zu formen, so ging es in der Heilkunst darum, die Einbildungskraft zuverlässig auf einen Punkt zu richten. Entschlossen schob sie die Hände um das faltige Gesicht ihrer Großmutter und schloss erneut die Augen.

Zunächst fiel es Maya schwer, sich zu konzentrieren, und sie spürte nur die wettergegerbte Haut unter ihren Fingern. Dann jedoch gelang es Maya, ihre gesamte Aufmerksamkeit zwischen ihren Handflächen zu bündeln. Das Bild, das sich vor ihrem geistigen Auge formte, war ausgesprochen erfreulich. Maya glaubte eine Ziege zu sehen, die übermütig über eine Wiese sprang und ihre Hörner trotzig mal in die eine, mal in die andere Richtung stieß. Der Geist der alten Ursel schien erfreulich vital zu sein. Es erwies sich jedoch als weit schwieriger, die Aufmerksamkeit durch den Körper der Alten wandern zu lassen. Immer wieder entglitt Maya die Konzentration und sie musste ihre Energie mühsam wieder an einem Punkt sammeln. Die Bilder, die sie wahrnahm, waren undeutlich und flüchtig. Immerhin vernahm sie aus der Brust der Alten ein regelmäßiges Dröhnen, und Maya glaubte einen Ackergaul zu sehen, der mürrisch, aber ohne echte Anstrengung einen Pflug durch die Erde zog. In der Nähe des linken Ellenbogens spürte Maya ein brennendes Stechen und sie sah eine Wespe, die über einen schrumpeligen Apfel kroch. Der Rücken der Alten beschäftigte Maya am stärksten. Eine Mischung aus Müdigkeit und Schmerz stieg in ihr auf, und sie empfand das starke Bedürfnis, sich zu strecken. Maya dachte an einen Esel, der erschöpft schwere Lasten über weite Distanzen transportierte. Sie hätte gern mehr erfahren, aber die Aufmerksamkeit entglitt ihr und zog sich schließlich in ihre Hände zurück.

Vielleicht hatte die Alte auch nachgeholfen. Maya kam sich vor wie ein Besucher, den man zunächst hereingebeten hatte und der dann recht unsanft vor die Tür gestellt worden war.

Ihre Großmutter grinste schelmisch, als Maya die Augen aufschlug. Dann tätschelte sie ihrer Enkelin anerkennend die Schulter.

»Du bist eine gute Schülerin, Maya! Ich hätte nicht gedacht, dass du bereits so weit kommst.«

»Ich gebe mein Bestes, aber es ist wirklich nicht leicht«, schnaufte Maya erschöpft.

»Papperlapapp! In ein paar Jahren geht es fast von selbst. Komm ins Haus, du hast dir einen Tee verdient!«

Maya liebte den Geruch des Moorhauses, besonders dann, wenn er sich wie jetzt mit dem Duft gebackenen Brotes und frischer Kräuter verband. Durch die Haustür waren sie direkt in die Wohnküche eingetreten. Diese bildete den Mittelpunkt des kleinen Gebäudes. Von hier führten drei Holztüren in ein winziges Badezimmer, das Schlafzimmer und in die Kräuterkammer der alten Ursel. Zudem erreichte man über eine leiterartige Holztreppe die Dachkammer, die einst das Zimmer von Mayas Vater gewesen war und nun erneut Mayas Reich sein würde. Darüber befand sich nur noch das Eulenloch, in dem Bartholomäus, der große Uhu, sein Zuhause hatte. Im Stillen hatte Maya gehofft, auch von ihm begrüßt zu werden. Seit drei Jahren wusste sie, dass Bartholomäus kein gewöhnlicher Greifvogel, sondern ein mächtiger Dämon war, der sein Schicksal an das der alten Ursel gebunden hatte. Durch ihre Verbindung besaß die Alte außergewöhnliche Heilkräfte, und gemeinsam war es ihnen möglich, in die Vergangenheit zu reisen, um dort die Entstehung bösartiger Dämonen zu verhindern. Bartholomäus war der erste Dämon, dessen Stimme Maya vernommen hatte und er war ihr ein mindestens ebenso wichtiger Lehrmeister geworden wie die alte Ursel selbst. Maya wusste, dass Bartholomäus sie für das Verräterkind hielt, auch wenn er ihr niemals verraten hatte, was genau es damit auf sich hatte.

»Bartholomäus wohnt doch noch im Eulenloch, nicht wahr?«, fragte Maya, obwohl sie die Antwort kannte.

»Selbstverständlich!«, lächelte die Alte. »Da gehört er hin und dort soll er auch bleiben.«

Mit diesen Worten stellte sie zwei große Becher mit Tee und mehrere beeindruckende Butterbrote auf den Tisch.

Während Maya das frische Brot genoss und an ihrem würzigen Tee nippte, ließ sie ihre Augen durch den Raum wandern und versuchte, die verschiedenen Früchte, Gräser und Blumen zu identifizieren, die sich auf den Holzregalen stapelten oder zu Sträußen gebunden von der Decke hingen.

»Na, was siehst du?«, fragte die Alte.

»Also, der kleine Strauß am Fenster ist nicht für die Heilkunst bestimmt. Den hat Doktor Lambrecht dir mitgebracht. Dort hinten sind getrocknete Eicheln. In dem Strauß in der Ecke befinden sich Wollgras und Sonnentau. Das rote Pulver auf der Arbeitsfläche lässt Verstopfungen verschwinden. Du hast mir aber noch nicht gezeigt, woraus es gewonnen wird.«

»Gut, sehr gut! Und was ist in dem Tee?«

Maya runzelte die Stirn und nahm vorsichtig einen weiteren Schluck. Langsam ließ sie das Getränk über ihre Lippen zum Gaumen strömen.

»Also ich tippe auf eine große Menge Johanneskraut und Kamillenblüten, dazu Melisseblätter, Lavendelblüten, Brombeerblätter und vielleicht ein wenig Minze. Es befindet sich noch etwas darin, aber ich kann es nicht herausfinden.«

»Sehr gut. Sehr gut. Wir machen Schluss für heute.«

»Du wirst mir die letzte Zutat also nicht verraten?«, empörte sich Maya.

»Heute nicht.«

»Das war ja klar!«

Maya schüttelte belustigt den Kopf. Draußen wurde es dunkel und der Tee entfaltete die erwartete Wirkung. Es war, als würde sich die Abenddämmerung selbst auf Mayas Augenlider schleichen. Ihre Großmutter beobachtete sie vergnügt und stemmte sich dabei eine Hand ins Kreuz. Dies erinnerte Maya an einen Punkt, den sie noch ansprechen wollte.

»Um deine Rückenschmerzen musst du dich bald mal kümmern«, bemerkte sie möglichst beiläufig, während sie ihren Teller abspülte.

Die Antwort fiel erwartungsgemäß grantig aus.

»Das geht dich gar nichts an, meine Kleine!«, knurrte die Alte. »Nur, weil du ein paar wackelige Anfangsschritte in der Heilkunst gemacht hast, kannst du mir noch lange keine Ratschläge erteilen.«

»Man muss keine Heilerin sein, um zu bemerken, dass es dir im Kreuz schmerzt. Deine Körpersprache verrät es«, gab Maya zurück.

»So so, und wahrscheinlich kannst du mir jetzt auch eine hilfreiche Salbe zusammenbrauen.«

Maya wich dem stechenden Blick der Alten aus.

»Es gibt weitere Heilmethoden. Hast du schon mal darüber nachgedacht, mit Sport anzufangen?«

»Sport?« Die Alte sprach das Wort aus, als habe ihre Enkelin ihr einen Außerirdischen vorgestellt.

»Ja, Sport. Gezieltes Krafttraining zum Beispiel ist sehr erfolgreich in der Bekämpfung von Rückenschmerzen und Haltungsschäden.«

»Krafttraining, Haltungsschäden. Ihr seid wohl alle verrückt geworden!«

»Ihr?« Maya ahnte, dass es einen Verbündeten gab. »Hat Doktor Lambrecht dich auch schon zum Sport überreden wollen?«

Jetzt kam die alte Ursel richtig in Fahrt. »Der olle Lambrecht hat vollständig den Verstand verloren. Er hat seine Sprechstunden reduziert und so einem jungen Ding ohne jede Erfahrung einen Teil seiner Patienten übergeben. Er will die Zeit nutzen, um sich mehr um die eigene Gesundheit zu kümmern. Er ist sogar in so einen Sportclub in Torfstedt eingetreten und möchte, dass ich ihn einmal in der Woche begleite.«

»Aber das ist eine sehr gute Idee«, warf Maya ein.

»Schlag dir das aus dem Kopf«, knurrte ihre Großmutter. »Stell dir vor, man rudert dort ohne Wasser oder läuft wie eines von diesen armen Versuchstieren auf der Stelle. Wahrscheinlich meint der Doktor, dass ich mir eine dieser Jogginghosen kaufen soll. Aber da hat er sich getäuscht. Er kann sich allein zum Affen machen. Ich werde das bisschen Stolz, das mir geblieben ist, bewahren.«

Die Alte grummelte noch einige Bemerkungen vor sich hin und verschwand dann ohne ein weiteres Wort in der Kräuterkammer. Maya lächelte. Sie hatte das grantige Auftreten ihrer Großmutter kennen und lieben gelernt. Zudem kroch die Müdigkeit wie eine Kletterpflanze an ihr empor. Nach einem kurzen Aufenthalt im Badezimmer stieg Maya zur Dachkammer hinauf. Auch in diesem Jahr sprach die Vorbereitung des kleinen Raums für sich. Am Fenster stand ein frischer Strauß aus blauen Blumen. An dem Stützpfeiler, der das Dach trug, hing ein Bademantel, der nach Rosen und Thymian duftete, und auf dem frisch bezogenen Bett lag der alte Stoffhase, den Maya vor Jahren einmal bei der Großmutter vergessen hatte.

Nach einer Weile löschte Maya das Licht. Genüsslich kroch sie in die Federn. Kurz darauf verriet das Flattern kräftiger Flügel, dass der große Uhu seinen Flug durch die Nacht begann.

Unterricht im Nebel

Eine wohlige Wärme weckte Maya aus dem Schlaf. Es war mitten in der Nacht, und Maya wollte sich schon wieder auf die Seite drehen, als sie ihre Großmutter bemerkte. Die alte Ursel hatte sich auf die Bettkante gesetzt und die Füße ihrer Enkelin mit den Händen umfasst. Maya verstand zunächst nicht, was das sollte, dann entdeckte sie den silbrigen Lichtschein, der durch das Dachfenster hereinleckte.

»Vollmond!«, stöhnte sie.

»Ja, Vollmond«, bestätigte die Großmutter. »Es tut mir leid, aber dies ist der einzige Vollmond während deines Aufenthaltes. Wir können den Unterricht also nicht verschieben.«

Maya erhob sich und kramte widerwillig einen warmen Pullover aus ihrem Rucksack. Sie wusste, was auf sie zukam, und sie erinnerte sich daran, wie sehr sie im vergangenen Jahr gefroren hatte. Kurze Zeit später standen sie im Garten des Moorhauses. Die alte Ursel hantierte mit einem kleinen Weidenkorb, während Maya sich die Arme um den Leib schlang und von einem Bein auf das andere trat. Der Vollmond hatte das Moor in milchiges Licht gehüllt. Nebelbänke bedeckten den Boden, und nur hier und da ragten Schilfgräser oder abgestorbene Bäume empor.

»Kannst du die drei Birken auf unserer rechten Seite erkennen?«, fragte die alte Ursel.

Maya nickte.

»Gut. Deine erste Aufgabe besteht darin, uns trocken dorthin zu bringen. Danach verrate ich dir, wie es weitergeht.«

Es war nicht das erste Mal, dass sich die Alte von ihrer Enkelin durch den Sumpf führen ließ. Im vergangenen Sommer hatten sie dies mehrfach geübt, und Maya glaubte sich bereits recht sicher im Moor bewegen zu können. Sie hatte ein Gespür dafür entwickelt, welcher Untergrund den Füßen Halt gab und welche Bereiche tückisch waren. Stellen, an denen das Gras emporwuchs oder an einen ungekämmten Haarschopf erinnerte, standen in der Regel auf festem Untergrund. Lagen die Halme jedoch glatt oder gewellt, so trieben sie oft auf der Oberfläche eines Tümpels, dessen Grund sich nur erahnen ließ. Trotz ihrer Erfahrung war es nicht leicht, zu den Birken zu gelangen. Dieser Teil des Sumpfes war Maya unbekannt und der Nebel gab nur die unmittelbare Umgebung preis. Alles andere war verhüllt von einer Decke aus grauen Schwaden, unter denen es gurgelte und gluckste.

Maya war stolz darauf, oberhalb der Waden trocken geblieben zu sein, als sie ihre Hand auf die silbrige Rinde einer Birke legte. Die alte Ursel war ihr scheinbar mühelos gefolgt. An ihr hatte die Feuchtigkeit nur bis zu den Knöcheln geleckt.

»Gut, sehr gut, meine Kleine«, murmelte die Alte, während sie sich nach einer Pflanze bückte. »Nun sage deiner Großmutter, was dies für ein Kraut ist und wozu man es verwendet.«

»Das ist echter Baldrian«, antwortete Maya ohne Zögern. Sie war froh, zu Beginn der Befragung eine leichte Aufgabe gestellt bekommen zu haben. »Sein lateinischer Name ist *Valeriana officinalis*. Uns interessiert vor allem die Wurzel, da wir aus ihr einen sehr bekömmlichen Beruhigungstee brühen können.«

»Was aber, wenn die Schlafprobleme gar nicht durch innere Unruhe, sondern durch Verdauungsschwierigkeiten hervorgerufen werden?«, fragte die Alte weiter.

»Nun, in diesem Fall müssen wir zunächst herausfinden, ob die Beschwerden eher mit dem Magen und dem Darm oder mit der Blase und der Niere zusammenhängen.«

»Nehmen wir an, es geht um Magenschmerzen eines stark übergewichtigen Mannes, der zudem unter starken Darmwinden leidet«, schlug die alte Ursel vor, während sie den Baldrian in ihren Korb legte.

»In diesem Fall würde ich es mit Kamille für den Magen und Blutwurz für den Darm versuchen«, entgegnete Maya.

»Und wenn es sich um die Blasenentzündung einer schlanken Frau von etwa fünfzig Jahren handelt?«

»Nun, dann halte ich Bärentrauben für die richtige Wahl. Der lateinische Name ist *Arctostaphylos uva-ursi*. Für den Tee sollte man aber nur die Blätter verwenden.«

»Sehr gut, mein Kind«, lobte die Alte. »Mach dich nun auf und sammle die genannten Kräuter zusammen. Ich werde derweilen meine eigenen Aufgaben erledigen.«

»Ich soll alleine ins Moor gehen?«, staunte Maya.

»Da die Pflanzen wohl kaum hierherkommen werden, bleibt dir wohl nichts anders übrig«, spottete ihre Großmutter. »Ich schlage aber vor, dass du dich nicht weiter als geschätzte zwanzig Meter von den Birken entfernst. Wenn dir etwas zustößt, werde ich dich retten.«

Maya ahnte, was die Alte mit dieser Aufgabe bezweckte. Sie sollte sich nicht nur im Auffinden von Heilpflanzen üben, sondern auch daran arbeiten, ihre Ängste zu beherrschen. Widerstrebend machte sie sich auf den Weg in die Dunkelheit. Der Nebel wich zur Seite, als Maya die unmittelbare Umgebung der Birken verließ. Doch als sie zurückblickte, hatten sich die grauen Schwaden erneut hinter ihr geschlossen. Auch die alte Ursel war aus dem Umkreis der Birken verschwunden. Unbehagen und Ärger stiegen in Maya empor. Der Sinn der Übung war zu offensichtlich. Es galt die Kräuter zu finden, bevor die Angst sie übermannte. Trotzig bewegte sich Maya in einer spiralförmigen Bewegung um die Birken herum. Trotz des Vollmondes musste sie sich immer wieder bücken und die Pflanzen betasten, um sie bestimmen zu können. Feuchtigkeit drang in ihre Ärmel und ließ den Stoff klamm und kalt an ihren Handgelenken kleben. Blutwurz und zwei weitere Kräuter waren schnell gefunden. Bärentraube jedoch suchte sie vergebens. Kamille wuchs ohnehin nicht im Moor. Es musste über eine halbe Stunde vergangen sein, und Maya kam es vor wie eine Ewigkeit. Ihre Beine waren nass, und kalte Schauer liefen ihren Rücken hinunter. Sie wollte ihre Suche gerade aufgeben, als sich in einiger Entfernung die Umrisse eines niedrigen Gestrüpps abzeichneten. Maya wandte den Kopf und schätzte ihren Abstand von den Birken. Es waren bereits sicher mehr als zwanzig Meter und das Gestrüpp lag mindestens weitere zehn Schritte entfernt. Unsicher blieb sie stehen. Hatte sich etwas in dem Strauch bewegt? Lauerte dort Gefahr? Ärgerlich wischte Maya ihre Befürchtungen beiseite. Es waren Gedanken wie diese, die Dämonen heraufbeschworen. Vorsichtig, aber entschlossen bewegte sich Maya auf die Sträucher zu, die nun an ein auf der Lauer liegendes Krokodil erinnerten. Mayas Herz pochte. Noch zwei Schritte, noch einer, dann strich ihre Hand über kleine, erstaunlich dicke Blätter.

»Ja, Bärentraube ist wirklich schwer zu finden, aber hatten wir nicht ausgemacht, dass du dich nicht weiter als zwanzig Meter von den Birken entfernen solltest?«

Maya musste sich nicht umdrehen, um zu wissen, dass die alte Ursel hinter ihr stand. Ärgerlich richtete sie sich auf.

»Du kennst den Sumpf viel besser als ich. Wahrscheinlich ist dies der einzige Strauch weit und breit. Du wusstest, dass ich hierherkommen musste.«

Die alte Ursel grinste. »Du bist ein kluges Mädchen, und wie ich sehe, hast du erfolgreich gesucht. Zeig deiner Großmutter, was du gefunden hast.«

Maya hielt der Alten ihre Pflanzen entgegen. »Du wirst mich nun fragen, warum ich auch Ackerschachtelhalm gepflückt habe und ich werde dir antworten, dass es ein gutes Mittel gegen Gicht und Rheuma ist und es nicht schaden könnte, es in die Teemischung für den übergewichtigen Mann zu geben. Dann wirst du fragen, warum ich die Blutreinigung nicht dem Blutwurz überlasse und ich werde antworten, dass der Name nicht von der blutreinigenden Wirkung, sondern von der Farbe der Wurzeln geprägt wurde.«

Der Groll ihrer Enkelin schien die alte Ursel wenig zu beeindrucken. »Werde ich noch weitere Fragen stellen?«

»Davon gehe ich aus«, maulte Maya. »Wahrscheinlich wirst du mir nun deinen Korb zeigen und ich werde dir sagen, dass sich darin

Schafgarbe, Spitzwegerich und Wasserdorst befindet. Aus der Schafgarbe machst du vielleicht einen Tee für ein Mädchen, das unter Regelschmerzen leidet. Aus Spitzwegerich lässt sich Hustensaft gewinnen, auch wenn die meisten Heiler sagen, dass man ihn im Frühsommer ernten soll. Wasserdorst wird in der Regel zur Wundheilung verwendet. Du pflückst und verarbeitest ihn nur in Vollmondnächten.«

»Kannst du noch eine Frage von mir voraussagen?«

»Nein, aber zur Abwechslung könntest du dich danach erkundigen, wie es mir geht. In dem Fall würde ich dir antworten, dass ich kalt und müde bin und dass ich keinerlei Lust mehr verspüre, bei Nacht durch den Sumpf zu laufen.«

»Vielleicht solltest du die Fragen stellen und ich antworte!«, schlug die Alte vor.

»Also gut!« Maya legte den Kopf in den Nacken. »Warum können wir den Unterricht nicht am Tag machen? Du glaubst doch nicht wirklich, dass Pflanzen, die in Vollmondnächten geerntet werden, eine bessere Wirkung haben, oder?«

»Glaube ist ein wichtiges Stichwort«, bemerkte die Alte und fischte eine weitere Pflanze aus ihrem Korb hervor. »Dies ist Mönchspfeffer, ich verabreiche ihn Frauen, die sich ein Kind wünschen, aber nicht schwanger werden. Bei jeder vierten Frau habe ich Erfolg damit. Wenn ich den Patientinnen aber sage, dass die Pflanze bei Vollmond gepflückt wurde, wird fast jede zweite schwanger.«

»Du meinst, es liegt an der Einbildungskraft der Frauen!«, staunte Maya.

»Das habe ich nicht gesagt«, korrigierte ihre Großmutter. »Ich sprach von Glaube und Vollmond. Unterschätze niemals die Macht des Mondes! Es ist wirklich erstaunlich: In der Schule lernt ihr ganz selbstverständlich, dass gewaltige Ozeane durch die Kraft des Mondes hin und her bewegt werden. Die Vorstellung aber, dass der Mond auch die Gesundheit von Menschen beeinflussen könnte, haltet ihr für Unfug. Wenn etwas so gewaltige Wassermassen bewegen kann, warum sollte es dann keinen Einfluss auf so unbedeutende Kreaturen wie uns haben? Alle menschlichen Kulturen haben dem Mond eine besondere Bedeutung zugeschrieben. Der Respekt vor dem Mond ist tief in unserem Unterbewusstsein verankert.«

Wie zur Bestätigung wurden die Sumpfwiesen in silbriges Licht getaucht.

»Ich weiß nicht, ob ich das alles verstanden habe«, sagte Maya nach einer Weile.

»Dann will ich dir etwas mehr zum Nachdenken geben«, antwortete die Alte verschmitzt. »Kannst du dich noch daran erinnern, wozu ich meine Spezialmischung aus Heidelbeere, Salbei und Fenchel verwende?«

Maya kannte die Antwort sofort: »Du machst daraus einen Tee für Kleinkinder, die beim Zahnen unter Durchfällen leiden!«

»Richtig!«, bestätigte die Alte. »Und so einen Tee habe ich noch nie bei Vollmond zubereitet.«

»Wieso nicht?«

»Weil Kleinkinder noch gar nicht wissen, was der Mond ist«, lachte die Alte und stapfte ein Stück voran.

Maya war stehen geblieben. »Soll das bedeuten, dass der Mond keine Wirkung auf Kleinkinder hat, oder dass die Wirkung auf Erwachsene allein durch ihren Glauben entsteht?«

»Das bedeutet, dass ein Kind nur an etwas glauben kann, das es kennt.«

»Und Erwachsene?«

»Erwachsene kennen und bewundern den Mond.«

»Warum sagst du deinen Patienten dann nicht einfach, dass du ihre Medizin bei Vollmond gebraut hättest?«

»Weil Glauben und Glaubwürdigkeit zusammenhängen. Man kann die Kraft des Glaubens nur aktivieren, wenn man glaubwürdig ist!«

»Und deshalb laufen wir mitten in der Nacht durch den Sumpf und mischen anschließend in der Kräuterkammer noch etliche Rezepte zusammen?«

»Deshalb sind wir ins Moor gegangen und deshalb werde ich jetzt in meine Kräuterkammer gehen«, antwortete die Großmutter. »Du bleibst noch hier!«

»Ich bleibe hier?!«

»Genau.«

»Du meinst, du lässt mich hier zurück?«, protestierte Maya.

»Warum nicht? Dein Unterricht ist noch nicht beendet, und für eine alte Frau wie mich bist du heute einfach zu störrisch.«

Mit diesen Worten marschierte die alte Ursel davon, und Maya beobachtete sprachlos, wie ihre Großmutter vom Nebel verschluckt wurde. Unschlüssig blieb sie stehen. Stolz und Trotz machten es ihr unmöglich, der Großmutter nachzurufen. Andererseits wollte sie an diesem Ort nicht verweilen. Kälte und Unbehagen stiegen aus dem Sumpf, krochen in ihre Kleider und suchten einen Weg in ihr Gemüt.

Gerade als Maya die Stille nicht länger ertragen wollte, krächzte plötzlich eine Stimme durch die Dunkelheit.

»Erkennst du den Ort, an dem du dich befindest, Heilertochter?«

Maya schüttelte den Kopf, doch in ihrem Inneren erschauerte etwas. Es war, als habe jemand die Saiten eines verstimmten Instruments angeschlagen.

»Nun, ein Teil von dir erinnert sich«, fuhr das Krächzen fort. »Es ist der Ort, an dem du vor drei Jahren um ein Haar den Tod gefunden hättest. An dieser Stelle wolltest du vor den Nebelwesen ins Wasser entkommen.«

»Dazu ist es nicht gekommen«, antwortete Maya mit fester Stimme.

»Was aber, wenn sie sich erneut um dich scharen?«, fragte die Stimme. »Schau ein wenig über deine rechte Schulter. Siehst du nicht, wie sich die Nebelwesen versammeln? Kannst du nicht erkennen, wie sie erneut Gestalt annehmen? Schau nur ganz genau hin und du wirst sehen, dass sie ihre kalten Finger nach dir ausstrecken.«

Maya blieb stark. »All dies können sie nur, wenn ich es ihnen erlaube. Sie benötigen meine Angst, um aus dem Boden zu wachsen, und sie brauchen meine Einbildungskraft, um Gestalt anzunehmen. Wenn ich ihnen diese verweigere, sind sie nicht mehr als kondensiertes Wasser.«

»Aber es ist ihnen schon einmal gelungen, von dir Besitz zu ergreifen!«, setzte die Stimme nach.

»Das ist richtig«, gab Maya zu. »Aber heute bin ich nicht mehr die, die ich damals war. Vor drei Jahren war ich ein kleines Mädchen und ich wusste nichts über Dämonen oder meine eigenen Kräfte.«

»So, und was weißt du heute?«

»Ich weiß, dass Dämonen aus den Gefühlen der Menschen entstehen. Es müssen starke Gefühle wie Liebe, Hass, Verzweiflung, Entsetzen oder Glück sein. Die meisten Dämonen vergehen, sobald das Gefühl endet, das sie hervorgebracht hat. Nur wenige werden von so starken Gefühlen hervorgebracht, dass sie den Menschen, der sie empfunden hat, überdauern. Allerdings sind auch sie meist schwach. Wie die Nebelwesen führen sie ein kümmerliches Dasein. Sie sammeln sich in dunklen Schluchten, an brausenden Klippen oder in einsamen Mooren und nähren sich von den Gefühlen, die dort empfunden wurden.«

»Und Geheimnisse?«, fragte das Krächzen aus der Dunkelheit.

»Geheimnisse sind die Reichtümer eines jeden Dämonen«, antwortete Maya. »Wer die Geheimnisse eines Menschen kennt, vermag in dessen Seele einzudringen, seine Gefühle zu manipulieren und seinen Willen zu beherrschen.«

»Und all diese Dinge können die Nebelwesen dir nicht mehr antun?«

»Nein. Ich bin die Tochter eines Heilers, ich bin eine Weltenwanderin. Ich habe gelernt, meine Geheimnisse zu hüten und meine Gefühle zu beherrschen. Schwache Dämonen wie die Nebelwesen können mir nichts mehr anhaben. Sollte nur einer von ihnen es wagen, vor mir Gestalt anzunehmen, ich würde ihn auseinanderwirbeln und vertreiben.«

»Starke Worte«, bemerkte die Stimme. »Es gibt aber Dämonen, die weit stärker sind als diese Nebelschwaden, und nicht alle sind dir wohlgesonnen.«

»Das stimmt«, bestätigte Maya. »Du sprichst von Schleicher. Schleicher ist ein Animalicus, ein mächtiger Dämon, dem es erlaubt wurde, Gestalt anzunehmen. Er schleicht als Katze umher und versucht, mir und meiner Familie zu schaden.«

»Was aber, wenn Schleicher dort drüben in den Gräsern auf dich wartet?«, setzte das Krächzen nach.

»Das wäre gefährlich«, antwortete Maya ruhig. »Allerdings bin ich heute nicht mehr so eine leichte Beute wie vor drei Jahren. Es dürfte ihm nicht leicht fallen, in meinen Augen zu einem Tiger heranzuwachsen.«

»Du solltest die Macht eines Dämon niemals unterschätzen«, belehrte sie die Stimme aus der Finsternis. »Dies gilt besonders dann, wenn du dich mit ihm allein in einem Moor befindest.«

»Dann ist es wohl gut, dass ich nicht allein bin«, entgegnete Maya. »Du bist ja bei mir, Bartholomäus. Du bist selbst ein mächtiger Animalicus. Du bist der engste Vertraute meiner Großmutter und mein verehrter Lehrer und Freund.«

»Ich könnte auch Schleicher sein und nur meine Stimme verstellt haben!«

»Wahrscheinlich könnte Schleicher dies tun«, überlegte Maya. »Warum aber sollte er vor einem Angriff mein Wissen schulen? Vor allem aber würde meine Großmutter mich niemals schutzlos im Moor zurücklassen. Ich vertraue ihr ebenso blind wie dir.«

»Das dürfte genügen«, stellte das Krächzen zufrieden fest. »Wissen und Vertrauen sind die wichtigsten Tugenden der Wanderheiler. Sie vermögen schlechte Dämonen zu entwaffnen und gute Dämonen zu stärken. Ich bin sehr zufrieden mit dir.«

Mit diesen Worten erschien Bartholomäus aus der Dunkelheit. Der Nebel öffnete sich und der gewaltige Uhu landete geräuschlos vor Mayas Füßen. Nie zuvor war er Maya so riesig erschienen. Der Schnabel des Raubvogels befand sich auf der Höhe ihres Bauchnabels. Maya machte eine ehrfürchtige Verbeugung. Dann strich sie zärtlich über seine Federn.

»Wie du siehst, beherrschst du deine Gefühle noch weit weniger als du glaubst!«, bemerkte Bartholomäus.

»Wie meinst du das?«, wollte Maya wissen, während sie den Greifvogel bestaunte.

»Hast du jemals von einem Uhu gehört, der einem Menschen bis zum Bauch reicht?«, fragte Bartholomäus. Mit sichtlichem Vergnügen ließ er eine Kralle durch die Luft sausen, deren Ausmaß Mayas Atem stocken ließ. »Schau dir diese Klauen an, Heilertochter! Das sind doch wohl eher die Pranken eines Drachen als die Fänge eines Greifvogels. Müsste dein Verstand dir nicht sagen, dass das, was du hier siehst, gar nicht möglich ist?«

Maya gab keine Antwort. Während sie sich gemeinsam auf den Rückweg zum Moorhaus machten, tauchte der Mond den Sumpf erneut in silbriges Licht.

»Offensichtlich kontrolliere ich meine Einbildungskraft noch nicht so gut, wie ich sollte«, gestand Maya schließlich ein. Gleich darauf aber huschte ein Lächeln über ihr Gesicht. »Vielleicht ist mir gar kein Fehler unterlaufen. Hier im Moor wünsche ich mir einen starken Beschützer. Was kann es da schaden, wenn meine Gefühle dich derart groß erscheinen lassen? Mein Vertrauen in dich ist eben grenzenlos und ein bedeutender Lehrer hat einmal gesagt, dass Wissen und Vertrauen die wichtigsten Tugenden der Heiler sind.«

Der Uhu hatte amüsiert zugehört. »Vielleicht wird aus dir wirklich einmal eine große Heilerin«, bemerkte er, als sie den Schutzwall des Gartens erreichten. »Nun aber solltest du den kurzen Schlaf nutzen, den die verbleibende Nacht dir gewährt.«

Maya winkte Bartholomäus zum Abschied zu, dann lief sie über das weiche, wohlduftende Moos des Gartens zum Haus zurück. Wie erwartet klapperte die alte Ursel in der verschlossenen Kräuterkammer vor sich hin. Auf dem Küchentisch hatte sie jedoch einen dampfenden Becher mit Tee bereitgestellt. Nach wenigen Schlucken wärmte das Getränk den gesamten Leib, vom Haaransatz bis zu den Zehenspitzen. Maya wusch sich die Füße und stieg rasch die Treppe zur Schlafkammer empor. Eine plötzliche Eingebung ließ sie noch einmal das Fenster öffnen.

Wenige Meter von ihr entfernt strich Bartholomäus durch den

Nachthimmel. Für einen Moment glitten seine Schwingen über die Silberscheibe des Mondes. Er war noch immer eine beeindruckende Erscheinung, aber sein Körper hatte wieder die Ausmaße eines gewöhnlichen Uhus angenommen.

»Beobachte und lerne«, glaubte Maya seine Stimme in ihrem Kopf zu hören.

»Beobachte und lerne!«, wiederholte sie, bevor sie ins Bett zurückkroch, sich behaglich zur Seite rollte und augenblicklich einschlief.

Sommerfest

Zwei ungleiche Stimmen weckten Maya aus dem Schlaf. Es klang, als seien eine fröhliche Oboe und eine stark verstimmte Bratsche in ein intensives Zwiegespräch verwickelt.

»Ich habe niemals gesagt, dass deine Kunst nichts taugt. Du weißt, wie sehr ich dich und dein Können schätze!«, flötete die Oboe.

»Ach ja, aber Wissenschaft ist es für dich nicht!«, kratzte die Bratsche.

»Nein, Wissenschaft ist es nicht, es ist eine Kunst, Heilkunst«, antwortete die Oboe.

Maya wusste sofort, dass im Raum unter ihr Doktor Lambrecht und die alte Ursel eines ihrer Scheingefechte austrugen. Durch das Fenster der Dachkammer schien bereits die Mittagssonne herein. Maya gähnte ausgiebig, dann klaubte sie ein paar Sachen zusammen und stieg die Dachbodentreppe hinunter.

Im Küchenraum bot sich ihr das erwartete Bild: Der Landarzt saß gemütlich auf der Küchenbank, während die alte Ursel energisch zwischen der Anrichte und dem Tisch hin und her stampfte.

»Guten Morgen, Schönheit!«, begrüßte sie der Doktor. Die alte Ursel stellte nur einen weiteren Becher mit Tee auf den Tisch.

»Guten Morgen!«, erwiderte Maya mit einem verschlafenen Lächeln. Dann nippte sie kurz an ihrem Tee und verschwand im Badezimmer. Sofort setzte das ungleiche Duett wieder ein.

»So so, an deine Patienten lässt du uns heran, aber als Wissenschaft akzeptierst du unser Handwerk nicht!«, klang das Kratzen der Alten durch die dünne Holztür des kleinen Badezimmers.

»Du sprichst ja selbst von Handwerk. Vieles, was keine Wissenschaft ist, kann sehr wertvoll sein«, beschwichtigte der Arzt. »Kunst,

Musik, Handwerk, all diese wunderbaren Dinge sind keine Wissenschaft und verdienen dennoch meinen größten Respekt.«

»Aber Wissenschaft ist natürlich etwas ganz anderes!«

»Richtig.«

»Und warum, bitteschön?«

Eine längere Pause verriet, dass der Landarzt erst einen Schluck aus seinem Becher nahm, bevor er antwortete.

»Weil Wissenschaft sich vor allem mit dem *Warum* und nicht mit dem *Wie* eines Phänomens beschäftigt«, erklärte er schließlich. »Ein Künstler malt vor allem aus Intuition, die theoretische Farbenlehre ist dabei nicht entscheidend. Ein Musiker feilt an seiner Technik und entwickelt ein Gespür für die einzelnen Töne der Musik. Die Berechnung von physikalischen Schwingungen hat hier keine Bedeutung. Bei den Handwerkern ist es ganz ähnlich. Sie greifen vor allem auf ein großes Erfahrungswissen zurück. Peers Vater zum Beispiel ist ein begnadeter Zimmermann. Erinnere dich, wie wunderbar er im letzten Sommer den Dachstuhl meines Hauses renoviert hat. Er weiß genau, wie er die Balken zu montieren hat, damit alles sicher und stabil wird. *Warum* dies so ist, kann er dir aber nicht genau sagen. Er ist kein Architekt, der statische Berechnungen durchführt.«

»Und deine Schulmedizin ist da natürlich so eine Wissenschaft«, knurrte die Alte.

»In Teilen schon«, erwiderte der Arzt. »Anders als die Heilkünste der Vergangenheit greift die heutige Medizin auch auf die modernen Wissenschaften zurück. Jeder Medizinmann warnt seine Leute davor, verdorbenes Fleisch zu essen. Er weiß aus Erfahrung, dass diese Nahrung krank macht. *Weshalb* genau das so ist, kann er indes nicht sagen. Moderne Mediziner hingegen haben die giftige Wirkung von Bakterien und Pilzen biologisch-chemisch untersucht. Sie können ganz genau sagen, *warum* das verdorbene Fleisch die Erkrankungen auslöst.«

»Da hast du dir aber eine schöne Unterscheidung ausgedacht, Doktorchen!«, bemerkte die alte Ursel.

»Danke, aber diese Erkenntnis stammt nicht von mir. Die Unterscheidung zwischen praktischem Wissen und Wissenschaft geht auf Aristoteles zurück.«

»Oh, der berühmte Aristoteles«, spottete die Alte. »War das nicht der große Wissenschaftler, der behauptet hat, dass die Erbanlagen allein vom Vater weitergegeben werden und Frauen nur den Acker darstellen, auf den der Samen fällt?«

»Das ist richtig«, gab Doktor Lambrecht zu. »Aristoteles war Philosoph, Mediziner und Naturwissenschaftler. Er hat viele Fehler gemacht. Wir verdanken ihm aber auch zahlreiche Einsichten, die bis heute gültig sind.«

Als Antwort war nur das energische Klappern von Geschirr zu vernehmen. Längst stand Maya hinter der Badezimmertür. Sie hatte ihre Toilette beendet und wartete nur auf den richtigen Zeitpunkt, um in die Küche zu treten. Allerdings schien dieser noch nicht gekommen zu sein.

»Ich verstehe nicht, warum du dich so aufregst«, setzte der Landarzt nach. »Du selbst sprichst doch immer von der Heilkunst oder vom Handwerk der Heiler. Von einer Heiler-Wissenschaft habe ich dich niemals reden hören. Aristoteles unterscheidet zwischen Erfahrungswissen darüber, wie etwas funktioniert, und Wissenschaft, die sich damit beschäftigt, warum das so ist. Dass dies zwei verschiedene Dinge sind, klingt doch sehr überzeugend.«

Ein bedrohliches Schweigen senkte sich über die Küche. Maya ahnte, dass sich ihre Großmutter nun einschüchternd zu Doktor Lambrecht über den Tisch beugte.

»Und was würdest du sagen, wenn ich in der Regel genau weiß, warum eine Heilung eintritt, du es aber nicht verstehen würdest«, knurrte sie.

»Dann würde ich dir antworten, dass dies Pseudowissenschaft ist«, entgegnete der Landarzt vergnügt. »Wissenschaftliche Begründungen müssen für andere nachvollziehbar und überprüfbar sein. Wenn jemand behauptet, er könne alles erklären, die Menschen seien nur zu beschränkt, um ihn zu verstehen, betreibt er Pseudowissenschaft.«

»Willst du damit sagen, dass ich eine Quacksalberin bin?«, fauchte die Alte.

»Ich will damit sagen, dass du eine wunderbare Heilerin mit einem großen Erfahrungswissen bist und dass du in Dinge vertraust, die der Wissenschaft verborgen bleiben. Die Mischung aus Wissen und Vertrauen ist genau das, was mir so gut an dir gefällt.«

Es gab ein leises schmatzendes Geräusch, gefolgt von einem Schnauben der Alten, das zugleich Erstaunen und Belustigung zum Ausdruck brachte. Hatte der Landarzt die Alte etwa mit einem Kuss entwaffnet?

Maya stürmte durch die Tür. Als sie eintrat, war die Großmutter allerdings schon wieder auf dem Weg zur Anrichte.

»Alberner Kerl«, knurrte sie, während der Landarzt vergnügt aus dem Fenster sah.

»Darf ich heute bei Annika schlafen?«, fragte Maya rasch, um keine peinliche Pause entstehen zu lassen.

»Sicher!«, antwortete ihre Großmutter und stellte einige geschmierte Brote auf den Tisch.

»Wunderbar«, lachte Maya. »Heute Abend ist wieder das Feuerwehrfest. Außerdem wird Annika morgen Abend nach Kanada fliegen. Es gibt also nicht mehr viele Gelegenheiten, um gemeinsam zu übernachten.«

»Dennoch würden wir morgen Nachmittag gern einen Teil eurer kostbaren Zeit rauben«, bemerkte Doktor Lambrecht und drehte sich Maya zu. »Wie erwähnt würden deine Großmutter und ich dich morgen gern mit zu einer Patientin nehmen.«

»Das Mädchen mit den Essstörungen«, erinnerte sich Maya.

»Richtig!«, bestätigte der Landarzt.

»Aber sieht es nicht merkwürdig aus, wenn ich mit zu diesem Hausbesuch komme?«, überlegte Maya.

»Das hat dich nicht zu kümmern«, bestimmte die alte Ursel. »Wer eine Heilerin ins Haus holt, muss auch nach ihrer Pfeife tanzen. Wenn ich sage, dass du mitkommen sollst, dann kannst du auch mitkommen.«

Maya verdrehte die Augen.

»Die Eltern des Mädchens sind so verzweifelt, dass deine Anwesenheit ihre geringste Sorge sein wird«, beruhigte sie Doktor Lambrecht. »Das Mädchen heißt Tjorven. Ihr seid fast im selben Alter. Vielleicht fällt dir ja etwas auf, was wir übersehen. Wahrscheinlich wird Tjorven ebenfalls zum Feuerwehrfest kommen. Eine gute Gelegenheit, einen ersten Eindruck zu gewinnen.«

»Soll ich das Mädchen etwa einfach so ansprechen?«, protestierte Maya.

»Unsinn«, knurrte die Alte. »Wenn sie da ist, wirst du sie bemerken, das ist alles.«

»Na wunderbar«, stöhnte Maya, während sie in ihr Zimmer hinaufstieg. Wenige Augenblicke später kehrte sie mit einer kleinen Tasche in die Küche zurück.

»Ich kann dich zu Annika fahren«, bot Doktor Lambrecht an.

»Kommt gar nicht in Frage«, knurrte die alte Ursel dazwischen. »Wir beide besprechen weiter unseren Fall. Die junge Göre kann sich sehr gut zu Fuß oder mit den Rad auf den Weg machen.« Und an Maya gerichtet fügte sie hinzu: »Das Fahrrad steht wie immer unter der Trauerweide. Vielleicht solltest du das Schutzblech abmachen. Es klappert so laut, dass man wichtige Dinge überhören kann. Besonders bei der alten Wassermühle gibt es so viele Schlaglöcher, dass es besser wäre zu schieben.«

Maya lächelte, schnappte sich noch ein Butterbrot und schlüpfte hinaus in den Garten. Kurz darauf fuhr sie genüsslich kauend die Eichenallee hinunter. Das Schutzblech hatte sie mit einem Haarband am Gepäckträger befestigt.

Als sie an der Wassermühle vorüberrollte, erfassten ihre Augen eine Bewegung im Inneren des Gemäuers. Misstrauisch brachte Maya ihr Fahrrad zum Stehen. Da das Rad keinen Ständer mehr hatte, legte Maya es auf den Boden. Dann starrte sie angestrengt zum Haus hinüber. Nichts rührte sich. Schweigen und Finsternis gähnten hinter den Fensterläden. Dennoch war sich Maya sicher, eine Bewegung gesehen zu haben. Ein Schatten, schwärzer als die Dunkelheit der Ruine. Vorsichtig trat sie näher. Langsam strich sie an der Außenmauer entlang zu einem der Fenster. Einen kurzen Blick durch die Öffnung wollte sie in jedem Fall riskieren. Gerade als sie das Fenster erreichte, meldete sich die unbekannte Stimme in ihrem Kopf.

»Nicht heute, Heilertochter, wir sind nicht allein!«

Unschlüssig blieb Maya stehen und überlegte, was sie von dieser Stimme zu halten hatte. Dann legte sie die Hände auf den vermoderten Fensterrahmen und beugte sich vorsichtig nach vorn. Genau in diesem Moment erschien ein Gesicht aus der Finsternis. Mit einem Schrei fuhr Maya zurück und stürzte zu Boden. Eilig sprang sie wieder auf die Beine – bereit zu Flucht oder Kampf. Doch dann streckte Peer seinen Kopf durch den Fensterrahmen ins Sonnenlicht.

»Na das ist ja eine Begrüßung«, bemerkte er schelmisch, während er ins Freie kletterte. »Bin ich im letzten Jahr etwa noch hässlicher geworden?«

Maya rang nach Worten: »Nein, ich habe mich nur erschreckt. Ich wusste nicht, dass du in der Mühle bist. Du hättest mir Bescheid geben können.«

»Woher sollte ich wissen, dass du vor dem Fenster stehst?«, rechtfertigte sich Peer.

»Du hast also eben nichts zu mir gesagt? Ich war mir ganz sicher, eine Stimme gehört zu haben.«

Mit einem Lächeln klopfte sich Peer den Staub von der Hose. »Also ich war eben noch im Keller und Selbstgespräche führe ich auch nicht.«

Maya war die Situation unangenehm. »Hast du die Otter gesehen?«, fragte sie schnell.

»Heute leider nicht. Sie haben wieder Junge und sind sehr misstrauisch geworden. Ich habe sie bisher nur hören können. Wahrscheinlich halten die Alten ihre Kleinen versteckt oder huschen schnell mit ihnen ins Wasser. Ich kann das gut verstehen. Hier schleichen einige große Katzen herum, für die so ein kleiner Otter eine leichte Beute wäre. Selbst der große Uhu deiner Großmutter hat mehrfach oben auf dem Dach gesessen.«

»Bartholomäus frisst keine kleinen Otter!«, empörte sich Maya.

»Wie dem auch sei«, entgegnete Peer, »die Tiere sind sehr vorsichtig geworden und man braucht viel Geduld, um sie zu Gesicht zu bekommen.«

»Schade«, erwiderte Maya. »Zusammen mit dir wäre ich gern wieder in die Mühle geschlichen. Wollen wir es wirklich nicht noch einmal versuchen?«

Peer schüttelte den Kopf. »Ich glaube nicht, dass es sich heute noch lohnt. Ich bin ja gerade erst aus dem Keller gekommen. Ich war wirklich leise, aber bemerkt haben sie mich dennoch irgendwie. Wenn wir jetzt gleich zu zweit zurückkommen, dauert es sicher Stunden, bis sich etwas rührt. Außerdem habe ich versprochen, beim Feuerwehrfest zu helfen.«

Gemeinsam kehrten sie zum Weg zurück. Peer hob das Rad auf und Maya schob neben ihm her.

»Die Otter sind doch noch immer unser Geheimnis, oder?«, fragte sie.

»Selbstverständlich!«

»Das ist schön.«

»Wie meinst du das?«

»Ich meine es so wie ich es sage: Es ist schön, dass die Otter unser Geheimnis sind.«

Peer sah verlegen zur Seite. »Ich wollte wissen, was dir wichtiger ist: dass niemand von den Ottern weiß oder dass wir ein Geheimnis haben?«

»Das verrate ich dir nicht!«, lachte Maya und knuffte gegen seine Schulter.

Sie hatten nun den Dorfrand erreicht und blieben vor dem kleinen Haus stehen, das Peer zusammen mit seinem Vater bewohnte. Peers Ohren begannen zu glühen. »Also, wenn du magst, können wir morgen Nachmittag zusammen in die Mühle gehen.«

»Einverstanden«, antwortete Maya, während sie aufs Rad stieg, »aber nur, wenn du dich heute Abend traust, mindestens drei Lieder durchzutanzen.« Dann radelte sie davon.

Bevor sie in die eigentliche Dorfstraße einbog, sah sie sich noch einmal um. Peer war im vergangenen Jahr keineswegs hässlicher geworden. Er war nun fast einen Kopf größer als sie und er entwickelte das kräftige Kreuz seines Vaters.

Kurz darauf hatte Maya den kleinen Dorfplatz erreicht. Dort standen die mächtigen Eichen, denen der Ort seinen Namen verdankte. Sie bildeten einen Kreis, in dessen Mitte ein gewaltiger Findling ruhte. Finstere Geschichten von heidnischen Opferritualen rankten sich um diesen Stein. Gleichzeitig erinnerte eine Inschrift an die Gefallenen der beiden Weltkriege. Der Platz wurde eingerahmt von einigen Bauernhöfen, dem Friedhofsgelände und dem Gebäude der Freiwilligen Feuerwehr, hinter dem sich auch eine Telefonzelle befand. Die Telefonzelle hatte für Maya eine besondere Bedeutung. Ihre Großmutter besaß keinen Telefonanschluss und Mobiltelefone waren in Eichengrund nahezu unbrauchbar. Die Gegend gehörte zu den wenigen verbliebenen Funklöchern Europas. Lange war im Dorf über die Errichtung eines eigenen Sendemasten diskutiert worden, bis das Unternehmen schließlich aufgegeben wurde. Seither prahlte allein Stefan damit, einen wunderbaren Empfang zu haben, sobald er mit dem Trecker auf die Felder fuhr. Wenn Maya also nicht das Telefon anderer Leute benutzen wollte, blieb sie auf die Telefonzelle angewiesen. Hinter der Friedhofsmauer erhoben sich die Feldsteinkirche und der hölzerne Glockenturm. Ein von Entengrütze überzogener Löschteich trennte das Kirchengelände von einem malerischen Pfarrhaus, in dem Annika mit ihren Eltern lebte.

Dort angekommen, bemerkte Maya Annikas Mutter, die sich angeregt mit einer kleinen dunkelhaarigen Frau austauschte. Immer wieder schallte Lachen durch den Garten. Im Näherkommen hörte Maya heraus, dass die beiden Frauen sich auf Spanisch unterhielten. Als Frau Mundschenk auf Maya aufmerksam wurde, stand sie auf und winkte das Mädchen zu sich.

»Hallo Maya! Darf ich dir meine Freundin Benita vorstellen? Ich habe sie vor vielen Jahren während meines Studiums in Barcelona kennengelernt. Benita ist einer der liebenswertesten Menschen, die ich kenne, und wahrscheinlich die beste Sambatänzerin der Welt.«

»Ich habe große Freude, dich kennenzulernen!«, lachte Benita, packte Maya bei den Schultern und gab ihr einen angedeuteten Kuss auf beide Wangen.

Maya beeilte sich, die Geste zu erwidern. Sie wusste, dass es in vielen südlichen Ländern üblich war, sich auf diese Weise zu begrüßen. Auch auf ihrer eigenen Schule war dies in Mode gekommen. Dennoch hatte Benita etwas an sich, das Maya überrumpelte. Alles an ihr schien eine einzige Aufforderung zur Lebensfreude zu sein. Zudem besaß sie eine besondere Art von Schönheit. Benita war eine kleine, fast stämmige Frau mit kräftigen kurzen Beinen, die eher an eine Bergsteigerin als an eine Tänzerin erinnerten. Sie war nicht dazu bestimmt, als Model Karriere zu machen, aber jede ihrer Bewegungen war eine Komposition aus Energie und Anmut. Unter einer schwarzen Lockenmähne, gegen die selbst Mayas Haare wie ein Kaktus wirkten, strahlten ein schwarzes Augenpaar und eine Reihe schneeweißer Zähne um die Wette.

»Du hast starke Arme«, lachte Benita, als sie Maya losließ und einen Schritt zurücktrat. »Was ist der Sport von dir?«

»Ich gehe zum Turmspringen?«, erwiderte Maya unsicher.

»Turmspringen?«, wiederholte Benita verständnislos und sah hilfesuchend zu ihrer Freundin hinauf.

»Buceo«, erklärte Annikas Mutter.

»Buceo, oh, toll!«, wiederholte Benita anerkennend. »Aber wenn du hast Zeit, du solltest auch tanzen.«

In diesem Moment erschien Annika im Garten und legte von hinten die Arme um Mayas Schulter. »Komm schnell mit«, kicherte sie, »sonst musst du gleich eine Tanzstunde absolvieren. Gestern Abend haben wir fast zwei Stunden zusammen im Wohnzimmer getanzt.«

»Richtig so!«, erwiderte Benita energisch und lehnte ihre Lockenpracht an die Schulter von Annikas Mutter. »Mädchen wie ihr sollen tanzen, damit jeder sieht, was schön ihr seid.«

Es war faszinierend, die Freundschaft dieser gegensätzlichen Frauen zu beobachten. Frau Mundschenk hatte die edle Klarheit eines Wintermorgens und ihr Lächeln spiegelte eine Güte, die selbst einen Stein erweichen konnte. Benita hingegen erinnerte an einen Wirbelwind und ihr Lachen klang wie eine Aufforderung zum Pferdestehlen.

»Komm, wir fliehen!«, flüsterte Annika und zog Maya mit sich fort.

Den Nachmittag verbrachten die Mädchen damit, Fotos zu betrachten und Nachrichten zu schreiben. Anschließend versuchten sie, Benita und Frau Mundschenk von ihrer neuesten Geschmacksentdeckung zu überzeugen: Sommerlatte. Mit viel Bedacht kochten sie Espresso, mischten diesen mit kalter Milch und gaben Eiswürfel hinzu. Allerdings konnten sie bei ihren Kundinnen wenig Begeisterung wecken. Frau Mundschenk trank mit höflichem Lächeln eine kleine Tasse aus. Benita nippte kurz und stellte ihr Glas dann mit einer entschiedenen Bewegung auf den Gartentisch.

»Ist schön, wenn nicht so stark für euch, aber wenn man ist erwachsen, Kaffee muss heiß sein«, sagte sie und verschwand mit einem Augenzwinkern im Haus.

So kam es, dass die Mädchen allein im Garten saßen und an ihren Strohhalmen sogen.

»Immerhin habe ich hier die Möglichkeit, einen Kaffee zu bekommen«, bemerkte Maya. »Bei meiner Großmutter wäre das eine Sünde. Verbrannte Pflanzen isst und trinkt man nicht«, fügte sie hinzu und versuchte die Stimme der alten Ursel zu imitieren.

Die Mädchen überlegten kurz, ob sie Peer und Stefan zum Kaffee einladen sollten, entschieden sich dann aber dagegen. Zum einen würden sie einander ohnehin auf dem Feuerwehrfest sehen. Zum anderen wollte Annika Maya noch mit ihrem Computer vertraut machen.

»Da deine Großmutter weder Telefon- noch Internetanschluss besitzt, steht dir mein Rechner selbstverständlich zur Verfügung«, sagte sie, während die Mädchen die Treppe zu Annikas Zimmer hinaufstiegen. »Es gibt nur eine Bedingung: Du musst mir regelmäßig schreiben.«

»Aber was sagen deine Eltern dazu, wenn ich einfach so in dein Zimmer gehe und mich an deinen Rechner setze?«, wandte Maya ein.

»Das ist alles kein Problem«, beruhigte sie Annika. »Der Vorschlag kam von meinen Eltern. Vor allem mein Vater befürchtet, dass ich vor Einsamkeit umkomme. Deshalb habe ich mir sogar ein teures Notebook anschaffen dürfen. Ich kann damit fast überall Nachrichten empfangen und versenden. Wahrscheinlich schreibe ich dir die ersten Nachrichten bereits aus dem Flugzeug.«

Als der Abend kam und die Kinderrufe, die vom Feuerwehrhaus herüberklangen, zunehmend von Tanzmusik übertönt wurden, schlenderten die Freundinnen so gelassen wie möglich zum Fest hinüber. Dort angekommen bot sich ihnen das gewohnte Bild. Die Erwachsenen scharten sich im Festzelt um lange Reihen aus Biergartentischen, während aus dem Inneren des Feuerwehrgebäudes Schlagermusik erklang. Aus der Garage jedoch dröhnte Discomusik und an ihrer Stirnseite thronte Stefan hinter einem beeindruckenden Mischpult. Einige Jugendliche tanzten bereits im zuckenden Licht dreier Lichtorgeln. Beim Eintreffen der beiden Freundinnen ließ Stefan seine Sirene aufheulen und Maya bemerkte, wie sich Peer mit leicht gequältem Gesichtsausdruck auf die Tanzfläche begab. Als sich ihre Blicke trafen, streckte er grinsend drei Finger in die Höhe. Die Mädchen selbst bedurften keiner weiteren Aufforderung. Sie stürzten sich sogleich ins Getümmel. Eigentlich war Maya nicht besonders am Tanzen interessiert. Auch glaubte sie kein rechtes Talent zu besitzen. Solange sie sich erinnern konnte, war sie immer nur auf und ab gehüpft. Vor einigen Monaten jedoch hatte ihre Mutter Maya einige sehr einfache Tanzschritte beigebracht. Diese galt es nun zu erproben. Erfreut stellte Maya fest, dass sich die Schritte für jeden Rhythmus verwenden ließen. Das wiegende Hin und Her gab ihr Sicherheit und es war angenehm, von interessierten Blicken gestreift zu werden. Als Stefan wenig später die Stimmung mit Hardrock-Klassikern in die Höhe trieb, war zudem auch Sprungkraft gefragt.

Je länger der Abend andauerte, desto mehr vermischten sich die feiernden Generationen. Die Musik im Feuerwehrhaus war abgeschaltet worden und Stefan bediente die Musikwünsche aller Anwesenden. Längst wurde innerhalb und außerhalb der Garage getanzt. Gerade als Maya und Annika sich prustend an die Außenmauer lehnten und Peer aufbrach, um ihnen Getränke zu besorgen, pulsierten lateinamerikanische Rhythmen durch die Nacht. Nun hatte Benitas Stunde geschlagen. Gefolgt von Annikas Mutter stürmte sie unter lauten Freudenrufen die Tanzfläche. Gemeinsam entfachten sie ein Feuerwerk aus leidenschaftlichen Schritten und fließenden Bewegungen. Maya war sehr beeindruckt. Soviel Bewegungsfreude und Ausdruckskraft hatte sie Annikas Mutter niemals zugetraut. Dennoch war es vor allem Benita, die alle Umstehenden in ihren Bann zog. Für den Laufsteg war sie nicht geboren worden, aber für die Tanzfläche schon. Es war, als sei die Musik direkt in sie hineingefahren. Fast schien es, als würde nicht sie sich zur Musik bewegen, sondern Klang und Rhythmus ihren Bewegungen folgen. Mit energischen Schritten und einem unwiderstehlichen Strahlen im Gesicht bebte sie vor und zurück. Sie schlug im Takt die Hände zusammen, ihre Mähne wirbelte durch die Luft und ihr rotes Sommerkleid umspielte einen Körper, der ganz und gar Musik geworden war. Zwei Männer, die sich angeregt unterhalten hatten, verfolgten nun mit offenem Mund das Schauspiel. Auch Peer war auf dem Rückweg von der Getränkeausgabe wie angewurzelt stehen geblieben. Gleichzeitig scharten sich die Tanzenden um Benita. Drei junge Frauen hatten begonnen, die Bewegungsabläufe der Tanzlehrerin zu imitieren, und immer mehr Tänzer taten es ihnen gleich. Auch Annika und Maya reihten sich ein. Stefan spielte drei lateinamerikanische Lieder hintereinander und als die letzten Töne verklangen, wogte eine ganze Gruppe im Takt. Stefan ließ seine Sirene erklingen und Benita wurde von zahlreichen Tänzerinnen umringt.

Gerade als die Umstehenden zu applaudieren begannen, bemerkte Maya das Mädchen. Verborgen hinter einer Musikbox stand es im äußersten Winkel der Garage. Seine Silhouette war so schmal, dass es fast mit dem Grau des Mauerwerks zu verschmelzen schien. Allein das Flackern der Lichtorgeln verlieh den eingefallenen Wangen und den tiefen Augenhöhlen erschreckende Konturen. Zudem ragten zwei Beine aus dem Schatten hervor, deren Anblick Maya erschaudern ließ. Die Knie saßen wie Beulen über den Schienbeinen und die strichartigen Oberschenkel standen ohne Berührung nebeneinander, als gehörten sie nicht demselben Körper an. Noch immer beobachtete das Mädchen Benita, die gerade einige Tanzschritte demonstrierte. Doch in ihrem Blick lag weder Begeisterung noch Bewunderung, sondern Geringschätzung. Für einen kurzen Moment sah das Mädchen zu Maya hinüber, dann hob sie das Kinn und wendete sich teilnahmslos ab. Maya verharrte regungslos. Obwohl das Mädchen sich abgedreht hatte, spürte Maya, dass noch immer etwas zu ihr hinübersah. Die dürre Gestalt wurde fast verschluckt vom Schatten der Musikbox, und dennoch war Maja, als habe sich die Dunkelheit oberhalb der mageren Schultern verdichtet und ein Eigenleben entwickelt.

»Ich denke nicht, dass du Tjorven so lange ansehen solltest. Es geht ihr wirklich nicht gut und es ist bestimmt unangenehm, so angestarrt zu werden!«

Peer war an Maya herangetreten. In den Händen hielt er zwei Flaschen Limonade. Mit einem dankbaren Lächeln nahm Maya eines der Getränke entgegen.

»Ich habe noch nie ein so dünnes Mädchen gesehen! Man hat den Eindruck, sie könnte jederzeit durchbrechen«, sagte sie nach einem kräftigen Zug.

»Du solltest sie mal erleben, wenn sie durch das Dorf rennt«, bemerkte Peer mit trauriger Stimme. »Jeden Tag läuft sie ein bis zwei Mal ihre Runden. Die Beine machen dabei ganz unnatürliche Bewegungen. Ich kann gar nicht verstehen, dass ihr Körper das noch mitmacht. Man erwartet wirklich, dass sie jeden Moment zusammenbricht.«

»Aber was ist mit ihr?«, erkundigte sich Maya. »War sie schon immer so?«

»Oh, nein!« Peer nahm ebenfalls einen Schluck aus seiner Flasche. »In der Grundschule war sie eher etwas mollig. ›Trampel-Tjorven‹ haben einige Blödmänner sie genannt. Allerdings hatte sie Freunde. Heute traut sich niemand mehr an sie heran.«

»Kennst du sie gut?«

»Hier im Dorf kennt jeder jeden. Außerdem geht sie in die Klasse über mir auf das Gymnasium in Torfstedt. Früher haben wir uns hin und wieder im Schulbus unterhalten. Heute setzt sie sich in die letzte Reihe und spricht mit niemandem. Außerdem fehlt sie immer öfter.«

»Aber es muss doch etwas passiert sein!«

»Soweit ich weiß, ist mit ihren Organen alles in Ordnung«, bemerkte Peer heiser und zog Maya ein wenig beiseite. »Vor zwei Jahren war sie ein paar Wochen in England. Sie hat das Essen dort wohl nicht gemocht und mächtig abgenommen. Das war zunächst kein Problem. Es sah sogar richtig gut aus. Aber sie hat dann immer weitergemacht. Letztes Jahr hat Doktor Lambrecht sie dann in eine Spezialklinik geschickt. Leider ohne Erfolg. Seither herrscht ratloses Schweigen. Ich meine, wir machen alle so weiter wie bisher, während Tjorven sich mitten unter uns zu Tode hungert.«

Maya hätte gern mehr erfahren. Doch gerade als sie eine weitere Frage stellen wollte, stieß Stefan zu ihnen. Nach einer herzlichen Begrüßung zog er Maya mit sich fort. Schnell war sie in neue Gespräche verwickelt und kehrte schließlich auf die Tanzfläche zurück. Tjorven blieb verschwunden.

Es sollten noch mehrere Stunden vergehen, bis Maya und Annika erschöpft in ihre Betten sanken. Nur noch selten klangen vereinzelt Stimmen vom Feuerwehrhaus herüber. Die Musik war verklungen. Eine Weile lauschten die Mädchen in die Nacht. Maya überlegte kurz, ob sie auf Tjorven zu sprechen kommen sollte. Schließlich entschied sie, die letzten Stunden mit Annika nicht mit traurigen Gesprächen belasten zu wollen.

»Die Freundin deiner Mutter ist einfach unglaublich«, bemerkte Maya stattdessen.

»Das ist wahr«, bestätigte Annika. Dann räusperte sie sich, wie sie es immer tat, wenn sie etwas Wichtiges sagen wollte. »Ich weiß jetzt auch, was Frauen wie Benita so unwiderstehlich macht!«

»So? Raus damit!«

»Selbstzufriedenheit!«

»Selbstzufriedenheit«, wiederholte Maya staunend.

»Ja, Selbstzufriedenheit. Wenn eine Frau sich selbst schön findet, dann ist sie es auch. Sie strahlt dann das gewisse Etwas aus, das kein Kleid, kein Haarschnitt und keine Figur der Welt dir geben kann.«

»Darüber muss ich nachdenken.«

»Tu das!«

Wieder herrschte eine kurze Stille.

»Leider hast du mit deiner Weisheit noch nicht alle Probleme gelöst«, unterbrach Maya schließlich das Schweigen.

»So?«

»Ja, Frau Professorin. Eigentlich haben wir gar nichts gewonnen. Es bleibt nämlich die Frage, wie man es hinbekommt, sich selbst schön zu finden.«

Als Antwort bekam Maya ein Kissen ins Gesicht. Kichernd kuschelte sie sich hinein und schloss die Augen.

Tjorven

Es war bereits Mittag, als eine kleine Glocke die letzten Bewohner des Pfarrhauses zum Frühstück rief. Zudem lockte der Duft frischer Brötchen und frisch gebrühten Kaffees. Annika und Maya beeilten sich, ihre Betten zu verlassen. Pastor Mundschenk war vom Kirchentag zurückgekehrt und hatte zusammen mit seiner Frau eine wunderbare Tafel bereitet, auf der sich neben verschiedenen Sorten Aufschnitt auch Erdbeeren und Ananas befanden. Die gemeinsame Mahlzeit sollte eine Art Abschiedsfeier für ihre Tochter darstellen und Annika liebte Ananas.

Benita erschien im Morgenmantel. Sie steuerte sogleich auf Annikas Vater zu, zog den großen Mann zu sich herab und küsste ihn herzlich auf die Wangen.

»Wie schön, dass du jetzt auch bist hier«, lachte sie. »Nach langer Nacht wir brauchen dringend einen Mann, der kann machen echten Kaffee. Mädchen hier verderben den Kaffee mit gefroren Wasser.«

Es wurde ein ausgelassenes Beisammensein und Maya wünschte, sie hätte länger bleiben können. Allerdings bestand eine feste Verabredung mit Doktor Lambrecht. Dieser hatte angekündigt, Maya am Pfarrhaus abholen zu wollen. Anschließend sollten sie gemeinsam Tjorven und ihre Familie aufsuchen. Gern hätte Maya Annikas Abschiedsfeier als Vorwand genutzt, um sich vor diesem Hausbesuch zu drücken. Allerdings würde Annika bald zum Flughafen gefahren werden und es erschien Maya angebracht, der Familie Mundschenk noch eine kurze Zeit unter sich zu ermöglichen. Daher nahm sie beizeiten Abschied. Ohnehin dauerte es eine Weile, bis die Mädchen sich voneinander trennen konnten. Als Maya bereits im Garten stand, kam Annika ihr noch einmal hinterhergelaufen.

»Halt, halt, ich habe noch etwas für dich«, rief sie und drückte Maya einige Blätter Papier und drei blau-rot umrandete Umschläge in die Hand. Das Papier war hauchdünn.

»Das ist Luftpostpapier. Ich dachte, wir könnten uns auch echte Briefe schreiben«, erklärte Annika. »Es ist irgendwie altmodisch, aber ich finde es trotzdem toll.«

»Ich werde dir auch altmodische Briefe schreiben«, versprach Maya.

»Wunderbar«, lachte Annika, gab Maya einen letzten Kuss auf die Wange und lief zurück ins Haus.

Doktor Lambrecht wartete bereits an der Gartenpforte. Der Landarzt war zu Fuß. Innerhalb des Dorfes sei es Unsinn, das Motorrad zu benutzen, bemerkte er und so spazierten sie gemeinsam zum gegenüberliegenden Ende des Dorfes, an dem sich ein winziges Neubaugebiet aus fünf oder sechs Einheiten befand.

»Deine Großmutter spricht bereits mit Tjorven und ihren Eltern«, erklärte der Doktor. »Außerdem trifft sie ihre sogenannten Vorbereitungen«, fügte er mit einem Augenzwinkern hinzu.

Maya wusste genau, worin diese Vorbereitungen bestanden. In der Regel schritt die Alte durch alle Räume und berührte die Wände mit der Innenseite ihrer Hände. Gelegentlich verteilte sie auch Kerzenrauch. »Budenzauber« nannte die Alte dieses Vorgehen. Der eigentliche Sinn bestand darin, die Anwesenheit von Dämonen zu überprüfen. Doch selbst dann, wenn nach Ansicht der Alten keinerlei Dämonen zu erwarten waren, vollführte sie gern dieses Ritual.

»Es kann nie schaden, sich die Einbildungskraft der Leute zunutze zu machen«, hatte sie Maya einmal erklärt.

Nach kurzem Fußmarsch blieb Doktor Lambrecht vor einem Einfamilienhaus stehen. Es handelte sich um ein Fertigbauhaus, umgeben von einem sorgfältig angelegten Garten. Gleich hinter dem Gartenzaun plätscherte einer der vielen Moorbäche dahin. Auf den Stufen zur Eingangstür saß ein kleiner Junge und streichelte schweigend einen Cockerspaniel.

»Hallo, Martin! Einen wunderbaren Hund hast du da«, begrüßte ihn Doktor Lambrecht.

»Wollt ihr auch zu Tjorven?«, fragte der Junge, während er zu ihnen aufsah. »Es gibt bestimmt wieder Streit.« In seinem Blick lag die Verunsicherung eines Kindes, das mit bangem Herzen auf den Ausgang einer Unterredung von Erwachsenen wartet.

Der Doktor streichelte dem Hund kurz über den Kopf, dann läutete er an der Tür. »Familie Herzberg« stand auf einem Messingschild neben der Klingel. Es vergingen nur wenige Sekunden, bis eine Frau im grauen Kostüm die Tür öffnete. Sie war blass und vermied Blickkontakt. Rötungen unter ihren Augen kündeten von Tränen und durchwachten Nächten.

»Einen wunderschönen Tag, Frau Herzberg«, begann der Landarzt. »Diese junge Dame heißt Maya. Wie erwähnt soll sie der alten Ursel ein wenig zur Hand gehen.«

Die Angesprochene rang sich ein Lächeln ab.

»Herein, herein«, hauchte sie gequält und strich sich durch das grau-schwarze Haar. »Also, die Heilerin, mein Mann und Tjorven sind im Wohnzimmer. Vielleicht sollten wir zu ihnen gehen.« Mit steifen Bewegungen schritt sie voran. Sie ging wie jemand, der versucht, auf einem schwankenden Schiff die Haltung zu bewahren.

Als sie das Wohnzimmer betraten, fühlte sich Maya an einen Möbelprospekt erinnert. Der kleine Esstisch, die Schrankwand und selbst die Bilder erschienen wie Ausstellungsstücke in einem Einrichtungshaus. Nirgends lag etwas herum. Alles war blitzsauber und geradlinig auf eines der Fenster ausgerichtet. Dies galt auch für die Sitzecke, in der sich die alte Ursel und ein Mann im dunkelblauen Anzug gegenübersaßen. Tjorven lehnte etwas abseits an einem Sessel und hatte das Gesicht der Terrassentür zugewandt. Sie war mit einer weiten Hose und einem eng anliegenden Oberteil bekleidet. Darüber trug sie eine Daunenweste, aus der die dünnen Arme wie Streichhölzer hervorragten. Eine braune Schirmmütze verbarg ihre Augen. Offenkundig war der Gesprächsfluss versandet und angespanntes Schweigen beherrschte den Raum. Herr Herzberg rutschte unruhig auf dem Sofa hin und her, während Tjorven mit blassen Fingern ihre Ellenbogen umfasste. Allein die alte Ursel sah mit großer Gelassenheit vom einen zum anderen.

Frau Herzberg blieb neben der Wohnzimmertür stehen, auf deren Innenseite ein großer Spiegel angebracht war. Unbehaglich trat sie von einem Bein auf das andere und beeilte sich, das Schweigen zu beenden.

»Darf ich jemandem etwas anbieten?«, fragte sie rasch. »Wie wäre es mit Tee oder Kaffee? Ich habe auch einige Plätzchen gebacken.«

»Nein danke, wir sind fertig«, antwortete die alte Ursel, während sie sich erhob und eine Hand in den Rücken stemmte.

»Nun ja, ich hätte gegen eine Tasse Kaffee oder Tee sowie den einen oder anderen Keks nichts einzuwenden«, widersprach der Landarzt.

»Also gut!«, bestimmte Mayas Großmutter und schritt zur Tür. »Wenn der Doktor unbedingt naschen muss, gehen wir in die Küche oder auf die Terrasse. Ich wollte Ihnen noch zeigen, wie der Tee zubereitet werden muss, den ich empfohlen habe. Das Jungvolk lassen wir hier. Was ich noch zu sagen habe, dürfte die Mädchen wenig interessieren.«

Nacheinander verließen die Erwachsenen den Raum. Am Türrahmen angekommen, blieb Herr Herzberg kurz stehen und sah sich unsicher nach seiner Tochter um.

»Tjorven, also du kannst gern mitkommen. Du sollst nicht glauben, dass wir etwas hinter deinem Rücken besprechen.«

Tjorven selbst regte keine Miene.

»Schon gut. Es ist mir ohnehin egal, was ihr da redet.«

Ihre Antwort klang vollkommen teilnahmslos. Es war, als stiege ihre Stimme als schwaches Echo aus einer tiefen Höhle empor.

Die Wohnzimmertür war kaum geschlossen worden, da drehte Tjorven ihre Schirmmütze in den Nacken und starrte erneut zum Fenster hinaus. Maya war sich sicher, dass Tjorven sie totschweigen wollte. Unschlüssig ließ sie ihren Blick zwischen dem großen Spiegel und der eckigen Regalwand hin und her wandern. Auch als Frau Herzberg kurz hereinkam und unbeholfen ein paar Kekse auf den Tisch stellte, verdrehte Tjorven nur die Augen. Die Tür schloss sich und das Schweigen hielt an. Die Situation wäre Maya unerträglich geworden, wenn nicht plötzlich eine winzige Bewegung ihre ganze Aufmerksamkeit auf sich gezogen hätte.

Unterhalb des Haaransatzes, dort wo sich die dünne Haut über den vorstehenden Nackenwirbel spannte, warf der Schirm von Tjorvens Mütze einen schmalen Schatten. Genau dort hatte sich etwas bewegt. Maya meinte einen Streifen Dunkelheit zu erkennen, der sich innerhalb des Schattens verdichtete.

Nach allem, was sie von ihrer Großmutter gelernt hatte, glaubte Maya zu wissen, was sie da beobachtete. Sie war daher nur wenig überrascht, als plötzlich eine dünne, erregte Stimme zu vernehmen war. Es war nicht mehr als ein Flüstern, das mal säuselnd, mal zischend auf Tjorven einredete.

»Was sie sich wohl jetzt wieder ausgedacht haben? Wozu haben sie dir diese dumme Ziege auf den Hals gejagt. Wahrscheinlich soll der Schokoladenkeks dich zum Essen verführen. Gestern auf dem Fest hast du sie auch schon gesehen. Sie ist mit den anderen Affen dieser fetten Kuh hinterhergetanzt.«

Tjorvens Lippen hatten sich nicht geöffnet. Auch Maya rührte sich nicht von der Stelle. Regungslos lauschte sie dem verborgenen Redner.

»Mal sehen, wie lange sie dich noch anglotzen will. Wenigstens ist sie nicht so dick wie die anderen. Aber gestern hat sie Limonade in sich hineingeschüttet. Bald geht auch sie auf wie ein Hefekloß.«

Derweilen bereitete Maya sich darauf vor, den verborgenen Sprecher zur Rede zu stellen. Es galt nur den richtigen Moment abzuwarten.

»Sie glotzt noch immer zu dir herüber!«, wetterte die Stimme weiter. »Sie ist neidisch, weil sie niemals so schlank sein wird wie du.«

Jetzt war der richtige Augenblick gekommen, sich zu Wort zu melden.

»Ich bin nicht neidisch«, antwortete Maya ruhig. »Ich mag mich so, wie ich bin. Allerdings behauptet mein Trainer, ich müsse etwas zulegen, um mehr Sprungkraft zu gewinnen.«

Augenblicklich war die Stimme verstummt. Tjorven jedoch blickte verwundert zu Maya herüber.

»Was soll das?«, fragte sie in jenem teilnahmslosen Tonfall, mit dem sie zuvor ihrem Vater geantwortet hatte. »Kannst du Gedanken erraten, oder was?«

»Nein, aber ich kann die Stimme hören, die eben mit dir gesprochen hat«, erklärte Maya.

»Unsinn, niemand kann meine innere Stimme hören.«

»Nun, immerhin habe ich verstanden, dass ich als Schokokeks bezeichnet wurde«, erwiderte Maya. »Übrigens habe ich nicht vor, aufzugehen wie ein Hefekloß, obwohl ich auf Feiern sehr gern Limonade trinke.«

Für einen Moment verschlug es Tjorven die Sprache. Dann presste sie mit zusammengekniffenen Lippen hervor: »Wahrscheinlich hat die alte Voodoo-Priesterin dir einen Trick verraten, damit es so aussieht, als könntest du Gedanken lesen.«

»Ich kann keine Gedanken lesen«, erklärte Maya. »Ich höre diese Stimme, weil sie nicht wirklich zu dir gehört. Sie ist kein echter Teil von dir. Sie mag aus dir entstanden sein, aber sie ist nicht dein eigener Wille.«

»Hör nicht auf sie«, meldete sich das erregte Flüstern. »Sie will uns auseinanderbringen. Sie ist ganz genauso wie diese Psychologen in der Klinik. Gleich wird sie sagen, dass man dich einsperren soll.«

»Ich bin keine Psychologin und ich will auch niemanden einsperren«, antwortete Maya auf den Vorwurf. »Du weißt genau, weshalb ich hier bin und warum ich dich hören kann.«

»Nun gut, Heilerin«, knurrte die Stimme, während im Schatten der Schirmmütze eine kleine Wolke hin und her zu treiben schien. »Sag uns, weshalb du gekommen bist.«

»Ich möchte helfen.«

»Wir brauchen keine Hilfe.«

»Nein, du nicht, aber Tjorven schon«, erwiderte Maya. »Warum kommen wohl all die Leute zu euch? Weshalb die Klinik? Weshalb hat Doktor Lambrecht die alte Ursel hierhergebracht?«

»Neid. Sie sind neidisch. Sie gönnen ihr den Erfolg nicht.«

»Sie sind nicht neidisch, sie sind besorgt.«

Erstmals schaltete sich auch Tjorven in das Gespräch ein: »Das verstehst du nicht. Dafür bist du noch zu klein.«

Maya war ehrlich überrascht: »Ich bin höchstens ein Jahr jünger als du!«

Tjorvens Stimme nahm den Klang einer Internatsdirektorin an: »In einem Jahr verändert sich viel. Du wirst bald wissen, was ich meine. Man muss sich entscheiden, ob man etwas aus sich machen will oder in der Masse untergeht. Wenn man etwas Besonderes sein will, muss man sich im Griff haben. Denk mal an die ganzen Models auf den Laufstegen!«

»Ich verstehe es jetzt nicht und ich glaube nicht, dass sich in einem Jahr etwas daran ändern wird«, antwortete Maya gelassen. »Du magst älter sein als ich, aber man könnte dich für meine kleine Schwester halten. Du siehst nicht aus wie ein Model und schon gar nicht wie eine gesunde Frau. Wozu also das Ganze?«

»Macht!«, zischte die Stimme. »Es geht uns um Macht!«

»Macht?«

»Ja, Macht! Macht, Kontrolle und Anerkennung. Als wir aus England zurückgekommen sind, haben alle gesagt wie schön schlank sie geworden wäre. Plötzlich gehörte sie überall dazu. ›Trampel-Tjorven‹ war vergessen. Keiner hat daran geglaubt, dass sie noch schlanker werden würde. Aber sie hat weitergemacht. Sie hat immer weitergemacht. Bald sahen die anderen neben ihr wie Trampel aus. So viele Mädchen sind zu ihr gekommen und haben sie bewundert. Wie machst du das bloß, haben sie gefragt. Tjorven, wie kannst du nur so diszipliniert sein? Tjorven, hast du einen Tipp für mich? Tjorven, du siehst so toll aus!«

»Was isst du an einem Tag?«, fragte Maya und hörte erleichtert, dass Tjorven selbst antwortete.

»Ich esse genug!«

»Wie viel?«

»Zwei bis drei Scheiben Schwarzbrot bestrichen mit Magerquark.«

»Und du läufst jeden Tag?«

»Jeden!«

»Wofür? Wozu tust du dir das an?«

Tjorven begann im Wohnzimmer auf und ab zu gehen. »Ich tue mir gar nichts an. Du verstehst das nicht«, sagte sie. »Seit ich meine Ernährung umgestellt habe, spüre ich eine noch nie gekannte Stärke. Du hast keine Ahnung, wie gut es tut, sich so im Griff zu haben. Wenn all die Gierhälse ihre vollgestopften Einkaufswagen zur Supermarktkasse schieben und an keinem Schokoriegel vorbeigehen können, dann lege ich nur einen Apfel auf das Band. Wenn die anderen sich in der Eisdiele eine Kugel nach der anderen kaufen, nippe ich an meinem Selters-Wasser. Ich fühle mich so überlegen! Man kann immer noch einen Schritt weiter gehen. Erst habe ich das Mittagessen weggelassen. Dann kam ich mit ein paar Scheiben Brot aus und fing an zu laufen. Jetzt sind es nur noch zwei oder drei Scheiben und ich laufe zweimal am Tag!«

»Ich glaube, ich verstehe, was du meinst«, antwortete Maya. »Ich kenne diesen Ehrgeiz vom Sport. Wenn mir ein Sprung gelingt, den andere sich nicht zutrauen, dann ist da dieses Gefühl von Überlegenheit. Ich wiederhole den Sprung dann immer und immer wieder, damit er möglichst perfekt wird.«

»Da siehst du es!«, erwiderte Tjorven. »Wenn ein Sportler hart trainiert, dann klatschen alle in die Hände. Aber wenn ich an mir arbeite, dann versucht man mich einzusperren.«

»Du übersiehst einen wichtigen Unterschied«, wandte Maya ein. »Man kann diese Macht dazu verwenden, um etwas zu erschaffen oder um etwas zu zerstören.«

»Wir erschaffen etwas!«, fauchte die Stimme. »Sie wird immer schöner, immer zarter, immer zierlicher mit jedem Tag. Neben ihr sehen alle anderen aus wie Walfische!«

»Den Zeitpunkt, an dem Tjorven schön und glücklich ausgesehen hat, mag es gegeben haben«, antwortete Maya. »Jetzt ist sie krank und sieht unglücklich aus. Du zerstörst sie!«

»Ich gebe ihr Macht!«, ereiferte sich die Stimme. »Ich gebe ihr Selbstdisziplin, ich gebe ihr Bewunderung. Durch mich wird sie nie wieder Trampel-Tjorven sein. Durch mich ist sie etwas Besonderes.«

»Sie ist krank.«

»Nein, sie ist zierlich. Aus dir spricht reiner Neid.«

»Sie wird sterben!«, rief Maya einem plötzlichen Impuls folgend.

Betretenes Schweigen erfüllte den Raum, bevor die Stimme versuchte sich zu rechtfertigen.

»Ich gebe ihrem Leben einen Sinn«, hauchte sie. »Durch mich hat sie eine Aufgabe und Erfolg. Wir nehmen uns vor, dass sie nur noch drei Äpfel am Tag isst: sie schafft es. Wir beschließen, dass sie mit nur einem Apfel am Tag auskommt: sie schafft es! Wir befehlen der Waage drei Kilo weniger anzuzeigen: sie gehorcht!«

»Ist diese Kontrolle so wertvoll, dass man dafür sterben sollte?«, fragte Maya.

»Ärzte, Psychologen, Heiler, alle drohen uns mit dem Tod. Aber niemand kann uns sagen, wann konkret das sein soll. Sicher, es gibt Menschen, die so dünn werden, dass sie sterben. Aber ihr passiert das nicht. Wir haben das unter Kontrolle. Echte Gefahr liegt irgendwo in der Ferne. Konkrete Ziele, die Anzeige der Waage, das ist real.«

»Tjorven wird sterben«, wiederholte Maya. »Nicht morgen und auch nicht übermorgen, aber vielleicht noch diesen Sommer.«

Maya spürte, dass ihre Worte begannen, Spuren zu hinterlassen.

»Ich wollte Tjorven immer nur beistehen«, flüsterte die Stimme. »Wenn ich ihr wirklich schade, dann musst du es mir beweisen, Heilerin.«

»Ich glaube, es gibt einen Weg, wie wir einander verstehen könnten«, sagte Maya. »Wenn wir uns gemeinsam vor den Spiegel stellen, könnte ich dafür sorgen, dass wir das Spiegelbild mit den Augen des anderen wahrnehmen.«

»Einverstanden, junge Heilerin«, raunte die Stimme.

Tjorven sagte nichts, aber sie stellte sich vor den Spiegel und Maya durfte von hinten die Hände um ihre Schläfen legen.

»Zeig mir, wie du dich siehst!«, flüsterte Maya und konzentrierte sich ganz und gar auf den Spiegel. Für einen Moment geschah gar nichts. Dann verschwamm das Spiegelbild. Als es wieder klar wurde, sahen sie eine Gazelle, die abseits der Herde auf einer Anhöhe stand. Das Tier wirkte zart und zerbrechlich, war aber zugleich von zierlicher Anmut. Immer wieder hoben die Tiere der Herde die Köpfe, um mit Bewunderung oder Neid zu dem edlen Tier hinaufzublicken.

»Nun ich«, flüsterte Maya.

Das Bild verschwamm und zeigte kurz darauf erneut eine Herde Gazellen. Auch diesmal stand ein Tier abseits der Herde. Doch der Anblick, der sich ihnen nun bot, war erschreckend. Mit eingefallenen Flanken stand das erbärmlich wirkende Tier im kalten Wind, während sich das stumpfe Fell über den vorstehenden Knochen spannte. Mehrfach näherte sich ein gesundes Tier aus der Herde und versuchte vorsichtig Kontakt aufzunehmen. Es schrak jedoch sofort zurück, als es den Geruch von Krankheit und Tod wahrnahm.

Das Bild verschwamm und Maya zog ihre Hände zurück. Tjorven drehte sich ruckartig zur Seite und starrte bewegungslos in die Ferne. Im Schatten ihrer Schirmmütze schien etwas zu erzittern.

»Ich glaube nicht, dass du sie töten willst«, sagte Maya zu dem Schatten in Tjorvens Nacken. »Wahrscheinlich bist du entstanden, um sie vor dem Gefühl der Ohnmacht zu schützen. Du wolltest, dass sie glücklich wird. Ihr habt euch aber verrannt. Wenn du willst, dass sie überlebt, musst du sie verlassen.«

»Aber ohne mich wird sie schutzlos sein. Niemand wird sie mehr für etwas Besonderes halten«, entgegnete die Stimme.

»Vielleicht, aber sie wird leben!«, antwortete Maya.

Anschließend trat sie neben Tjorven.

»Du musst ihn gehen lassen«, flüsterte Maya.

Tjorven schwieg. Allein die zusammengekniffenen Augenbrauen verrieten den Kampf, der in ihrem Inneren tobte.

»Du kannst ihn zurückrufen, wenn es dir besser geht«, versprach Maya. »Ihr könnt dann gemeinsam etwas erschaffen. Es gibt so viele gute Dinge, für die es eines eisernen Willens bedarf.«

Nichts geschah. Die Zeit schien stillzustehen. Dann jedoch war erneut die Stimme zu vernehmen. Sie sprach so leise, dass man sie kaum verstehen konnte.

»Die junge Heilerin hat Recht, Tjorven. Wir müssen uns trennen. Vielleicht können wir später für ein anderes Ziel wieder zusammenkommen. Doch jetzt musst du ohne mich auskommen. Lass mich gehen.«

»Ich verstehe das nicht«, entgegnete Tjorven. »Warum gerade jetzt, warum nicht in einer Woche, einem Monat?«

»Weil es dann nie sein wird«, entgegnete die Stimme. »Du musst es jetzt nicht verstehen. Tu es einfach.«

Tjorvens Nicken war nicht mehr als eine Andeutung. Lange stand sie nur da. Dann jedoch zog sie langsam ihre Schirmmütze vom Kopf. Sie fuhr sich mit den blassen Fingern durch das spröde Haar und ließ dann eine gewölbte Hand auf dem Nacken ruhen. Vorsichtig strich sie am Hals entlang und formte dann mit beiden Händen einen Hohlraum. Maya öffnete ein Fenster und Tjorven schritt behutsam darauf zu. Sie bewegte sich so vorsichtig, als trüge sie einen jungen Vogel. Zögernd streckte sie die übereinandergelegten Hände hinaus ins Sonnenlicht.

»Ich bin mir nicht sicher, ob ich das will«, flüsterte sie.

»Aber du willst leben«, antwortete die Stimme zwischen ihren Fingern.

Wieder nickte Tjorven.

»Es ist gut«, hauchte die Stimme. »Ich wollte immer nur dein Bestes. Sag der jungen Heilerin, dass ich keinen Groll gegen sie oder ihren Dämon hege.«

»Lebe wohl«, flüsterte Tjorven und öffnete die Handflächen, die sogleich von Sonnenlicht geflutet wurden.

Die beiden Mädchen standen nebeneinander vor dem geöffneten Fenster. Wärme strahlte auf ihre Haut. Vogelstimmen klangen herein. Der Bach gurgelte und ein Platschen verriet den Sprung eines Tieres.

»Ich denke nicht, dass wir den anderen alles erzählen müssen«, sagte Tjorven schließlich. »Meine Eltern werden es ohnehin nicht verstehen. Ich verstehe es ja selbst nicht.«

»Ein Anfang ist gemacht«, antwortete Maya. »Ich denke, es genügt, wenn ihr versucht, einander zu vertrauen.«

»Ja, ein Anfang«, stimmte Tjorven zu. Es klang, als sähe sie einen langen und beschwerlichen Weg vor sich. »Vielleicht sollte ich in die Küche gehen und mir den Tee deiner Großmutter zeigen lassen.«

»Das ist eine gute Idee«, bestärkte sie Maya. »Ich würde gern schon auf die Straße gehen. Könntest du meiner Großmutter sagen, dass ich vor dem Haus auf sie warte?«

Tjorven nickte und geleitete Maya zur Haustür.

»Sehen wir uns mal wieder?«, fragte sie, als Maya bereits eine Hand auf die Gartenpforte legte.

»Sicher«, antwortete Maya. »Vielleicht trinken wir mal eine Limonade zusammen.«

Tjorven lächelte unsicher. »Ja, vielleicht«, sagte sie, während sie sich setzte und den Arm um ihren Bruder legte. »Nicht heute und auch noch nicht morgen, aber vielleicht noch in diesem Sommer.«

Fidelius

Es dauerte eine ganze Weile, bis die alte Ursel aus dem Haus trat. Maya wartete voller Ungeduld. Gedanken stürmten durch ihren Kopf und Fragen verlangten nach Antworten. Daher war Maya erleichtert, als ihre Großmutter ohne Begleitung auf die Straße trat.

Die Alte war bester Laune und klopfte ihrer Enkelin anerkennend auf die Schultern. »Das hast du gut gemacht, meine Kleine«, lobte sie. »Ich hatte gehofft, dass du den Schatten bemerken würdest. Aber dass du ihn sogar zum Aufbruch überzeugst, übertrifft meine Erwartungen.«

»Vielen Dank!«, unterbrach sie Maya und zog ihre Großmutter hastig zur Seite. »Ich muss dringend mit dir reden!«

»Nun mal langsam!«, lachte die Alte. »Deine Erfolge sind dir wohl zu Kopf gestiegen.«

Sobald Maya sicher war, von niemandem sonst gehört zu werden, sprudelte es aus ihr hervor.

»Habe ich Tjorven geheilt?«

»Bis dahin ist es noch ein langer Weg«, antwortete die Alte. »Du hast die Riegel einer Kerkertür geöffnet. Die Tür steht nun offen. Hinausgehen muss Tjorven allerdings selbst.«

»Hast du die Stimme auch bemerkt?«

»Selbstverständlich!«

»Sie hat mich ›junge Heilerin‹ genannt.«

»Das ist nicht verwunderlich. Dämonen verstehen schnell, wen sie vor sich haben.«

Maya begann vor ihrer Großmutter auf und ab zu marschieren.

»Was wäre geschehen, wenn ich etwas falsch gemacht hätte?«,

überlegte sie. »Ich hätte den Schatten in Tjorvens Nacken auch verärgern können.«

»Das hätte mir dann einige Arbeit bereitet«, entgegnete die alte Ursel. »Aber irgendwann musstest du diese Erfahrung machen. Vom Zusehen allein wird man keine Heilerin. Außerdem waren wir uns sicher, dass du soweit bist.«

»Wir?«

»Ja, wir!«

»Du meinst, Bartholomäus und du, ihr habt das einfach hinter meinem Rücken über mich entschieden«, empörte sich Maya.

»So ist es«, bestätigte die alte Ursel. »Alle drei waren wir uns einig. Ich, Bartholomäus und dein eigener Dämon.«

»Mein Dämon?«

»Selbstverständlich. Er hat uns sogar begleitet, um dir beizustehen, falls etwas schief geht.«

Mayas Gedanken überschlugen sich. »Mein Dämon«, wiederholte sie. »Aber ich besitze keinen Dämon.«

»Das tust du auch nicht«, ermahnte sie die Alte. »Niemand besitzt einen Dämon. Vergiss nicht, dass der Dämon die Heilerin erwählt, nicht umgekehrt. Man kann bestenfalls mit ihnen verbunden sein.«

»Soll das bedeuten, dass mir bereits ein Dämon beisteht?«, staunte Maya.

»So ist es«, bestätigte ihre Großmutter. »Allerdings musst du ihn auch bemerken. Ich hoffe, es wird nicht Ewigkeiten dauern, bis seine Stimme endlich zu dir durchdringt und du begreifst, wo du ihn finden kannst.«

Plötzlich war es Maya, als füge sich vor ihren Augen ein Puzzle zusammen. Sie hörte die Stimme aus Tjorvens Nacken: »Sag der jungen Heilerin, dass ich keinen Groll gegen sie oder ihren Dämon hege.« Dann wurde ihr das Platschen bewusst, das vom Bach herübergeklungen war. Und schließlich erinnerte sie sich an jene Stimme, die sie vor zwei Tagen an der alten Wassermühle vernommen hatte: »Na komm schon, Heilertochter, sonst wird das nie was mit uns.«

Maya raufte sich die Haare. »Ich verstehe, ich verstehe es jetzt!«, rief sie. Dann blieb sie ruckartig stehen. »Ich muss los, ich muss sofort gehen.«

Die alte Ursel antwortete mit einem breiten Grinsen.

»Ich kann nicht länger warten«, wiederholte Maya und begann wie ein Rennpferd auf der Stelle zu tänzeln.

»Wir sehen uns heute Abend«, erwiderte die Alte. »Der Doktor fährt mich noch nach Torfstedt. Ich will dem Elektriker eine Nachricht in den Briefkasten werfen. Er soll in den nächsten Tagen bei uns vorbeischauen. Gestern ist mir mehrfach die Sicherung herausgesprungen. Wahrscheinlich müssen die alten Leitungen erneuert werden.«

»Einverstanden«, rief Maya über die Schulter, während sie bereits in Richtung Dorf stürmte. »Auch bei mir wird es eine ganze Weile dauern!«

»Das kann ich mir denken«, bemerkte die Alte und lehnte ihr Kreuz gegen den Gartenzaun.

Mayas Füße flogen über das Kopfsteinpflaster. Sie nahm die Abkürzung über den Parkplatz der Freiwilligen Feuerwehr und stürmte am Kriegerdenkmal vorbei zum gegenüberliegenden Ende des Dorfes. Sie lief so schnell sie konnte. Erst als sie an Peers Haus vorüberkam, begannen ihre Beine den Dienst zu versagen. Für einen Moment blieb Maya stehen und rang nach Luft. Dann wischte sie sich den Schweiß von der Stirn und trabte weiter zur Wegkreuzung. Von dort ging sie im Eiltempo in die Eichenallee hinein. Die Erwartung brannte wie Juckreiz auf ihrer Haut, und als die alte Wassermühle in Sichtweite kam, begannen ihre Füße erneut zu laufen.

Es dauerte nicht lange und Maya hatte das Gebäude erreicht. Ohne Zögern schwang sie ihre Beine über einen der baufälligen Fensterrahmen und betrat die Mühle. Erst im Dunkeln des Innenraums blieb sie schweratmend stehen.

»Hallo, ich bin da!«, rief sie, sobald sie Luft geschöpft hatte.

Keine Antwort war zu hören.

»Ich bin jetzt hier, wir können miteinander reden«, wiederholte Maya in die staubige Stille hinein.

Nichts regte sich.

Vorsichtig tastete sie sich durch das Halbdunkel zur Kellertreppe. Mehrmals knarrte der Boden unter ihren Füßen.

»Es hat eine Weile gedauert, aber ich habe es jetzt verstanden«, rief Maya, als ihre Füße den Absatz zur Kellertreppe erreichten.

Aus der Tiefe drangen nur das Rauschen des Wassers und das Ächzen von Gebälk zu ihr empor.

»Bist du beleidigt? Warum sprichst du nicht mehr mit mir?«

Mayas Vorfreude schlug in Unbehagen um. Dennoch atmete sie tief durch und tastete sich die Treppe hinunter, dorthin wo das alte Wasserrad, begleitet vom Rauschen des Baches, im Halbdunkel ächzte. Bisher hatte Maya nur von oben in den Keller hinabgeschaut. Auch war sie stets von Peer begleitet worden. Nun stand sie allein auf dem Boden der Mühle und betrachtete das Bassin, in dem einst Kleiderlumpen mit Hilfe der Wasserkraft zerstampft worden waren. Ein mächtiger Pfahl, in den zahlreiche Keile eingeschlagen worden waren, beherrschte den Raum. Er ruhte auf zwei Halterungen und war durch eine Öffnung im Mauerwerk mit dem Gewinde des Wasserrades verbunden. Streifen von Tageslicht fielen durch die Öffnung zum Mühlrad sowie einige Risse der Außenmauer. Unschlüssig stand Maya da, während die Wasserkraft das festgestellte Mühlenrad mit unerschütterlicher Regelmäßigkeit so lange gegen einen Keil presste, bis das Holz ächzend zurücksprang.

»Bitte, zeig dich«, bat Maya. »Es tut mir leid, dass ich so lange nicht verstanden habe. Ich verspreche in Zukunft besser zuzuhören!«

Minuten vergingen. Nichts geschah.

Schließlich wandte sich Maya enttäuscht zum Gehen und stieg mit hängenden Schultern die Treppe hinauf. Sie hatte bereits mehrere Stufen erklommen, als plötzlich hinter ihrem Rücken eindeutige Geräusche die Bewegung eines nassen Körpers verrieten. Etwas war außerhalb der Mauer auf das Mühlenrad geklettert und lief nun mit nassen Füßen den Holm der alten Lumpenpresse entlang. Es folgte eine Art Schnaufen, dann ein Pfeifen und schließlich eine vorwurfsvolle Stimme.

»Du willst doch wohl nicht etwa gehen, oder? Aus dir soll einer schlau werden. Erst rennst du so schnell davon, dass dir niemand folgen kann, und dann kannst du nicht einmal ein wenig warten.«

Maya hätte jubeln mögen, aber sie zwang sich regungslos stehenzubleiben. Keinesfalls wollte sie jetzt etwas Unbedachtes tun.

»Warum um Himmels willen bist du hierhergelaufen?«, schnaufte es hinter ihr. »Wir hätten uns doch auch irgendwo am Bach unterhalten können? Es war ein hartes Stück Arbeit, dir zu folgen! Die Straße ist wesentlich kürzer als der Weg durchs Moor.«

»Ich bitte um Entschuldigung«, antwortete Maya. »Ich glaubte hierherkommen zu müssen, weil die alte Mühle doch dein Zuhause ist.«

»Ich bin hier zu Hause, aber es spricht nichts dagegen, dass wir uns auch an anderen Orten treffen.«

»Wie soll ich dich nennen?«, fragte Maya vorsichtig.

»Fidelius, mein Name ist Fidelius.«

Fidelius, der Name klang wie das Hüpfen eines Geigenbogens.

»Darf ich mich jetzt umdrehen?«, bat Maya zögernd.

»Das wäre in der Tat angebracht«, antwortete Fidelius. »Jemandem den Rücken zuzudrehen ist schließlich recht unhöflich. Das gilt bei Menschen ebenso wie bei Dämonen.«

Maya fuhr herum, und da war er: der Otter. Er stand auf dem hölzernen Pfahl inmitten eines Lichtkegels und hatte den Kopf keck zur Seite gelegt. Es war ein wahrhaft schönes Tier. Wasser rann sein glänzendes Fell hinab und betonte die Eleganz des stromlinienförmigen Körpers. Das Ineinanderfließen von dunklen und hellen Fellpartien und die leuchtenden schwarzen Augen verliehen dem runden Kopf mit der stumpfen Schnauze ein fast menschliches Antlitz, in dem sich Maul und Tasthaare zu einem schelmischen Grinsen verzogen.

Wie gebannt ließ sich Maya auf der untersten Treppenstufe nieder. Fidelius indes eilte mit flinken Bewegungen auf sie zu. Am Ende des Holms stellte er sich auf die Hinterbeine und richtete sich, gestützt auf den kräftigen Schwanz, zu voller Größe auf.

»Kaffee und Ananas!«, bemerkte er, während seine Nasenspitze auf und nieder zuckte.

»Wie bitte?«

»Du hast heute Kaffee getrunken und Ananas gegessen. Eine wahrlich erstaunliche Mischung. Auch Plätzchen waren in der Nähe, du hast aber nicht davon gekostet.«

»Das kannst du riechen?«, staunte Maya.

Fidelius gab ein verächtliches Schnalzen von sich. »Kleinigkeit! Ich bin ein Otter. Wir gehören zur Familie der Marder. Eine gute Nase ist uns angeboren. Was meinst du, warum ihr Menschen so selten einen Marder zu Gesicht bekommt? Wir riechen euch, lange bevor ihr uns sehen könnt.«

»Aber du bist auch ein Dämon, nicht wahr?«

»Ein Animalicus, um genau zu sein«, ergänzte Fidelius und machte eine Art Verbeugung.

»Ich kenne die Bedeutung dieses Wortes. Es bezeichnet einen Dämon, der so stark ist, dass ihm erlaubt wurde, die Gestalt eines Tieres anzunehmen«, beeilte sich Maya ihr Wissen unter Beweis zu stellen.

Der Otter schien wenig beeindruckt. »Es wäre auch erstaunlich, wenn du das nicht wüsstest. Schließlich wurde deine Großmutter von einem Animalicus erwählt.«

»Du kennst Bartholomäus?«, staunte Maya.

»Selbstverständlich. Wir hatten schon vor drei Jahren das Vergnügen, einander kennenzulernen. Ich verdanke ihm nicht nur zahlreiche Einsichten, er hat auch über meine Familie gewacht, wenn dieser Schleicher um die Mühle pirschte. Ein widerlicher Zeitgenosse, dieser Kater.«

»Schleicher bedroht deine Familie?«

»Oh ja! Er hasst dich wirklich sehr, Heilertochter, und es ist ihm unerträglich, wenn du an Stärke gewinnst. Seit er gespürt hat, dass ich mich mit dir verbunden habe, versucht er, mir und den Meinen Schaden zuzufügen.«

»Ich will auf keinen Fall respektlos erscheinen«, tastete sich Maya vor, »aber darf ich fragen, wie du entstanden bist?«

»Du kannst fragen, was immer du möchtest«, beruhigte sie Fidelius im amüsierten Tonfall. »Ich bin anders als der alte Bartholomäus.

Weder besitze ich seine Macht, noch ist mir daran gelegen, jemandem Angst zu machen. Bedenke, dass Heiler und Dämon zueinander passen sollten. Die alte Ursel und Bartholomäus haben zwar das Herz am rechten Fleck, aber sie sind beide auch recht unheimlich, findest du nicht? Sie nutzen diese Wirkung, um Gutes zu tun. Eine recht erfolgreiche Vorgehensweise, aber unsere Sache ist das nicht. Du und ich, wir heilen durch Hoffnung, Vertrauen und Zuversicht.«

»Ich kenne die Entstehung von Bartholomäus«, antwortete Maya mit glänzenden Augen. »Bitte berichte mir von dir. Ich möchte so viel wie möglich erfahren.«

»Ich hoffe nur, dass du dich nicht langweilen wirst«, begann Fidelius mit gespielter Bescheidenheit. »Ich habe nicht das Grauen erfahren, das Bartholomäus hervorbrachte. Dir werden nicht die Nackenhaare zu Berge stehen. Doch auch meine Entstehung dürfte es wert sein, erzählt zu werden.«

»Davon bin ich überzeugt«, beeilte sich Maya ihr Interesse zu bekunden.

»Wohl an!«, entgegnete der Otter geschmeichelt. »Ebenso wie die Entstehung von Bartholomäus beginnt auch meine Geschichte mit einem kleinen Jungen. Allerdings müssen wir nicht Tausende von Jahren in die Vergangenheit reisen. Es genügt, wenn wir uns ein knappes Jahrhundert zurückversetzen. Der Junge, von dem ich berichten möchte, hieß Albert und er lebte in einem kleinen Dorf hier im Schattenmoor.«

Fidelius nutzte den Holm wie ein Schauspieler seine Bühne und untermalte seine Erzählung mit Mimik und Gestik. Er sprach im ruhigen Tonfall und verfiel in eine Art Singsang, der die Umgebung der Mühle verblassen ließ und vor Mayas Augen die Orte und Personen der Erzählung heraufbeschwor.

»Es waren harte Zeiten damals, hier im Schattenmoor«, fuhr Fidelius fort. »Alberts Vater arbeitete als Knecht auf einem großen Bauernhof, dessen Besitzer sich gern als Gutsherr bezeichnete und sein Gesinde gelegentlich einige Groschen beim Torfstechen dazuverdienen ließ. Der Knecht bewohnte zusammen mit seiner Frau und

Albert zwei winzige Kammern über den Stallungen. Dennoch verbrachte Albert zunächst eine glückliche Kindheit. Er besaß liebevolle Eltern und war ein ausgesprochen begabter Schüler. Der Dorflehrer, Herr Sternholz, unterrichtete alle Kinder und Jugendlichen der Umgebung gemeinsam in einem Klassenraum. Albert war ihm aufgefallen und er hatte angeregt, den begabten Jungen eine weiterführende Schule besuchen zu lassen, weshalb Alberts Eltern planten, den Gutsherrn um einen Kredit zu bitten. Albert war ihnen sehr dankbar. Trotz seiner schmächtigen Statur half er jede freie Minute auf dem Hof. Nur Martin, dem Sohn des Landwirts, ging er aus dem Weg. Martin war ein grober Junge mit kräftigem Körper und schlichtem Geist, der gern zeigte, wer Herr auf dem Hof war. Dies galt besonders für die Wanderarbeiter, die im Mai zum Spargelstechen eintrafen und die Gegend im Herbst nach der Getreideernte wieder verließen. ›Dem Zigeunerpack muss man gelegentlich auf die Sprünge helfen‹, protzte Martin, während sein Vater ihm anerkennend auf die Schulter klopfte.

Albert hingegen freute sich jedes Jahr auf die Ankunft des fahrenden Volkes. Sie selbst nannten sich Roma. Es waren drei bis vier Familien, die während des Sommers in ihren Wagen auf dem Hof lebten. Die Erwachsenen wurden bei der Ernte oder zum Torfstechen eingesetzt, während die Kinder mit der Jugend des Dorfes die Volksschule besuchten. Zu ihnen zählte auch Nonoka. Sie war ein gutes Jahr älter als Albert und jeder wusste, wie sehr er sich in sie verliebt hatte. Es war zwecklos, dies verbergen zu wollen. Die Wahrheit war zu offensichtlich. Nur unter größten Anstrengungen war es Albert möglich, den Blick von Nonoka abzuwenden oder sinnvolle Sätze in ihrer Gegenwart zu formulieren. Niemand störte sich an seinen Gefühlen. Nonoka schenkte ihm gelegentlich ein Lächeln und Albert war ein gern gesehener Gast, wenn die Roma am Abend zwischen ihren Wagen Mahlzeiten vorbereiteten oder Lieder sangen.

Nonoka war ein schlankes Mädchen mit tiefschwarzen Augen, festem Händedruck und einem wilden Haarschopf, den sie nur für die Schule in zwei strenge Zöpfe zwang. Am Unterricht war sie ausgesprochen interessiert. Sie gehörte zu den wenigen Kindern der Wanderarbeiter, die fließend lesen und schreiben konnten und sie verschlang die Bücher, die ihr der Dorflehrer zur Verfügung stellte. Allein die Mathematik blieb ihr verschlossen. Nonokas Rechenkünste glichen dem Versuch, mit einer Schaufel stricken zu wollen. Der Lehrer gab sich alle Mühe, um ihr zumindest die Grundrechenarten zu vermitteln. Schließlich übertrug er Albert die Aufgabe, jeden zweiten Tag eine halbe Stunde mit Nonoka zu rechnen. Für Albert war dies wie eine Eintrittskarte in den Himmel. Der Spott und die Hänseleien der anderen Jungen waren ihm gleichgültig. Auch die Tatsache, dass er während der ersten Nachhilfestunde kaum ein Wort hervorbrachte, wurde von dem Glück überstrahlt, ganz nah bei Nonoka sitzen zu dürfen.

Als die Roma im Herbst den Hof verließen, schickte Albert sein Herz in den Winterschlaf. Er würde es wecken, wenn erneut die Pferdewagen auf den Hof polterten. Allerdings sollte der kommende Winter alles verändern. Von den großen Ereignissen in den Hauptstädten erfuhr man im Schattenmoor zunächst wenig. Gelegentlich las Albert seinen Eltern die alte Zeitung des Bauern vor. Von Arbeitslosigkeit und Straßenkämpfen wurde dort berichtet. Regierungen kamen und gingen in schneller Folge. Am Ende eines bitterkalten Winters jedoch übernahm eine neue Regierung die Macht. Ein ganzes Land begab sich in die Hand eines kleinen Mannes mit einem lächerlichen Bart und hässlichen Gedanken. Nun änderte sich auch das Leben im Schattenmoor. Der alte Dorflehrer war über Nacht verschwunden. Sein Nachfolger war eine dürre Gestalt mit strengem Blick. Sein Name war Hartziegel. Er trug ein braunes Hemd und erklärte, die Jugend des Ortes ›auf Vordermann‹ bringen zu wollen. Der Schulalltag wurde einem radikalen Wandel unterzogen. Der Deutschunterricht schrumpfte auf Diktate und Heldensagen zusammen. In der Musikstunde dominierten Soldatenlieder, und Sport wurde zum Dreh- und Angelpunkt von Hartziegels Erziehungsprogramm. ›Nur in einem gesunden Körper steckt ein gesunder Geist‹, pflegte er Albert zuzurufen, wenn dieser als Letzter den Ausdauerlauf beendete.

Martin hingegen, der Sohn des Landwirts, entwickelte sich zum Musterschüler. Er rannte, sprang, tauchte und raufte genau so wie Hartziegel es sich wünschte. Martin war es auch, der als Erster in Uniform die Schule betrat. Bald darauf waren fast alle mit braunen Hemden und Halstuch sowie schwarzen Hosen mit Ledergürtel eingekleidet. Alberts Eltern konnten oder wollten sich diese Anschaffung nicht leisten, weshalb Albert zur immer kleiner werdenden Gruppe der sogenannten ›Samstagsschüler‹ gehörte. Wer eine Uniform trug, wurde vom Wochenendunterricht befreit und besuchte dafür ›Ertüchtigungsmaßnahmen‹ am Nachmittag. Da Hartziegel für beide Angebote die Verantwortung trug, waren ihm die verbleibenden ›Samstagsschüler‹ ein Dorn im Auge. Er begann Einzelgespräche zu führen, Briefe zu schreiben und Hausbesuche zu machen. Nach drei Monaten nahm Albert am Samstag allein im Klassenraum Platz. Längst war Hartziegel dazu übergegangen, schriftliche Aufgaben zu hinterlegen, um auch am Vormittag persönlich mit den Uniformierten an der ›Volksgemeinschaft‹ arbeiten zu können. Albert kam diese Regelung sehr entgegen. Die Pflichtaufgaben waren rasch erledigt. Er schrieb einige Seiten über germanische Tugenden oder errechnete, wie viele Schuss ein geübter Schütze in vier Stunden auf ein bewegliches Ziel abfeuern konnte. In der verbleibenden Zeit wendete er sich dem bescheidenen Büchervorrat der Dorfschule zu. Dies galt besonders für jene Werke, die Hartziegel aus den Regalen genommen hatte und die nun in einer Kiste unter dem Lehrerpult lagen. ›Onkel Toms Hütte‹, ›Pünktchen und Anton‹, ›Tom Sawyer und Huckleberry Finn‹, sie alle befreite Albert stundenweise aus ihrer Verbannung und die Geschichten dankten es ihm mit Träumen und Abenteuern. Mit ihnen erlebte er Verzweiflung und Freude, Freundschaft und Verrat. Er befreite Sklaven, durchstreifte Großstädte, stellte Verbrecher und überquerte den Mississippi. Auf Hartziegel und dessen Wehrsportübungen konnte er getrost verzichten.

Leider fand Alberts Schonfrist ein jähes Ende. Es war ein windiger Frühlingstag, als der Gutsherr ihn und seinen Vater zu sich rief. Mit gönnerhafter Miene überreichte er ihnen eine gebrauchte Uniform, wuschelte Albert durchs Haar und betonte, dass nun auch er zum Jungvolk gehören würde. Albert bedankte sich höflich, aber ihm war, als würde sein Herz zusammen mit Onkel Tom in Hartziegels Kiste begraben werden. Mit seinen Eltern sprach er kein Wort darüber. Er glaubte zu wissen, wie sie über die neue Bewegung dachten. Doch er wusste, dass eine Auflehnung gegen den Bauern unmöglich war.

Von nun an blieb keine Zeit mehr für die Verbrecherjagden durch Berlin oder den Versuch, die Mündung des Missouri zu erreichen. Von nun an marschierte er in Reih und Glied. Er lernte Schützengräben auszuheben und Feldlager zu errichten. Besonders verhasst waren ihm die immer neuen Kampfspiele und Gemeinschaftsaufgaben. Die Kampfspiele folgten dem immer gleichen Muster. Zwei Mannschaften erhielten je ein farbiges Band. Wer in den Besitz des gegnerischen Bandes gelangte, war der Sieger. Die Hetzjagden endeten mit zuverlässiger Regelmäßigkeit in Raufereien mit blauen Flecken und blutigen Nasen. Albert mochte keine Schlägereien und er war nicht stolz auf eine blutige Nase, obwohl Martin dafür Sorge trug, dass er regelmäßig eine solche Auszeichnung mit nach Hause trug.

Nach derartigen Erlebnissen sprach Albert oft stundenlang kein Wort. Es waren die kleinen Dinge, die Linderung brachten. Alberts Vater konnte mit seinen großen, von Arbeit geprägten Händen sehr vorsichtig eine blutende Nase oder ein geschwollenes Auge betupfen und seine Mutter hatte ein besonderes Ritual ersonnen. Wann immer ihr Sohn nach Hause kam, lagen seine alten Kleider für ihn bereit. Die Uniform wurde sogleich mit einer energischen Geste in den Kleiderschrank gesperrt.

Zum Verhängnis sollte Albert erst eine von Hartziegels Gemeinschaftsaufgaben werden. Der Mai war angebrochen und die Gewässer der Umgebung hatten nach Meinung des Dorflehrers ›Schwimmtemperatur‹ erreicht. Albert konnte schwimmen, aber er fürchtete sich davor zu tauchen. Die von Hartziegel verordneten Wasserschlachten waren ihm ein Gräuel und seine Angst davor, unter Wasser gedrückt zu werden, war vor allem Martin nicht entgangen. Schließlich kam jener Samstag, den Albert nie vergessen sollte. Hartziegel hatte alle Jungen des Dorfes an einer Badestelle versammelt. Ein Steg führte hinaus aufs Wasser. Wer älter als elf Jahre war, sollte sich zu dritt zusammenfinden. Albert wurde Martin und dessen Freund Hermann zugeteilt. Die Aufgabe sei denkbar einfach, erklärte Hartziegel strahlend, während er eine Stoppuhr in die Höhe hielt. Nacheinander würden die Mannschaften ins Wasser springen und sich in gut zwei Meter Tiefe auf den Grund des Sees setzen. Festhalten an den Pfeilern des Steges sei erlaubt. Es käme allein darauf an, möglichst lange unter Wasser zu bleiben. Die Mannschaften würden mit einem Seil verbunden und dürften einander Hilfestellung geben.

Albert kam nicht dazu, seinem Widerwillen Ausdruck zu verleihen. Zitternd stand er zwischen Hermann und Martin, während diese ein Seil um seine Hüfte schlangen. Die Riemen waren hart und rau wie ein Galgenstrick. Die erste Mannschaft ging ins Wasser und ließ eine schier unerträgliche Zeit auf sich warten. Als sie wieder auftauchten, brüllte Hartziegel irgendwelche Zahlen, während Albert seine Verzweiflung zum anderen Ufer schickte und Hermann und Martin sich hinter seinem Rücken etwas zuflüsterten. Dann sprangen sie und rissen Albert mit sich fort. Entsetzt schnappte er nach Luft, bevor das Wasser mit grausiger Kälte über ihnen zusammenschlug. Schnell war der Grund des Sees erreicht und Albert umklammerte einen Pfeiler. Er würde nicht lange durchhalten, aber die anderen sollten sehen, wie sehr er sich bemühte. Albert zwang sich, bis vier zu zählen, bevor der Wunsch nach Atem die Oberhand gewann. Er kam sogar bis acht, bevor er den Pfeiler losließ und sich vom Boden abstieß. Mit einem Ruck zog sich das Seil um seine Hüfte stramm.

Das Grauen, das Albert nun überkam, kann durch Worte nicht ermessen werden. Entsetzt stellte er fest, dass Martin und Hermann ihn gefangen hielten. Sie hatten ihre Enden des Seils um je einen Pfeiler geschlungen und benötigten keinerlei Kraft, um ihn zu halten. Je mehr Albert kämpfte, desto strammer zog sich das Seil um seinen Bauch. Ein Teil von ihm war sich dieser Tatsache bewusst, während der andere Teil in eine irrsinnige Gegenwehr verfiel. Er zerrte am

Seil, er wand sich in alle Richtungen. Bläschen wirbelten um sein Gesicht. Seine Lunge schrie nach Sauerstoff und eine unsichtbare Pranke begann sein Hirn zusammenzudrücken. Er sah Martin grinsen und Hermann gestikulieren. Dann spürte er plötzlich etwas in sich aufsteigen. Eine Art Übelkeit sammelte sich in den Tiefen des Leibes und stieg langsam zu seinem Kehlkopf empor. Alles Sein schien sich in diesem Gefühl zu verdichten. Alle Kraft war dahin. Albert trieb bewegungslos in seiner Schlinge. Er war allein mit dem namenlosen Etwas, das sich seinen Weg aus ihm heraus bahnte. Alle Geräusche waren verschwunden. Nur das Licht von irgendwo oberhalb des Wasserspiegels schien in seine weit aufgerissenen Augen. Nun erreichte das Etwas seinen Mund. Es war ein tonloser Schrei, ein lautloses Brüllen, in dem sich sein ganzes Dasein zusammenpresste. Es quoll als wabernde Blase aus seinem Mund, drehte sich in schillernden Farben vor seinen Augen und trieb dann davon. Um Albert wurde es dunkel.

Die Sinne kehrten in jener Reihenfolge zurück, in der sie ihn verlassen hatten. Das Erste, was Albert vernahm, war Hartziegels Stimme, die nun nicht mehr begeistert, sondern hysterisch Befehle erteilte. Es dauerte eine Weile, bis sein Geist verstand, dass er es war, der das Geschrei hörte. Er riss die Augen auf und blickte auf Erbrochenes. Man hatte ihn auf die Seite gedreht und mit Handtüchern bedeckt. Hermann saß mit bleichem Gesicht im Sand, während Martin im Hintergrund über ihre Tauchzeit jubelte.

Hartziegel eilte herbei und sprach mit mühsam unterdrückter Nervosität auf Albert ein. Albert verstand jedes Wort. Auf Befehl hob er erst den einen, dann den anderen Arm. Er blickte zu beiden Seiten, nach oben und unten. Als der Dorflehrer ihm jedoch eine Frage stellte, blieb Albert stumm. Es war nicht so, dass er nicht antworten wollte, er konnte nicht. Die Zunge bewegte sich, die Lippen formten Worte, doch Albert blieb stumm. Hartziegel wirkte erst erschrocken, dann verärgert. Er ließ Albert auf Klassenkameraden und Gegenstände zeigen, er klopfte ihn auf den Rücken und drückte gegen seinen Hals. Es half nichts: Albert blieb stumm. Kein Ton wollte über seine Lippen kommen. Albert selbst spürte, dass es so bleiben würde.

Seine Stimme hatte ihn verlassen. Sie war als schillernde Blase in den Wassern des Sees zurückgeblieben.

Man brachte ihn nach Hause, Hartziegel benutzte Worte wie ›Unfall‹, ›Verweigerungshaltung‹ und ›Schwäche‹, während Alberts Mutter weinte und sein Vater den Stiel einer Forke umklammerte, bis sich die Haut über den Knöcheln weiß färbte. Gemeinsam trugen sie ihren Sohn in die Kammer und wachten bei ihm die ganze Nacht hindurch. Sie forderten nicht, sie drängten ihn nicht, sie warteten. Gern hätte Albert ihnen alles berichtet, aber es war unmöglich. Seine Stimme schwamm irgendwo in den dunklen Tiefen der Moorgewässer. Albert blieb stumm.

Es stellte sich heraus, dass sich die Anforderungen des Alltags und der Schule ohne Sprache bewältigen ließen. Zudem verzichtete Hartziegel fortan auf Alberts Teilnahme an Geländeübungen und Gemeinschaftserlebnissen. Am Samstag saß Albert allein in der Dorfschule. Wieder schrieb er Aufsätze über das Recht des Stärkeren und errechnete die finanziellen Lasten, die der Volksgemeinschaft durch die Pflege von Behinderten entstanden. Die Bücherkiste unter Hartziegels Pult blieb indes verschlossen. Albert hätte es nicht vermocht, die Seiten aufzuschlagen. Was hätte er antworten sollen, wenn die Helden zwischen den Seiten begannen, ihn zu rufen? Er blieb stumm und sah gedankenlos zum Fenster hinaus. Albert war gefangen in einem unsichtbaren Verlies, dessen Wände jeden Schall schluckten und selbst die Haut taub werden ließen. Ein Gefängnis so tief, dass nicht einmal er selbst seine Hilferufe hören konnte.

Und doch gab es Rettung. Sie begann mit der Ankunft der Pferdewagen. Die Wanderarbeiter trafen auf dem Hof ein und schlugen ihr Lager hinter der Scheune auf. Erneut erfüllten Geschichten und Lieder die Abenddämmerung. Und als Albert fernblieb, kam Nonoka, um ihn zu holen. Sie nahm ihn bei der Hand, führte ihn zum Lagerfeuer und wies ihm seinen angestammten Platz zu. Albert gehorchte, hörte zu und schwieg, wie er es immer getan hatte. Fast schien es, als wäre nichts geschehen. Nur Alberts Ohren brannten nicht mehr vor Hitze und er sah eher auf den Boden als zu Nonoka.

Dennoch vernahm er ein Echo, einen weit entfernten Widerhall seiner selbst.

Zudem wurde Albert auch von Hartziegel mit besonderen Aufgaben betraut. Der Dorflehrer hatte sich geweigert, das ›Lumpenpack‹ zu unterrichten. Stattdessen war man übereingekommen, dass es vollkommen genüge, wenn diese Kinder an zwei Nachmittagen und am Samstag von Albert Nachhilfeunterricht erhielten. In der verbleibenden Zeit sollten sie bei der Feldarbeit helfen. Albert selbst wurde nicht gefragt.

Tatsächlich sollte die fehlende Stimme kein unüberwindliches Hindernis darstellen. Die Kinder der Wanderarbeiter ersannen ein System aus Zeichen, Gesten und Symbolen, mit denen sich der Unterricht auch ohne gesprochene Anweisungen und Verbesserungen gestalten ließ. Auf Nonoka hatte diese Stille sogar eine ganz besondere Wirkung. Durch Alberts Schweigen senkte sich eine Ruhe über die widerspenstigen Zahlen in ihrem Kopf. Wie ein Pferdebändiger aufgebrachte Rösser besänftigt, so brachte Albert die Zahlen dazu, sich zu fügen. Es war nun möglich, sie in die eine oder die andere Richtung zu führen oder sie mal gemeinsam und mal in Gruppen vor eine Rechnung zu spannen. Nonoka war, als habe man in ihrem Kopf eine Pforte geöffnet. Sie konnte mit den Zahlen hinein- und hinausgehen, ohne dass diese ausbrachen und davonliefen. Zudem war die Mathematik das letzte Hindernis gewesen, das zwischen ihr und vielen ehrgeizigen Zukunftsplänen gestanden hatte. Sie blieb länger als erforderlich und empfand kindliche Freude daran, wenn die Zahlen ihren Dressuranweisungen folgten, während Albert wieder vermehrt zu ihr hinübersah.

Die Wochen gingen ins Land. Die Sommerferien kamen und sie übten weiter in der kleinen Dorfschule. Albert ersann immer neue Rechnungen und Nonoka las Geschichten vor. Sie war es auch, die den Abenteuern die Freiheit zurückgab und die Bücher aus Hartziegels Kiste befreite. Für Albert hätte der Sommer ewig dauern mögen. Tiefe Gewässer lösten in ihm Übelkeit und Schüttelfrost aus, auch schreckte er oft mit einem stummen Schrei aus dem Schlaf. Glücklicherweise gab es die Abende zwischen den Pferdewagen. Es gab die Treffen mit Nonoka und es gab die Nachmittage mit den anderen Kindern der Landarbeiter. Sie hielten für ihn einen Platz am Feuer bereit. Niemand forderte Worte. Niemand verlangte von ihm, etwas zu sein, was er nicht war. Und wenn Nonoka vorlas, war es, als habe ein Teil seiner Stimme in ihr ein neues Zuhause gefunden.

Leider war Hartziegel so mächtig geworden, dass er sogar den Sommer selbst zerstören konnte. Der Dorflehrer hatte in der Gemeindeversammlung erklärt, dass die Dorfjugend freiwillig und unentgeltlich einen großen Teil der Getreideernte übernehmen könne. Dies, so betonte er, stärke die Volksgemeinschaft und reduziere die Abhängigkeit von fremdvölkischen Arbeitskräften. Insbesondere die Landwirte schlossen sich rasch dieser Auffassung an und verkündeten, den Aufenthalt der Wanderarbeiter um mehrere Wochen verkürzen zu wollen.

Als Albert von diesem Beschluss hörte, überlegte er ernsthaft, Hartziegel zu töten. Es war allerdings der Wunsch eines kleinen Jungen, der trotz aller Entschlossenheit die Gewissheit in sich trug, dass der Vorstellung keine Taten folgen würden. Also entschied Albert, die Wahrheit zu ignorieren. Alles andere hätte ihn zerstört. Jede Stunde mit Nonoka und den anderen war wie das Anlegen eines Vorrats, von dem er den langen Winter über zehren musste. Er brauchte diese Wochen, um nicht an jener Taubheit zu ersticken, die im See über ihn gekommen war. Er beschloss, das Grün des Laubes als Garant für die Anwesenheit der Wanderarbeiter zu betrachten. Vielleicht war dies der Grund, weshalb er bereit war, auch Nonokas Wahrheit Glauben zu schenken.

Sie wählte einen Abend, der Albert für immer in Erinnerung bleiben sollte. Die Erde war noch warm, aber ein kühler Wind kündete vom bevorstehenden Herbst und die Wanderarbeiter saßen nun dichter um das Feuer herum. Die Nacht war hell genug, um jeden Weg zu finden und besaß doch ausreichend Dunkelheit, um eine Gemeinschaft unbemerkt verlassen zu können. Genau das tat Nonoka und sie zog Albert mit sich fort. Er schwieg und folgte, überrascht von dem unverhofften Glück. Er folgte ihr den Feldweg entlang, durch das Wäldchen bis zum Ufer des Badesees. Erst dort blieb er ruckartig stehen. Das Grauen, das die schemenhaften Umrisse des Steges in ihm erweckten, konnte selbst Nonokas Hand nicht vertreiben. Sie selbst jedoch verfolgte unbeirrt ihren Plan. ›Wir gehen nur bis zur Brust hinein‹, flüsterte sie Albert zu. Dann tat Nonoka das Unvorstellbare. Sie streifte ihr Kleid ab und schritt nur mit einem Unterhemd bekleidet ins Wasser. Nach einigen Schritten tauchte sie kurz unter, streifte während des Auftauchens die Haare in den Nacken und drehte sich zu Albert um. Dieser stand noch immer regungslos am Ufer. Nun jedoch haftete sein Blick nicht mehr am Steg. Wie gebannt glitten seine Augen über die weichen Formen des Mädchenkörpers.

›Komm‹, sagte Nonoka und streckte ihm einen Arm entgegen. ›Du darfst dich an mir festhalten.‹

Wenige Augenblicke später stand Albert in Unterhose am Wasserrand, während sein dürrer Knabenkörper vor Kälte und Verwirrung schlotterte.

›Komm, leg deine Hände auf meine Hüfte‹, forderte Nonoka. Albert gehorchte. Er schritt durch das Wasser auf sie zu. Kein Ungeheuer sprang aus der Tiefe, kein Grauen sog ihn hinab. Alles war auf eine Frage ausgerichtet: Wie würde es sein, Nonokas Hüften zu berühren?

Wenige Sekunden später wusste er es. Sie fühlten sich fest und knochig an. Vielleicht waren sie auch kalt, aber das spürte Albert nicht. Er selbst glühte. Hitze erfüllte ihn von der Sohle bis zum Scheitel, das Herz hämmerte und Albert hörte das Blut in seinen Ohren rauschen. Er wagte es nicht, seinen Blicken freien Lauf zu lassen. Deshalb schaute er Nonoka in die Augen, als diese mit ruhiger Stimme weitersprach.

›Ich werde dir jetzt etwas schenken, aber dafür müssen wir untertauchen. Wir gehen auf die Knie. Es genügt, wenn unsere Köpfe nur ein winziges Stück unter der Oberfläche sind. Nur so viel wie ein Blatt Papier!‹

Albert war zu gebannt, um Widerstand zu leisten. Er hielt sich an ihr fest, presste die Augen zusammen und glitt mit ihr hinab. Hier in der Stille des Wassers wollte die Furcht zurückkehren, aber Nonoka war schneller. Noch bevor die Kälte des Wassers ihn erreichen konnte, spürte Albert etwas Warmes auf seinen Lippen. Er wusste sofort, dass Nonoka ihn küsste, aber er riss die Augen auf, um es glauben zu können. Als sie auftauchten, standen sie so dicht, dass ihr Atem seine Wimpern bewegte.

›Möchtest du das noch einmal tun?‹, fragte Nonoka.

Albert nickte.

›Gut, aber du musst deine Lippen öffnen.‹

Wieder nickte Albert und ließ sich sogleich ins Wasser sinken.

Nonoka folgte ihm. Ihre Hände umfassten seinen Kopf und ihre Lippen legten sich auf seine. Und dann gab sie zurück, was der See ihm genommen hatte. Er sollte nie erfahren, wo und wie Nonoka die schillernde Blase gefunden hatte. Vielleicht war das Etwas auch zu ihr gekommen, um sich vor Hartziegels Tauchübung zu verstecken. In jedem Fall war es in ihrem Besitz und nun strömten die Klänge dieser Welt über ihre Lippen in Albert zurück.

›Und, wie war das?‹, fragte Nonoka, als sie nach dem Auftauchen einander prustend gegenüberstanden.

›Es war prima!‹

›Prima?‹

›Ja, ich meine, es war toll, es war wunderschön. Es war einfach wunderschön.‹

Es dauerte eine Weile, bis er den Klang seiner Stimme realisierte. Dies waren keine Gedanken gewesen. So klang seine Stimme.

›Wunderschön!‹, stammelte Albert, bevor er schluchzend in Nonokas Arme sank. Freude, Angst, Wut – all dies brach nun aus ihm hervor. All die in Taubheit begrabenen Gefühle: nun hatte er Tränen, Töne und Worte für sie. Er lachte und weinte, er jubelte und fluchte. Und Nonoka hielt ihn in den Armen und küsste ihn, wie man ein Kleinkind küsst, das sich vor den Schatten der Nacht auf den Schoß der Schwester geflüchtet hat. Sie hielten erst inne, als eine Bewegung im

Wasser ihre Aufmerksamkeit erregte. Ein Otter glitt durch das dunkle Nass auf sie zu. Er umkreiste die beiden Kinder und drehte sich dabei um die eigene Achse, als wolle er seinem Wohlbehagen Ausdruck verleihen. Dann ließ er einen freudigen Pfiff ertönen und verschwand.

Als sie zum Hof zurückgingen, sprach Albert und Nonoka lachte. Als Albert die Gesindekammer betrat, sprach er und seine Eltern weinten. Auch als er erwachte, sprach Albert, aber Nonoka war fort.

Die Landarbeiter hatten beschlossen, nicht darauf zu warten, fortgejagt zu werden. Sie waren aufgebrochen, als ihr Verlust noch schmerzte. Albert war traurig, wütend und verzweifelt, aber er hatte Worte dafür. Auch das Wasser hatte seinen Schrecken verloren. Im Gegenteil, er ging nun heimlich und allein zum Badesee. Wann immer er schwamm oder am Ufer saß, beherrschten nicht Martin oder Hartziegel seine Gedanken. Es waren Nonoka und ihr Geschenk. Es war die Gewissheit, dass der Grausamkeit immer etwas entgegensetzt werden kann. Dunkle Zeiten mochten kommen, aber es gab einen Weg, Menschlichkeit und Güte zu bewahren.

Dunkle Zeiten kamen. Schrecken, Verfolgung und Krieg zogen über das Land. Albert behielt sein Leben, seine Stimme und seine Menschlichkeit. Er lernte sie zu nutzen. Nach dem Krieg wurde er Rechtsanwalt. Er ergriff das Wort für jene, die ihre Stimme verloren hatten und er benannte das, was andere vergessen und verleugnen wollten. Nonoka hat Albert nie wiedergesehen, den Otter indes schon. Es war einige Jahre nach Kriegsende, als er mit einem Brief auf dem Steg am Badesee saß. Lange hatte er Nonoka und deren Familie suchen lassen. Nun war eine Antwort gekommen. Er las das Schreiben und schloss dann die Augen. Ja, er würde sie nie wiedersehen, doch sie hatte überlebt. Noch bevor die Verfolgung begann, war ihre Familie in den Norden gegangen. Auch auf den Passagierlisten eines Auswandererschiffes fand sich ihr Name. Erst danach verlor sich ihre Spur. Albert atmete tief ein und lächelte. Wenigstens in Nonokas Fall hatte die Hoffnung den Sieg davon getragen. Auch würde sie bei ihm sein, wann immer er seine Stimme erhob. Als Albert aufstand, tummelte sich erneut der Otter im Wasser.«

Maya hatte schweigend dem Bericht gelauscht. Erst als Fidelius Otter eine Art Verbeugung machte, wagte sie es, Fragen zu stellen.

»Es gibt also kein Happy End?«, erkundigte sie sich betroffen. »Albert und Nonoka haben sich nie wiedergesehen? Sie haben nicht geheiratet und keine Kinder bekommen?«

»Nein, so ist es nicht gewesen«, bestätigte Fidelius, »aber man sollte dennoch von einer Geschichte mit glücklichem Ende sprechen. Albert und Nonoka sind sich nie wieder begegnet, aber sie wussten, was sie füreinander getan hatten.«

»Das verstehe ich nicht.«

»Nun, ein Dämon wie ich entsteht für gewöhnlich nicht aus dem normalen Kuss zweier Teenager«, erklärte Fidelius. »Was an der Badestelle geschah, hatte eine weit höhere Bedeutung. Die beiden hatten einen Weg gefunden, das Gute selbst zu bewahren. Was sie füreinander taten, war ein Beweis dafür, dass man der Unmenschlichkeit immer etwas entgegenhalten kann. Keine Finsternis vermag die Menschlichkeit ganz und gar zu verdunkeln. Liebe, Hoffnung, Vertrauen können gerettet werden.«

»Und so bist du entstanden?«

»So bin ich entstanden«, bestätigte Fidelius. »Ich bin das Vertrauen, die Hoffnung und die Zuversicht.«

Maya schwieg lange, bevor sie ihre nächste Frage stellen konnte.

»Wann hast du mich erwählt?«

»Vor drei Jahren«, erwiderte Fidelius. »Es passierte, als du zum ersten Mal mit diesem Jungen in die Mühle gekommen bist. Peer heißt er, soviel ich weiß. Er ist ein netter Kerl, der oft hierher kam und sich wirklich große Mühe gab, uns nicht zu stören. Wir hatten uns bereits so sehr an ihn gewöhnt, dass wir auf seine Witterung kaum noch reagierten. Eines Tages aber hing plötzlich auch dein Geruch in der Luft. Ich wurde misstrauisch und wir haben euch ganz genau beobachtet. Meine Vorsicht löste sich jedoch in Wohlgefallen auf. Es berührte mich, wie ihr euch zusammen in die dunkle Ecke am Kellereingang gedrückt habt. Und dann diese Freude, die euch beim Anblick meiner Kinder überkam!«

»Du hast uns bemerkt?«

»Selbstverständlich. Ihr Menschen solltet euch bei euren sogenannten ›Tierbeobachtungen‹ immer fragen, wer hier wen beobachtet. Ich bemerkte den Glanz in deinen Augen. Ich konnte dein Herz schlagen hören. Ich las deine Gedanken.«

»Aber damals war ich noch gar keine Heilerin.«

»Du warst schon immer eine Heilerin, wir Dämonen spüren so etwas.«

»Wie kommt es dann, dass ich drei Jahre gebraucht habe, um zu verstehen, dass du mich rufst?«

»Ich habe nur gesagt, dass du eine Heilerin bist, von einer klugen Heilerin war nie die Rede«, bemerkte Fidelius amüsiert. »Außerdem ist es nicht leicht, sich an die Wahrnehmung der Heiler zu gewöhnen. Der Verstand sieht, was er sehen will. Du hast gelernt, einen Otter als Tier anzusehen. Also hast du ein Tier gesehen, wann immer ich dir über den Weg gelaufen bin. Du hast gelernt, dass Tiere nicht sprechen können. Also hast du meine Stimme nicht mit mir in Verbindung gebracht. In den vergangenen Jahrhunderten war das anders. Die Menschen haben hinter jeder Kleinigkeit das Wirken von Geistern und Dämonen vermutet. Manch finsterer Dämon ist durch derartige Einbildung erst entstanden. Diese Zeiten liegen glücklicherweise hinter uns. Heute jedoch versuchen die Menschen alles durch Formeln und Zahlen zu erklären. Allerdings greifen Rechenspiele gelegentlich zu kurz und wichtige Einsichten gehen verloren. Ein Wald ist mehr als eine Ansammlung Holz. Ein Sturm ist mehr als ein Luftdruckausgleich. Liebe und Hass sind mehr als biologische Prozesse.«

Mayas Gehirn arbeitete auf Hochtouren. Sie wollte so viel wie möglich verstehen.

»Schleicher hat die Verbindung zwischen dir und mir also viel schneller bemerkt als ich?«, fragte sie.

»Er hat nur wenige Wochen benötigt«, bestätigte der Otter. »Danach hatten wir eine schlechte Zeit. Schleicher ist wesentlich mächtiger als ich. Selbst im Wasser hätte ich ihm wohl wenig entgegenzusetzen.«

»Aber ein Otter ist doch stärker als eine Katze, nicht wahr«, staunte Maya.

»Du vergisst, dass ein Dämon zu der Größe heranwächst, den der Respekt oder die Angst seines Gegenübers ihm verleiht. Meine Familie besteht aus Tieren. Es fällt nicht schwer, sie zu erschrecken. Zudem ist ein Otterjunges selbst für eine gewöhnliche Katze eine leichte Beute. Es war daher ein Segen, dass Bartholomäus über die Mühle wachte. Im vergangenen Jahr war Schleicher plötzlich verschwunden und wir hatten einige sorglose Monate. Allerdings stellt sich die Frage, was der verfluchte Kater unterdessen getrieben hat. Vor zwei Wochen ist er plötzlich zurückgekehrt. Seither ist er mehrfach in die Mühle eingedrungen und ich lasse meine Kinder kaum noch unbeaufsichtigt. Dankenswerterweise hat auch Bartholomäus erneut ein Auge auf uns.«

»Sind sie jetzt hier, die Mitglieder deiner Familie, meine ich?«

»Aber sicher«, antwortete der Otter, während die Vorderpfoten über seine Tasthaare strichen. »Allerdings ist die Mutter meiner Kinder ein sehr misstrauisches Weibchen. Wahrscheinlich würden sie nie herauskommen, wenn ich sie nicht rufe.«

Er ließ sich auf alle Viere nieder, wandte den Kopf und ließ einen kurzen Pfiff ertönen.

Was dann geschah, sollte für viele Jahre zu Mayas schönsten Erinnerungen zählen. Aus einem dunklen Winkel des Kellers antwortete ein zaghaftes Knurren. Als Fidelius seinen Ruf energisch wiederholte, purzelten unverhofft vier Jungtiere aus einer kleinen Öffnung im Mauerwerk. Arglos wuselten sie auf ihren Vater zu. Bevor sie jedoch in Mayas Nähe kommen konnten, schnellte ein ausgewachsenes Weibchen aus dem Dunkel hervor und schnitt ihnen den Weg ab. Sie schirmte die Jungen mit ihrem Körper ab und bedachte Maya mit einem feindseligen Fauchen.

Fidelius drehte sich vergnügt um die eigene Achse. »Du musst entschuldigen«, gluckste er. »Meine Gattin ist eine waschechte Otterdame. Einem unbekannten Menschen Zugang zu ihren Jungen zu gewähren, ist wahrlich sehr viel verlangt.«

Er sprang zu seinem Weibchen hinüber und begann es mit der Schnauze mal zärtlich, mal nachdrücklich in die Seite zu stupsen. Sogleich entbrannte ein Zwiegespräch aus Pfeifen, Paffen und Knurren. Mit einem letzten mürrischen Zischen trat das Weibchen schließlich zur Seite. Beruhigend legte Fidelius seiner Gefährtin den Kopf auf den Rücken, während die Jungtiere mit verspielten Sprüngen davoneilten und kurz darauf erst die Treppenstufen und dann Mayas Schoß erklommen.

»Du darfst sie ruhig berühren. Ihre kleinen Zähne können höchstens ein wenig piken«, ermutigte sie Fidelius.

Zunächst wagte Maya nicht, der Aufforderung Folge zu leisten. Zu sehr brannten die missbilligenden Blicke des Otterweibchens auf ihrer Haut. Als jedoch ein Jungtier abrutschte und auf den Boden zu stürzen drohte, griff sie zu. Vorsichtig umfasste sie den kleinen Rumpf, so dass der Kopf und die Vorderläufe zwischen ihren Fingern hervorschauten, während die Hinterbeine und der Schwanz in der Luft baumelten. Das kleine Herz klopfte gegen Mayas Daumen. Das Junge gab eine Art Niesen von sich und betrachtete sie aus dunklen neugierigen Augen. Maya konnte sich nicht entsinnen, jemals etwas so Possierliches gesehen zu haben. Als sie mit der Fingerkuppe über den kleinen Bauch strich, begann das Kerlchen zu prusten und vergnügt mit den Beinen zu strampeln. Unterdessen hatte sich ein weiteres Jungtier auf ihrem Oberschenkel ausgestreckt, während die beiden anderen an ihrem Hosenbund herumnagten. Wie berauscht saß Maya da, ohne den Blick von den kleinen Wesen wenden zu können, während Fidelius, der jede ihrer Regungen studierte, sich genüsslich auf dem Fußboden rekelte.

»Stärker können wir unsere Verbindung nicht bekräftigen«, schnurrte Fidelius mit sichtlichem Wohlbehagen. »Du umsorgst meine Kinder und ich spüre das Wohlwollen, dass du für sie empfindest.«

Maya vermochte nicht zu antworten. Mit offenem Mund saß sie da und bestaunte die kleinen Pelzwesen, die ihr mit derartiger Sorglosigkeit begegneten. Jede Sekunde war kostbar und es galt jede Kleinigkeit in sich aufzusaugen. Dies war einer jener Augenblicke, in denen sich der Wert des Lebens zu verdichten schien. Sie bemerkte daher kaum die Unruhe des Otterweibchens, das mit knurrenden Lauten seine Kreise zog. Schließlich wurde es der Otterdame zu viel. Sie schnellte vor und vergrub ihre Zähne in Fidelius' Schwanz. Dieser schnellte knurrend herum, senkte dann aber einsichtig den Kopf.

»Ich denke, du solltest dich für heute von den Kleinen trennen«, stöhnte er gequält. »Es ist ohnehin Zeit für den Schwimmunterricht.«

Maya beeilte sich, die Jungtiere auf den Boden zu setzen, und der gesamte Wurf folgte den Rufen des Muttertieres. Das Otterweibchen prüfte kurz den Geruch seiner Jungen, warf Maya einen weiteren vorwurfsvollen Blick zu und scheuchte seinen Nachwuchs dann durch die Öffnung am Wasserrad hinaus ins Freie.

»Immerhin können wir nun in Ruhe reden«, bemerkte Fidelius und leckte sich den Schwanz. »Bartholomäus wacht in den Bäumen am Bach. Es besteht also keine Gefahr.«

»Es gibt noch so vieles, das du mir erklären musst!«, brach es aus Maya hervor. »Wie wird es sein, wenn wir zusammen heilen? Was hast du getan, als ich bei Tjorven war? Was können wir gegen Streicher unternehmen? Was erwarten Bartholomäus und meine Großmutter von uns?«

Fidelius tänzelte auf sie zu, als bereite er sich auf einen Ausdauerlauf vor. Dann jedoch blieb er plötzlich stehen. Seine Tasthaare zuckten, während er prüfend die Nase emporreckte. »Das sind eine Menge Fragen, Heilertochter«, zischte er mit gesenkter Stimme. »Ich fürchte aber, unsere Unterhaltung ist nun beendet.«

»Weshalb?«, staunte Maya verständnislos.

»Weil wir nicht mehr allein sind«, murmelte Fidelius. »Jemand ist in der Mühle.«

Maya erschrak. »Ist es Streicher, sollen wir fliehen?«

»Unsinn«, beruhigte sie Fidelius. »Es droht keine Gefahr, sondern Entdeckung.«

Mit diesen Worten eilte er den Pfahl entlang und glitt durch die Öffnung ins Freie.

Maya benötigte einen Augenblick, um zu verstehen, was Fidelius ihr hatte sagen wollen. Dann formten ihre Lippen des Rätsels Lösung.

»Peer?«, fragte sie in die plötzliche Stille der Mühle hinein.

»Maya?«

Tatsächlich, es war Peer, der aus den oberen Räumen der Mühle antwortete. Erstaunen und Enttäuschung schwangen in seiner Stimme. »Ich habe auf dich gewartet. Ich dachte, wir wollten zusammen in die Mühle gehen!«

»Das habe ich ganz vergessen«, stöhnte Maya. Sie eilte die Treppe hinauf und legte Peer beschwichtigend die Hand auf den Arm. Seine Schultern hingen an ihm herab wie ein Mastsegel bei Flaute.

»Du musst das verstehen«, beeilte sich Maya zu ergänzen. »Es ist so viel passiert: meine Großmutter hat mich zu einer Heilung mitgenommen und dann hatte ich plötzlich eine Idee. Ich war so aufgeregt, dass ich nicht mehr an unsere Verabredung gedacht habe.«

»Es muss eine erstaunliche Idee sein, wenn du auf dem Weg zur Mühle an meinem Haus vorbeikommst und unsere Verabredung vergisst, obwohl wir genau hierher gehen wollten«, bemerkte Peer.

»Ich weiß, das hört sich merkwürdig an, aber so war es.«

»Und die Otter? Hast du dir die Otter nun schon allein angesehen?«

Maya rang um Worte. »Nur ganz kurz. Sie haben mich wohl bemerkt und sind in den Bach entwischt. Ich glaube nicht, dass wir sie heute noch zu Gesicht bekommen.«

»Das ist nicht weiter verwunderlich. Sie dürften dich kaum übersehen haben, als du mitten im Keller standest«, antwortete Peer und wandte sich zum Gehen. »In den nächsten Tagen hast du sicher mehr Glück. Du findest dich jetzt ja hervorragend allein zurecht.«

Maya glaubte die Bitterkeit in Peers Stimme schmecken zu können. Eilig sprach sie auf ihn ein, während sie ihm zum Ausgang der Mühle folgte. »Es hat nichts mit dir zu tun. Bitte sei nicht enttäuscht. Ich werde versuchen, es dir zu erklären.«

»Schon gut«, antwortete Peer und schwang sich über den Fensterrahmen ins Freie. »Ich bin wahrscheinlich eh zu dumm, um es zu verstehen.« Mit diesen Worten drehte er Maya den Rücken zu und schritt mit gesenktem Haupt die Eichenalle hinunter.

Maya stampfte vor Verzweiflung mit dem Fuß. »Du bleibst jetzt sofort stehen!«, rief sie. »Es ist alles ganz anders.«

Peer gehorchte, drehte sich aber nicht um. Erst als Maya ihn erreichte, fuhr er ruckartig herum.

»Nun gut«, sagte er und sah Maya fest in die Augen. »Es liegt also nicht an mir, dass du allein in die Mühle gegangen bist?«

Maya nickte.

»Wenn dem so ist, dann hast du jetzt die Gelegenheit, mich ins Vertrauen zu ziehen«, fuhr Peer fort. »Du solltest nämlich wissen, dass ich schon eine ganze Weile in der Mühle war, bevor du mich bemerkt hast.« Er machte eine kurze Pause und hielt Mayas Blick gefangen. »Du sprichst mit den Tieren, nicht wahr? Ich verstehe nicht, was sie dir antworten, aber du sprichst mit ihnen.«

Maya öffnete den Mund, brachte aber kein Wort hervor.

»So ist es doch, oder?«, setzte Peer nach.

»Bitte, Peer«, stammelte Maya, »ich kann das nicht erklären. Bitte, du darfst mit niemandem darüber reden.«

»Schon klar!«, entgegnete Peer mit versteinerter Miene. Dann wandte er sich erneut ab und ging davon. Nach wenigen Schritten blieb er ein letztes Mal stehen.

»Mach dir keine Sorgen«, bemerkte er, ohne sich umzudrehen. »Dein Geheimnis ist bei mir sicher. Wer würde mir schon glauben?«

Unheil

Maya schritt auf der Eichenallee hin und her, während Peer langsam in Richtung des Dorfes verschwand. Ihre Gefühle glichen einem Wespenschwarm, dessen Nest vom Baum gerissen wurde. Maya war überwältigt von der wundersamen Begegnung mit Fidelius. Eine großartige, abenteuerliche Zukunft hatte sich aufgetan, die nach uneingeschränkter Aufmerksamkeit verlangte. Gleichzeitig konnte Maya förmlich spüren, wie unglücklich sie Peer gemacht hatte. Warum nur musste er auch so starrsinnig sein?

Eine Zeit lang war Maya drauf und dran, in die Mühle zurückzukehren, besann sich dann aber eines Besseren. Es wurde Abend, das Moor dampfte von der Hitze des Tages, und die alte Ursel hatte sich schon das Abendbrot bereitet. Zudem wollte Maya keinen schlechten Eindruck bei Fidelius hinterlassen. Auf keinen Fall sollte er sie für ein aufgescheuchtes kleines Mädchen halten. Nachdenklich wanderte Maya in Richtung des Moorhauses. Sie tat gut daran, die Wespen in ihrem Kopf zur Ordnung zu rufen, denn das Schicksal hielt bereits eine neue Herausforderung für sie bereit.

Vor der schiefen Gartenpforte des Moorhauses parkte der Wagen von Annikas Eltern. Maya legte eine Hand auf die Motorhaube. Aus dem Inneren stieg kaum noch Wärme empor. Der Wagen stand also schon eine ganze Weile an dieser Stelle. Das war ungewöhnlich. Die Gastfreundschaft der alten Ursel hatte bekanntlich ihre Grenzen und Pastor Mundschenk ging der Heilerin ohnehin aus dem Weg. Warum also sollten die Mundschenks vom Flughafen direkt zum Moorhaus gefahren sein? Unbehagen begann sich in Mayas Magengegend zu regen. Natürlich würde es eine Erklärung geben. Vielleicht hatte

Annika ihre Eltern gebeten, Maya einen letzten Gruß zu überbringen. Vielleicht hatte Maya etwas bei ihnen vergessen. Andererseits hatten die Mädchen sich mehr als zweimal verabschiedet. Auch gab es keinen Gegenstand, auf den Maya so dringend angewiesen war, dass man ihn ihr persönlich hätte überbringen müssen. Während Maya über den Rasen zum Haus schritt, senkte sich eine unheilvolle Stille über sie. Es war jene Stille, mit der Rehe auf die Witterung eines Raubtieres reagieren. Ein Innehalten, ein Schärfen der Sinne, bereit für Flucht und Schmerz.

Noch bevor Maya das Haus erreichte, öffnete sich die Tür. Annikas Eltern traten als erste ins Freie, blieben aber links und rechts vom Türrahmen stehen, während die alte Ursel an ihnen vorbei allein auf Maya zuging. Schlagartig wurde Maya bewusst, dass ihre Vorahnungen keine Hirngespinste gewesen waren.

»Was ist passiert?«, fragte sie, noch bevor die Großmutter vor ihr stand.

»Vielleicht möchtest du erst ins Haus kommen«, begann die Alte.

»Nein, ich will jetzt und sofort wissen, was vor sich geht!«

Die alte Ursel schnaufte. »Wir wissen es selbst nicht genau, es wurde in den Nachrichten gemeldet …«

»Was?«

»Es geht um deine Mutter!«

»Um Mama?« Von einer Sekunde zur anderen versagte Maya die Stimme. Abgründe ungeahnter Tiefe taten sich in ihr auf.

»Sie ist entführt worden«, sagte die alte Ursel, während sie das Gesicht ihrer Enkelin mit den Händen umfing.

Maya machte sich los. »Entführt? Ich verstehe gar nichts.«

»Sie ist nicht allein. Ihr ganzes Schiff mitsamt der Besatzung ist entführt worden.«

»Das ganze Schiff ist entführt worden«, kreischte Maya. »Das klingt wie eine Piratengeschichte. Was ist das für ein Unsinn, den ihr mir da erzählt!«

»Wir wissen selbst noch zu wenig«, mischte sich Annikas Mutter ein. Vorsichtig hatte sie sich genähert und ihre Stimme klang, als spräche sie zu einem verängstigten Tier. »Soviel wir erfahren haben, hat eine Art Militär-Kommando das Schiff deiner Mutter geentert. Es war zunächst nur eine Schlagzeile, die wir auf einem Monitor im Flughafen bemerkt haben. ›Forschungsschiff im Arabischen Meer entführt‹ stand dort. Als wir zurückfuhren, wurde bereits im Radio über den Vorfall berichtet. Soweit bekannt, hat ein Kommando namens al-Kamil das Schiff aufgebracht und zur Einfahrt in einen Hafen seines Landes gezwungen.«

»Aber wieso?« Maya raufte sich die Haare. »Das macht doch alles gar keinen Sinn. Warum sollte jemand ein paar Meereswissenschaftler entführen?«

»Die Motive sind noch unklar«, erklärte Pastor Mundschenk, während er hinzutrat. »Erst hieß es, es handle sich um Verbrecher, die Lösegeld erpressen wollten. Dann wurde gemeldet, dass es sich um eine Art Grenzpolizei handelt. Deiner Mutter und ihren Kollegen wird Spionage vorgeworfen. Man verdächtigt sie, heimlich an die Küste gefahren zu sein, um Spione abzusetzen oder Gesteinsproben zu entnehmen.«

»Spionage, Gesteinsproben? Das macht doch alles keinen Sinn, meine Mutter ist Forscherin«, jammerte Maya und ließ sich in die Arme ihrer Großmutter sinken. Die alte Ursel schien der letzte Fels im Tosen einer aus den Fugen geratenen Welt zu sein. »Der Irrtum wird sich doch sicher bald aufklären, oder? Meine Mutter ist keine Spionin. Also, wann ist sie wieder frei?«

Das Schweigen der Erwachsenen traf Maya mit der Wucht eines Faustschlages. Hilfesuchend blickte sie von einem zum anderen.

»So einfach ist die Sache leider nicht«, versuchte Pastor Mundschenk zu erklären. Tiefe Falten gruben sich in seine Stirn. »Die Beziehungen zwischen den betroffenen Ländern sind, nun ja … sie sind sehr angespannt. Das Auswärtige Amt hat eine Sonderkommission eingerichtet.«

»Das Auswärtige Amt? Unser Außenministerium kümmert sich um den Fall? Was soll das bedeuten? Meine Mutter wird doch nicht eingesperrt oder so etwas?«

Wieder suchten die Erwachsenen nach Worten. Das Schweigen wirkte wie ein Vorhang, hinter dem immer neue Albträume zum Leben erwachten.

»In einer Stunde wird es eine Sondersendung im Fernsehen geben«, sagte Frau Mundschenk schließlich. »Vielleicht möchtest du mit uns kommen und dir den Bericht anschauen?«

Maya nickte. Natürlich wollte sie die Sendung sehen. Sie musste so viel wie möglich erfahren. »Darf ich auch das Internet benutzen?«, fragte sie rasch.

»Selbstverständlich.«

Eine Viertelstunde später saß Maya vor Annikas Computer und durchsuchte die Meldungen der Nachrichtenagenturen. Meist handelte es sich um Schlagzeilen mit geringem Informationsgehalt. Allerdings klang keine von ihnen beruhigend.

»Sonderkommando al-Kamil verschleppt Meeresbiologen«, »Forschungsschiff gekapert!«, »Spionagevorwurf gegen Wissenschaftler«, »Auswärtiges Amt ist tief besorgt«, »Forscher als Geisel des Kommandos al-Kamil«.

Zitternd las Maya, dass die Entführung ihrer Mutter nicht der erste Fall dieser Art war. Bereits zwei Jahre zuvor waren Hochseeangler unter dem Verdacht der Spionage festgenommen, bedroht und zu langjährigen Gefängnisstrafen verurteilt worden.

Das Kommando al-Kamil war bisher noch nicht in Erscheinung getreten. Maya wollte gerade etwas über diese Namensgebung herausfinden, als die erste E-Mail von Annika eintraf. Offensichtlich war auch Annika auf dem Laufenden und hatte sofort versucht, sich nützlich zu machen:

Liebe Maya,
sicher reden gerade alle auf dich ein und sagen, dass du dir keine Sorgen machen sollst. Das hilft dir wahrscheinlich wenig. Ich habe daher alles nachgelesen, was ich aus dem Internet gewinnen konnte. Also: al-Kamil war ein Sultan, über den viele verschiedene Dinge geschrieben werden. Allerdings wird übereinstimmend von einem Ereignis berichtet, das mir große Sorgen bereitet:

al-Kamil wurde von dem christlichen Kaiser Friedrich II. in einen Hinterhalt gelockt und ermordet. Auf diese Weise war es dem Kaiser möglich, Verwirrung in der muslimischen Welt zu stiften und Jerusalem zu erobern. Der Name al-Kamil steht also für tiefes Misstrauen und die Erfahrung, grausam verraten worden zu sein. Das Auswärtige Amt scheint mit seiner besorgten Reaktion also leider richtig zu liegen. Dennoch hoffe ich, dass friedliche Wissenschaftler nicht in Gefahr sind. Sobald wir mehr wissen, melde ich mich wieder.

Kopf hoch! Annika.

Maya klickte zurück zu den Nachrichten. Auf dem Bildschirm hatte eine Veränderung stattgefunden. Eine neue Eilmeldung war hinzugekommen. Eine fette, hässliche Schlagzeile, die alle anderen Nachrichten überschattete.

»Entführer drohen mit Enthauptung.«

Maya gefror das Blut in den Adern. Gleichzeitig weigerte sich ihr Verstand, den Inhalt des Satzes zu erfassen.

»Entführer drohen mit Enthauptung.«

Die Tür zum Kinderzimmer öffnete sich und Frau Mundschenk fragte, ob Maya nun die Sondersendung sehen wolle. Das Mädchen folgte ihr wie eine Schlafwandlerin. Stimmen, die tröstend auf sie einsprachen, Hände, die ihr über die Haare strichen: sie waren ohne Bedeutung.

»Entführer drohen mit Enthauptung.« Das konnte, das durfte nicht sein.

Wie betäubt ließ Maya sich vor dem Fernsehgerät nieder. Unfähig, dem Bericht zu folgen, starrte sie auf den Bildschirm. Politiker traten auf, braungebrannte Fernsehjournalisten standen vor einem weit entfernten Hafenbecken und beantworteten Fragen einer attraktiven Moderatorin. Immer wieder wurden Bilder und Fotos eingeblendet: das Schiff, die MS Poseidon, Landkarten, ein Professor, ein Mann mit Turban, wieder das Schiff. Und dann war da ein Bild, das Maya fast um den Verstand brachte. Es war offensichtlich kurz nach der Erstürmung des Schiffes aufgenommen worden. Acht Personen saßen mit gefesselten Händen an der Bordwand. Jedem war ein Sack über das Gesicht gestülpt worden. Sie waren mit T-Shirts und kurzen Hosen bekleidet. Ein Mann trug einen Taucheranzug. Dennoch hatte Maya nur Augen für eine zarte Person mit kaffeebrauner Haut. Diese kauerte mit angezogenen Beinen in der Mitte der Gruppe und hatte den Kopf gegen den Mann im Taucheranzug gelehnt. Maya betete dafür, dass der Taucher Michael sein möge. Das Foto war einem Video entnommen, das kurz darauf abgespielt wurde. Darin marschierte ein Mann mit schwarzem Bart vor den Gefangenen auf und ab und brüllte dabei Anschuldigungen in die Kamera. Ein eingeblendeter Text übersetzte den Wutausbruch. Die Gefangenen seien Feinde des Landes und des Volkes, die als Spione in die Hoheitsgewässer eingedrungen wären. Man habe genug von Heimtücke und Verrat. Wenn die Auftraggeber der Spionage sich nicht zu erkennen geben würden, sei die Enthauptung der Gefangenen beschlossene Sache.

Der Bericht war nicht länger als eine Viertelstunde. Danach erschallte Volksmusik und ein breit grinsender Moderator im Trachtengewand begrüßte seine Zuschauer zu einem »wunderschönen Abend«.

Maya hätte schreien mögen, doch kein Laut kam über ihre Lippen. Jemand plante ihre Mutter zu töten. Für dieses Entsetzen fand Maya weder Worte noch Töne. Es war, als hätte man auch ihr einen Sack über den Kopf gezogen. Fürsorgliche Berührungen, tröstende Bemerkungen, all diese Versuche, zu Maya durchzudringen, wurden verschluckt von einer Wand aus Fassungslosigkeit. Wie betäubt ließ sie sich von Annikas Eltern zum Auto geleiten und zurück zum Moorhaus fahren. Das Rumpeln des Wagens, die Aufmunterungen der Erwachsenen: kraftlose Echos aus einer Welt ohne Bedeutung. Maya bemerkte kaum, wie sie in die Obhut der alten Ursel übergeben wurde. Unfähig, die Verabschiedung zu erwidern, beobachtete sie stumm, wie Annikas Eltern mit betretener Miene in den Wagen stiegen und davonfuhren.

Erst die alte Ursel vermochte Maya der Taubheit zu entreißen.

»Komm zu dir, Kleine«, knurrte die Alte streng, während aus ihren Handflächen eine brennende Hitze in Mayas Wangen strömte. Lange starrten sie einander in die Augen. Dann öffnete Maya den Mund. Es verstrichen mehrere Atemzüge, bis das Unaussprechliche über ihre Lippen kam.

»Mama wird vielleicht ermordet!« Maya hatte das Gefühl, mit diesen Worten die Tore zur Hölle geöffnet zu haben. Der Schrecken, der in ihnen wohnte, hätte ein Erdbeben oder eine Feuersbrunst entfachen müssen. Doch nichts dergleichen geschah. Das Moor lag mit grausamer Gleichgültigkeit im warmen Licht einer rötlichen Abendsonne. Mayas Dasein stürzte in sich zusammen, aber die Welt nahm keine Notiz. Ungerührt vom Leiden seiner Bewohner zog der Erdball seine Bahn.

Nun ergriff die alte Ursel die Schultern ihrer Enkelin.

»Reiß dich zusammen, meine Kleine. Wir werden nicht zulassen, dass deiner Mutter etwas zustößt. Nicht, wenn du die Kraft hast, uns zu helfen!«

Mühsam presste Maya ihre Antwort hervor: »Alles, ich tue alles.«

»Das wirst du wohl auch müssen«, seufzte die Alte, während sie ihre Enkelin auf das Haus zuführte. »Wir gehen hinein. Was du nun hören wirst, sollte nicht einmal dem Wind anvertraut werden.«

Die Wohnküche des Moorhauses wurde durchflutet von den Strahlen der Abendsonne. Bartholomäus saß auf einer Stuhllehne im Schatten der Kammertreppe. Fidelius hatte es sich auf einem Sitzpolster bequem gemacht. Sobald die Alte ihre Enkelin auf der Küchenbank platziert hatte, erklomm er die Rückenlehne und legte den Kopf auf Mayas Schulter. Seine Berührung tat wohl. Ein Halt im Sturm, ein Licht in der Dunkelheit.

»Du bist hier?«, flüsterte Maya staunend.

»Natürlich. Du hast mich gerufen und ich bin gekommen!«, antwortete der Otter.

»Aber ich habe dich nicht gerufen.«

»Oh doch, das hast du!« widersprach Fidelius. »Vielleicht war es dir nicht bewusst, aber dein Flehen ist mir durch Mark und Bein gefahren. Vergiss nicht, dass wir miteinander verbunden sind.«

»Jetzt ist nicht die Zeit, um Maya in alle Wunder der Dämonen einzuweihen«, unterbrach ihn die alte Ursel. »Bald bricht die Nacht herein. Wir müssen eine Entscheidung treffen.«

Fidelius und Maya verstummten augenblicklich. Dennoch holte die alte Ursel zunächst tief Luft, bevor sie weitersprach. »Bartholomäus sieht einen Weg. Wenn wir ihn beschreiten, dann besteht vielleicht eine Möglichkeit, deiner Mutter zu helfen. Dennoch möchte ich nicht verschweigen, dass ich meine Zweifel habe.« Sie wandte sich an Bartholomäus und ein ungewohnter Ton von Demut lag in ihrer Stimme. »Du bist alt und weise, mein Freund, aber ich befürchte, dass dieser Plan unsere Fähigkeiten übersteigt.«

Der Uhu schwieg.

»Bitte«, flehte Maya. »Wenn es eine Möglichkeit gibt, meiner Mutter zu helfen, dann müsst ihr es mir sagen.«

»Was weißt du über den Teil der Erde, in dem sich deine Mutter zurzeit befindet?«, fragte die alte Ursel. »Was weißt du über die Konflikte und Feindschaften, die dort am Werke sind?«

»Zu wenig, zu wenig!«, jammerte Maya. »Mir ist bekannt, dass es dort Konkurrenz und Streit um Ölfelder, Atomenergie, Glaubensrichtungen und vieles mehr gibt. Auch wurden viele Kriege um Land geführt. Muslime, Juden und Christen sind dort beheimatet. Ihr Zusammenleben war leider nur selten friedlich. Das Kommando, das meine Mutter entführt hat, trägt den Namen eines Sultans, der während der Kreuzzüge heimtückisch ermordet wurde.«

»Richtig, die Kreuzzüge«, bestätigte die alte Ursel und rieb sich den Rücken. »Das Töten und Morden im Namen Gottes gehören zu den hässlichsten Übeln, die jene Region der Welt mit Gewalt, Heimtücke und Grausamkeit überzogen haben. Das Gift, das sie gestreut haben, sitzt tief und es wirkt bis heute. Auf diese Weise ist ein ganz besonderer Dämon entstanden, Maya. Er überschattet nicht das traurige Schicksal eines Einzelnen oder einer Familie. Es ist ein Dämon, der einen Teil der Weltbevölkerung beherrscht. Ein Dämon, der von Generation zu Generation weitergegeben wird und sich von der Vorstellung nährt, dass es keinen Kompromiss, keine Einigung und keinen Frieden mit der anderen Seite geben kann. Ein Tunnelblick ausgerichtet auf Feindschaft und Misstrauen ohne jede Erinnerung an hoffnungsvolle Beispiele der Verständigung.«

»Aber was können wir tun?«, fragte Maya. »Wir Weltenwanderer können doch bestenfalls auf Einzelschicksale einwirken.«

»Nun, die Ermordung von al-Kamil im Jahre 1229 ist ein Einzelschicksal, oder nicht?«

Maya lief ein Schauer über den Rücken, als sie zu erahnen begann, welche Dimensionen der vorgestellte Plan in sich barg. »Aber wenn wir die Ermordung von al-Kamil verhindern, dann verändern wir den gesamten Verlauf der Weltgeschichte!«, stotterte sie.

»So ist es«, bestätigte die Großmutter und ihre Stimme verriet, dass auch sie an der Unternehmung zweifelte.

Fidelius indes sprühte vor Optimismus. Er glitt von Mayas Schulter, sprang auf den Tisch und baute sich direkt vor ihr auf. »Verstehst du denn nicht?«, fragte er in einem herausfordernden Pfeifton. »Wenn wir al-Kamil das Leben retten, wenn es vielleicht sogar zu einer friedlichen Einigung zwischen dem Sultan und dem Kaiser kommen könnte, dann würde auch ein Kommando, das seinen Namen trägt, nicht mit Hass und Misstrauen erfüllt sein. Deine Mutter wäre bei ihnen in guten Händen.«

»Ist das wahr?« Maya starrte fragend zu ihrer Großmutter hinüber.

»Es gibt dafür keine Gewissheit«, knurrte die Alte. »Wer den Lauf der Geschichte verändert, kann nicht wissen, welche Folgen daraus entstehen. Es ist eine Möglichkeit, nicht mehr.«

»Aber es ist nicht ausgeschlossen?«, setzte Maya nach. »Meine Mutter könnte durch diese Veränderung der Geschichte gerettet werden.«

»Ja, vielleicht«, bestätigte die alte Ursel. »Aber du hast eine Kleinigkeit übersehen!«

»Was habe ich übersehen?«

»Smert!«, knurrte die Alte. »Du weißt genauso gut wie ich, dass Weltenwanderern nur unscheinbare Eingriffe in den Verlauf der Weltgeschichte gestattet sind. Verstöße ahndet Smert mit dem Tode. Nur dem Verräterkind oder einer Weltenheilerin wird er erlauben, auf die gesamte Menschheitsgeschichte einzuwirken.«

»Das Verräterkind«, wiederholte Maya.

»Ja, das Verräterkind«, schnalzte Fidelius, während er herausfordernd auf- und abtänzelte. »Smerts eigene Prophezeiung besagt, dass er einem Verräterkind gestatten wird, *einen Strahl der Hoffnung in eine dunkle Welt zu bringen.* Na komm schon, Maya: Du fragst dich seit drei Jahren, ob du dieses Kind bist. Du bist es. Wir beide, wir wissen das!«

»Ich würde nicht viel auf die Meinung dieses vorlauten Otters geben«, knurrte die Alte. »Ich hätte dir kein Wort gesagt. Allerdings hält dich auch Bartholomäus für das Verräterkind.«

»Was würde es bedeuten, wenn ich euch enttäusche?«, fragte Maya. »Was, wenn ich nicht das Verräterkind bin?«

»Dann«, seufzte die Alte, »werden wir alle eines grausamen Todes sterben. Du erinnerst dich doch noch an Smerts Stachel?«

Wie ein böser Traum flackerte ein brennender Schmerz durch Mayas Glieder. Fidelius ließ ein gequältes Ächzen hören.

Bartholomäus hatte lange geschwiegen. Nun jedoch hielten seine scharfen Augen Mayas Blick gefangen.

»Du bist das Verräterkind«, krächzte der Dämon. »Nutze deine Vorstellungskraft, Heilertochter! Es geht um mehr als nur um das Schicksal deiner Mutter. Versuche zu begreifen, was es bedeuten würde, wenn die Geschichte von Christen und Muslimen nicht allein von Grausamkeit, Verrat und Ungerechtigkeit beherrscht wäre. Was es bewirken könnte, wenn sie sich auch an Vertrauen, Gerechtigkeit und wechselseitige Achtung erinnern könnten.«

»Kann dieser Plan meine Mutter retten?«

»Niemand vermag dies zu sagen«, antwortete der Uhu. »Doch so oder so wäre ich bereit, alles zu wagen.«

»Dann bin ich es auch«, bekräftigte Maya.

»Es ist also entschieden«, krächzte Bartholomäus und bedachte die alte Ursel mit einem langen Blick. »Wir brechen auf.«

Fidelius war kaum zu halten. Mit einem Satz war er an der Tür der Kräuterkammer. Die alte Ursel jedoch versperrte den Eingang.

»Wenn dies eure Entscheidung ist, werde ich euch begleiten«, sagte sie. »Der Abend bricht herein und wir haben wahrlich keine Zeit zu verlieren. Dennoch können wir jetzt noch nicht gehen.«

»Aber warum nicht«, paffte Fidelius uneinsichtig.

»Weil Schleicher noch immer da draußen herumläuft«, knurrte die Alte. »Wie du wissen solltest, mein junger Otter, dürfen weder Weltenwanderer noch Dämonen bei ihren Reisen gestört werden. Wenn wir geweckt oder aufgescheucht werden, könnte dies nicht nur für uns schlimme Folgen haben, sondern das gesamte Unternehmen zum Scheitern bringen. Schleicher wird sich eine solche Gelegenheit nicht entgehen lassen. Ihm werden die Ereignisse der letzten Stunden nicht entgangen sein und ich wette, dass er nur auf die Gelegenheit lauert, uns das Gesicht zu zerkratzen.«

»Dann gehen Maya und ich allein und ihr haltet Wache«, schlug Fidelius vor.

»Unfug!«, schimpfte die Alte. »Du überschätzt dich, mein Freundchen. Ich werde meine Enkelin in jedem Fall begleiten. Schon gar nicht werde ich sie einem Dämon anvertrauen, der Smert noch kein einziges Mal gegenübergetreten ist.«

»Dann benötigen wir eine andere Wache«, sagte Maya. »Jemand, der Schleicher während der Nacht vom Haus fernhält und uns bewacht, ohne Fragen zu stellen.«

»Ich habe an Doktor Lambrecht gedacht, auch wenn ich ihm nur ungern so viel Einblick in unsere Vorgehensweise gewähren würde«, murmelte die alte Ursel. »Allerdings macht der alte Tunichtgut heute Hausbesuche und es dürfte viele Stunden dauern, bis wir ihn auftreiben können.«

»Peer!«, rief Maya und sprang auf die Beine.

»Peer?«, wiederholte ihre Großmutter und legte die Stirn in Falten. »Bist du dir sicher?«

»Wir haben keine andere Wahl, oder?«, entgegnete Maya, während sie bereits in der Tür stand.

Die Alte nickte. »Beeil dich, mein Kind!«

Und Maya beeilte sich. Sie jagte die Eichenallee entlang, ohne ihrem müden Körper eine Pause zu gönnen. Mit zitternden Beinen und brennenden Lungen erreichte sie Peers Haustür. Laute Musik drang aus den Fenstern. Maya begann zu rufen und an die Tür zu hämmern, aber es dauerte Ewigkeiten, bis die Stereoanlage ausgeschaltet und die Tür geöffnet wurde. Peer stand mit einem Ausdruck von Erstaunen und Verständnislosigkeit vor ihr. Er schwieg. Selbst als Maya ihn mit einem Schwall von Bitten und Erklärungen überschüttete, brachte er kein Wort über die Lippen. Maya fühlte eine Mischung aus Wut und Verzweiflung in sich aufsteigen. Wie konnte Peer jetzt beleidigt sein? Was spielte es schon für eine Rolle, dass sie sich ihm gegenüber falsch benommen hatte? Konnte er denn nicht sehen, dass ihre Welt in Flammen stand? Als Peer weiterhin stumm blieb, drängte sich Maya einfach an ihm vorbei. Sie ergriff den Haustürschlüssel und eine Jacke und zog Peer mit sich fort. Sie schaffte es sogar, ihn in einen Dauerlauf zu versetzen, und gemeinsam legten sie die Strecke zum Moorhaus im Eiltempo zurück.

Als sie eintraten, waren Fidelius und Bartholomäus bereits in der Kräuterkammer verborgen. Maya überließ ihrer Großmutter die Erklärungen. Irgendwie schaffte es die Alte, Peer von der Notwendigkeit einer Nachtwache zu überzeugen, ohne ihm erklären zu müssen, was tatsächlich vor sich ging. Mehrfach brachte sie den verwirrten Jungen dazu, einen Satz zu wiederholen: »Ich halte die Tür verschlossen und lasse nichts und niemanden in die Kräuterkammer!«

Erst danach ließ die alte Ursel von ihm ab und drängte ihre Enkelin in die Kammer. Bevor sich die Tür schloss, erhaschte Maya einen letzten Blick auf Peer. Es war ein ungutes Gefühl, ihn so zurückzulassen. Das Missverständnis an der Mühle war nicht aufgeklärt worden. Vielmehr schien alles Peers Sicht der Dinge zu bestätigen. Man hatte ihn geholt, weil man ihn brauchte, nicht, um ihn ins Vertrauen zu ziehen. All dies war schrecklich ungerecht, doch Maya hatte jetzt weder die Zeit noch die Kraft, sich um Peer zu kümmern. Sie musste sich auf ihre zweite Weltenwanderung vorbereiten. Rasch streifte sie ein unauffälliges Leinenkleid über und schulterte ihren geliebten Lederrucksack. Die alte Ursel hatte bereits ihren magischen Stein hervorgeholt. Bartholomäus saß regungslos auf ihrer Stuhllehne. Sobald Maya auf dem zweiten Stuhl direkt vor ihrer Großmutter Platz genommen hatte, legte sich Fidelius auf ihre Füße und erstarrte ebenfalls. Gemeinsam legten die beiden Heilerinnen ihre Hände um den

Stein. Zögernd schloss Maya die Augen. Bevor sie zwischen den Welten versank, versuchte sie alle störenden Gefühle beiseite zu schieben: den Wunsch, ihrer Mutter das Leben zu retten, die Hoffnung, dass Peer sein Versprechen hielt, und die alles überschattende Furcht vor Smert.

Smert

Nun, Heilertochter. Es ist an der Zeit, die Augen zu öffnen!« Mit größter Mühe zwang sich Maya, der Aufforderung Folge zu leisten. Sie kannte den Singsang dieser Stimme und sie wusste, dass Ungehorsam nicht geduldet wurde. Als sich ihre Lider hoben, bot sich Maya ein Anblick, der ihren schlimmsten Albträumen hätte entspringen können: Sie saß im gelben Sand einer endlosen Weite. Ein Ort ohne Form, ohne Horizont. Ihre Begleiter verharrten in demütiger Haltung an Mayas Seite. Auf ihrem Fuß jedoch, genau dort, wo die Sandale die schutzlose Haut preisgab, thronte Smert. Alles war genau so, wie Maya es viele Male geträumt hatte. Der Stachel, das Tier, die wehrlose Haut. Kein Horizont, kein Raum: nur der Stachel und das, was in seiner Reichweite lag.

»Nur Mut, Heilertochter«, säuselte der Wächter zwischen den Welten. »Der Moment des Todes ist noch nicht gekommen. Jedenfalls nicht sofort.«

Maya krallte ihre Hände in den feinen Sand. Dennoch konnte sie nicht verhindern, dass ihre Zähne klappernd aufeinanderschlugen.

»Deine Freunde hier halten dich für das Verräterkind«, fuhr Smert fort. »Ein erstaunlicher Aufstieg, findest du nicht? Als du das letzte Mal vor mir gestanden hast, hattest du nicht einmal einen Dämon, der seine Fürsprache an mich richten konnte, und nun sieht man in dir einen Hoffnungsträger.«

»Ich war es, der sie für das Verräterkind hielt, oh Smert«, brachte Bartholomäus mit Mühe hervor.

»Still!« Smert vollführte eine kaum wahrnehmbare Bewegung und Mayas Begleiter erstarrten zu Stein. Nicht einmal ihr Atem war mehr zu hören. Maya glaubte an ihrer Angst ersticken zu müssen und ihr Entsetzen wuchs, als der Wächter zwischen den Welten langsam ihre nackte Wade hinaufkletterte.

»Die Meinung der anderen interessiert mich nicht«, säuselte der Singsang. »Friedensstimme und Bartholomäus haben schon bei unserer letzten Begegnung mehr für dich getan, als ihnen zusteht. Und was deinen eigenen Dämon betrifft: Er glaubt bedingungslos an dich und würde sogar eine Weltenheilerin in dir sehen. Dabei wisst ihr beide nicht einmal, was das ist. Er soll also schweigen und darauf warten, ob es mir gefällt, sein unbedeutendes Dasein zu beenden. Das einzige, was ich erfahren will, ist, ob du dich selbst für das Verräterkind hältst. Nach dem Zittern deiner Beine zu urteilen bist du dir deiner Sache nicht gerade sicher.«

»Ich hoffe es. Ich bin bereit, alles dafür zu tun«, brachte Maya stockend hervor. »Ich wünsche es mir so sehr.«

»Hoffnung? Hoffnung ist alles, worauf du baust? Bist du dir darüber im Klaren, was es bedeutet, wenn du dich irrst?«, fragte der Singsang.

Maya nickte.

»Gut!«, säuselte Smert.

»Ich bitte nur um eines, oh Smert«, keuchte Maya. »Fälle deine Entscheidung jetzt. Töte uns oder lass uns ziehen, aber quäle uns nicht mit Ungewissheit.«

»Oh ja, die Ungewissheit«, bemerkte Smert. »Ein Zustand, der mir vollkommen fremd ist. Ich habe mein Urteil natürlich längst gefällt. Genau genommen habe ich es sogar schon vollstreckt. Es wurde beraten, gefällt und vollstreckt. Für mich ist alles eins. Vergiss nicht, dass dies das Zentrum der Zeit ist. In mir verdichten sich Vergangenheit, Gegenwart und Zukunft. Nicht ich bin in der Zeit, sie ist in mir. Vorher, nachher: diese Begriffe bedeuten mir nichts. Es sind Erklärungen, mit denen so erbärmliche Kreaturen wie die Menschen ihr Dasein zu verstehen suchen. Für mich ist alles jetzt. Du hingegen kannst deinen kläglichen Anteil der Wahrheit nur im Nacheinander verstehen. Aus diesem Grund soll der Prozess nun beginnen. Wenn ich dich passieren lasse, bedeutet dies nicht, dass das Verräterkind vor mir steht. Erst wenn deine Mission erfüllt ist, wirst du verstehen, ob du in deine Welt zurückkehren darfst oder sterben musst.«

Mit diesen Worten schwang Smert seinen Stachel und stach ins Nichts, irgendwo zwischen den endlosen Sand und das ebenso unerschöpfliche Blau. Es war, als habe er ein gewaltiges Gewicht auf eine Folie gelegt. Der Raum krümmte sich wie eine Zeltplane, die in einen Trichter gesogen wird. Ein Strudel entstand, dessen Ränder zu rotieren begannen und dessen Trichter sich in einer unergründlichen Dunkelheit verlor. Der Wirbel sog Farben, Gegenstände und Personen in sich hinein. Auch Maya und ihre Gefährten wurden erfasst. Nur Smert, der unterdessen von Mayas Bein heruntergekrochen war, blieb unbewegt. Auf ihn schienen keinerlei Kräfte einzuwirken, während alles andere nach und nach in dem wirbelnden Strudel versank. Das Letzte, was Maya sah, war der Stachel: ein Punkt der Ruhe, das unbewegte Zentrum der Bewegung.

Der Falke des Kaisers

»Eine scheußliche Erfahrung!«, paffte Fidelius und spuckte einige Sandkörner aus. »Dieser Smert ist wahrlich ein unangenehmer Zeitgenosse.«

»Er ist die Zeit selbst und nicht ihr Genosse«, bemerkte Bartholomäus. »Du hast noch viel zu lernen, junger Dämon.«

Sie waren erneut von Sand umgeben. Doch dieser wurde von vereinzelten Grasbüscheln durchbrochen, deren Halme sich in einem warmen Wind wiegten.

»Dünen«, staunte Maya.

»Es kommt sogar noch besser«, bemerkte Fidelius und stellte sich aufgeregt auf die Hinterbeine. »Ich rieche das Meer!«

In der Tat! Nur eine kleine Erhebung trennte sie von einem schmalen Strand, an dem die Wellen sanft ausliefen.

»Ihr entschuldigt mich einen Augenblick«, flötete Fidelius. »Der Otter in mir kann einfach nicht widerstehen.«

»Wenn du zu lange bleibst, gehen wir ohne dich«, rief die alte Ursel dem Davoneilenden nach.

Maya erklomm eine Düne. Vor ihr lag das Meer im gleißenden Licht der Sonne. Die Wellen schwappten friedlich an einen feinen Sandstrand, der sich in niedrigen Dünen mit spärlichem Bewuchs verlor. Der sandige Küstenstreifen verlief fast gerade von Norden nach Süden und stieg mal sanft, mal steil zum Landesinneren an. In der Ferne stieg Staub in den Himmel. Die Umgebung wirkte trocken und menschenleer. Nichts deutete darauf hin, dass sie sich an einem außergewöhnlichen Ort befanden.

»Ich dachte, wir Weltenwanderer können nur an magischen Orten in eine neue Zeit eintreten«, bemerkte Maya. »Ich kann keine Besonderheiten entdecken.«

»Und doch stehst du auf magischem Boden«, erwiderte die alte Ursel, während sie sich den Sand von der Kleidung klopfte. »Du befindest dich im Heiligen Land. Von hier aus öffnen sich unzählige Tore in die Vergangenheit und in die Zukunft. Du kannst es Palästina, Israel, Falast n, Kanaan oder auch Retenu nennen. Könige und Pharaonen aus Ägypten, Babylon und Rom haben über diese Gebiete geherrscht. Juden, Christen und Muslime verehren die Geschichte dieses Landes, sie beten auf seinem Boden und kämpfen um seinen Besitz.«

»Du schätzt Religionen nicht besonders, oder?«, fragte Maya.

Die Alte fuhr energisch herum. »Mit diesem Urteil machst du es dir zu leicht, meine Kleine. Ich habe großen Respekt vor jedem, der sich seinem Gott verbunden fühlt. Problematisch wird es immer dann, wenn Menschen glauben, Gottes Wort besser verstehen zu können als andere. Der Glaube vermag Berge zu versetzen, doch Religionen haben oft nur Armeen in Marsch gesetzt.«

Fidelius kehrte mit eleganten Sprüngen zu ihnen zurück und sie begannen den Strand entlang nach Süden zu wandern. Das Fell des Otters glänzte nass und aus seinem Maul ragte der letzte Zipfel eines Fischschwanzes. Vergnügt trottete er neben ihnen her, während der Dünengürtel zu ihrer Linken stetig an Höhe gewann und schließlich zu einer ansehnlichen Hügellandschaft heranwuchs. Nach einem kurzen Rundflug riet Bartholomäus dazu, die Anhöhen zu erklimmen, da der Strand sehr bald durch Geröll versperrt sei.

Es wurde ein mühseliger und schweißtreibender Aufstieg. Immer wieder gab die lockere Erde nach und zwang sie, auf allen Vieren die Steigungen zu erklimmen. Zudem gewann die Böschung an Höhe und es wurde schwierig, einen geeigneten Pfad zu finden. Die Sonne brannte erbarmungslos vom Himmel und nur selten warf ein knorriger Busch einen dürftigen Schatten.

»Ich kann beim besten Willen nicht verstehen, warum um dieses Land so viele Kriege geführt wurden«, prustete Maya. »Die Erde scheint nicht gerade fruchtbar zu sein und mit Badetourismus dürfte in dieser Zeit wohl niemand sein Geld gemacht haben.«

»Nun ja«, schnaufte die alte Ursel und rieb sich mit beiden Händen das Kreuz. »Dieses Land ist weit fruchtbarer als man vermuten mag. Wem es gelingt, Wasser in die Wüste zu bringen, der wird mit reicher Ernte belohnt. Zudem ist das Mittelmeer in diesen Tagen ein artenreicher Segen. Umweltverschmutzung und Überfischung sind unbekannt. Hinzu kommen wichtige Handelsstraßen, die Waren und Zölle erwirtschaften. Vor allem aber ist dies das Stammland Abrahams, des Urvaters von Juden, Christen und Muslimen. Besonders wichtig ist die Hauptstadt, Jerusalem. Dort befindet sich die Klagemauer, ein Rest des Tempels, den die israelitischen Könige für Gott selbst errichten ließen. Muslime glauben, dass der Prophet Mohammed auf dem geflügelten Pferd Buraq nach Jerusalem kam, um von dort in den Himmel und zurück zu fliegen. Die al-Aqsa-Moschee ist deshalb eines der wichtigsten Heiligtümer des Islam. Christen pilgern vor allem zur Grabeskirche, die über dem Felsengrab Jesu Christi errichtet worden sein soll.«

»Eigentlich ist dies kein Anlass zum Krieg«, überlegte Maya. »Sofern jeder zu seinen heiligen Stätten pilgern kann, wäre ein friedliches Zusammenleben möglich.«

»Leider wurde diese Möglichkeit kaum in Betracht gezogen«, erwiderte die Alte und wischte sich den Schweiß von der Stirn. »Auch ohne Religionen war dieses Land stets umkämpft. Ägypter, Babylonier und Römer haben es erobert. Im siebten Jahrhundert errangen islamische Kalifen die Herrschaft über Jerusalem. Im Jahre 1098 rief Papst Urban II. mit dem Schlachtruf *Deus lo vult, Gott will es* die gesamte Christenheit zur Rückeroberung der Heiligen Stadt auf. Jedem Teilnehmer des Kreuzzuges wurde die Vergebung all seiner Sünden versprochen. Jedem, der im Kampf gegen die sogenannten Ungläubigen sein Leben verlor, wurde zugesichert, dass er direkt ins Paradies gelangen würde. Heerscharen von Rittern und einfachen Leuten aus ganz Europa machten sich auf den Weg. Ein schrecklicher Kreislauf war geboren. Die christlichen Heere eroberten Jerusalem, richteten ein Massaker unter der Bevölkerung an und gründeten kleine Königreiche entlang der Mittelmeerküste. Natürlich ließ der muslimische Gegenschlag nicht lange auf sich warten. Jerusalem wurde zurückerobert, was wieder den nächsten Kreuzzug provozierte. Ein blutiges Hin und Her, in dem sich alle Fronten verhärteten und das das Denken der Menschen bis auf den heutigen Tag vergiftet.«

»Wie viele Kreuzzüge hat es gegeben?«, fragte Maya, während sie erneut mit dem Aufstieg begannen.

»Das kommt darauf an, was man als Kreuzzug gelten lässt«, erwiderte ihre Großmutter. »Einige dieser Feldzüge erreichten niemals Jerusalem. Die Kreuzritter überfielen zum Beispiel Ägypten oder Konstantinopel. Andere begnügten sich damit, die jüdische Bevölkerung europäischer Städte abzuschlachten oder nicht-christliche Völker in Osteuropa zu unterwerfen. Die meisten Geschichtsbücher berichten von sieben Kreuzzügen. Man kann aber auch von bis zu fünfzehn Kreuzzügen sprechen. Wir befinden uns im Jahr 1229. Gerade wird der Fünfte Kreuzzug von Kaiser Friedrich II. angeführt.«

»Und während dieses Kreuzzugs wurde Sultan al-Kamil in eine Falle gelockt und ermordet«, ergänzte Maya.

»Das ist wahr«, bestätigte die Alte müde. »Dabei hatte dieser Kreuzzug durchaus hoffnungsvoll begonnen. Die beiden Herrscher haben zunächst darauf verzichtet, ihre Heere aufeinander zu hetzen. Stattdessen führten sie intensive Verhandlungen. Es kam zum Austausch von Geschenken und zu persönlichen Begegnungen. Dann jedoch wurde al-Kamil ermordet und der alte Kreislauf von Gewalt und Gegengewalt begann erneut.«

»Und genau das wollen wir nun verhindern?«

»So ist es!«

»Aber wie sollen wir das anstellen?«

»Zunächst versuchen wir in die Nähe des Kaisers oder des Sultans zu gelangen«, erklärte die alte Ursel. »Alles Weitere müssen wir später entscheiden.«

Der Aufstieg war fast vollbracht und sie befanden sich nur noch wenige Meter unter dem Grat. Hoch in der Luft vollführten mehrere

Vögel ein akrobatisches Ballett. Immer wieder schienen sie ineinander zu stürzen, um kurz darauf auseinander zu stieben.

»Kannst du erkennen, was das für Vögel sind, die dort drüben herumschwirren?«, fragte Maya und beschirmte ihre Augen mit der linken Hand.

»Es sind Krähen«, erklärte die Alte ohne aufzublicken.

»Ich mag Krähen«, bemerkte Maya. »Es ist unglaublich, was diese Flieger in der Luft anzustellen vermögen. Beim Turmspringen gibt es zahllose Figuren, aber nicht eine ist nach einem Tier benannt. Wenn ich jemals eine eigene Kombination entwickeln sollte, werde ich sie ›Krähensprung‹ nennen!«

»Na dann, viel Erfolg«, spottete die Alte. »Diese Tiere haben keinen besonders guten Ruf. Sie sind Nesträuber, die die Brut anderer Vögel fressen. Es gibt sogar Naturschützer, die die Krähen für eine Plage halten. In der Zeit, in der wir uns jetzt befinden, haben die Krähen sogar noch einen viel schlechteren Leumund. Man hält sie für einen Fluch, ein Symbol von Tod und Verderben!«

»Aber warum denn nur?«, fragte Maya, ohne den Blick von jenem wilden Schauspiel zu wenden, das über den Hügeln geboten wurde.

»Nun!«, knurrte die Alte und hielt einen Moment inne. »In vielen Teilen der Erde besorgen die Krähen, was andernorts die Geier erledigen! In der Zeit, in die wir gereist sind, fanden sie einen reich gedeckten Tisch vor. Auch Friedrich II. war ein hervorragender Krähenfütterer. Er hat zahlreiche Kriege geführt. Vielleicht sind ihm die dankbaren Vögel sogar über das Meer bis hierher gefolgt. Es ist die Zeit der Schlachten, des Gemetzels, der Toten und der verstümmelten Leiber. Ich wünsche dir, dass du niemals ein Schlachtfeld betreten musst, Maya. Es ist ein Ort des Wehklagens, des Leidens und des Sterbens. Und noch bevor das letzte Stöhnen verklungen ist, kommen die Krähen. Wer gesehen hat, was die Krähen auf den Schlachtfeldern tun, der wird verstehen, warum die Menschen dieser Tage ihnen Abscheu entgegenbringen.«

Maya erschauderte. Bilder von schwarzen Vogelschwärmen, die zwischen sterbenden und toten Soldaten niedergingen, zogen an ihrem geistigen Auge vorüber. »Wir sind doch nicht in der Nähe eines Schlachtfelds, oder?«, fragte sie zögerlich.

»Ich denke nicht«, beruhigte die Großmutter sie. »Ich vermute, wir befinden uns in der Nähe der Stadt Akkon. Sie wurde von Kreuzrittern ausgebaut und ist auch jetzt fest in deren Hand. Dort ist Friedrich II. mit seiner Flotte vor Anker gegangen. Zudem lagert eine große Landstreitmacht aus ganz Europa innerhalb und außerhalb der Stadtmauern. Von einer Schlacht ist mir nichts bekannt. Auch wären es in diesem Fall deutlich mehr Tiere und nicht bloß drei.«

»Drei?« Maya legte die Stirn in Falten. »Ich bin mir ziemlich sicher, dass es vier Vögel sind!«

»Wohl wahr!«, spottete ihre Großmutter. »Du siehst vier Vögel, aber nur drei davon sind Krähen. Das vierte Tier ist ein Raubvogel, der in Kürze getötet werden dürfte.«

»Du meinst, die Krähen greifen den Raubvogel an!«, staunte Maya. »Müsste es nicht eigentlich andersherum sein?«

»Das ist ein weit verbreiteter Irrtum«, erklärte die Alte. »Du hast doch selbst bemerkt, wie hervorragend Krähen zu fliegen verstehen. Ein Greifvogel, der sich nicht gerade im Sturzflug befindet, ist ihnen hilflos ausgeliefert. Krähen oder Raben greifen allein oder in der Gruppe an. Selbst Adler sind nicht vor ihnen sicher. Sie umfliegen und verletzen den Raubvogel, bis dieser entfliehen kann oder zu Boden geht. Wenn dies geschieht, ist er verloren. Seine Feinde hacken auf ihn ein, bis er sein Leben aushaucht.«

»Du meinst, wir erleben gerade, wie Krähen einen Adler töten?«

»Sicher nicht! Der vierte Vogel ist zu klein für einen Adler. Ich tippe auf einen Falken, und so wie es aussieht, wird er in der Tat sterben müssen.«

Wie gebannt verfolgte Maya den Luftkampf, der in der Ferne tobte. »Hast du jemals Erfahrungen mit Raben oder Krähen gemacht?«, fragte sie Bartholomäus, der sich in einiger Entfernung im Schatten einer Mulde niedergelassen hatte.

»Selten«, gab der Uhu zurück. »Krähen beherrschen den Tag, ich jage in der Nacht. Zudem haben Eulen und Uhus eine erfolgreiche

Taktik, um diese Plagegeister loszuwerden. Wir fliegen zu Boden, drehen uns auf den Rücken und schlagen mit unseren Krallen.«

Wie zufällig ließ Bartholomäus eine seiner Klauen aus dem Schatten ragen. Respektvoll betrachtete Maya die mächtigen Fänge des Uhus und suchte nach einem Weg, um dem Dämon eine weitere Geschichte zu entlocken. Doch bevor sie eine Frage ersonnen hatte, gellte ein Schrei über den Küstenstreifen.

»Saxo! Es ist Saxo! Schnell, mein Herr, eilt herbei! Seht doch, die verfluchten Todesvögel bedrängen den Falken unseres Kaisers!«

Direkt über ihnen erschien ein Reiter am Rand des Abhangs. Kurz darauf verriet ein Stimmengewirr, dass sich dort mehrere Personen versammelten. Pferde schnaubten, ein Hund bellte. Dann trat ein respektvolles Schweigen ein. Offensichtlich war jene Person zu der Gruppe gestoßen, die zuvor als Herr bezeichnet worden war. Die Stimme des Reiters bestätigte sogleich diese Vermutung.

»Bleibt zurück, mein Gebieter! Belastet Euer Gemüt nicht mit diesem traurigen Anblick. Der Blitz möge die verfluchten Aasfresser treffen!«

Mit dem Rücken an den Hang gepresst, lauschte Maya den Stimmen.

»Habt ihr das gehört?«, raunte die alte Ursel ihren Begleitern zu. »Das ist eine Gelegenheit, die wir uns nicht entgehen lassen dürfen. Wer weiß, ob wir je wieder in so eine Situation geraten. Bartholomäus, wie denkst du über meinen Plan?«

»Ich habe deine Gedanken gelesen, Friedensstimme«, antwortete der Dämon. »Der Plan passt zu dir. Das Vorhaben ist gewagt, aber ich denke, wir sollten es versuchen.«

»Dann auf!«, befahl die Alte und sprang wie eine Bergziege den Hügel hinauf. Maya war mit keinem Wimpernschlag an der Entscheidung beteiligt worden. Allerdings blieb ihr keine Zeit, um sich zu beklagen. Rasch verbarg sie Fidelius in ihrem Rucksack und stolperte hinter ihrer Großmutter her.

Sobald der Grat erklommen war, blieb Maya wie angewurzelt stehen und betrachtete mit keuchendem Atem das Geschehen. Etwa zehn Reiter hatten sich auf der Anhöhe versammelt. Obwohl niemand von ihnen eine Rüstung trug, glaubte Maya in ein Ritterbuch eingetaucht zu sein. Einige Reiter führten lange Schwerter mit sich. Zwei der Männer trugen eine Armbrust über der Schulter und waren mit einem Dolch gegurtet. Auch ein Bogenschütze befand sich unter ihnen. Alle anderen schienen unbewaffnet zu sein. Maya begann zu verstehen, dass sich diese Männer nicht im Krieg, sondern auf der Jagd befanden und deshalb auf schweres Gerät verzichtet hatten. Die Gruppe scharte sich um einen Reiter, der mit erhobenem Haupt auf einem schwarzen Pferd thronte. An seiner Seite befand sich ein Fahnenträger, an dessen Lanze ein aufwendiges Wappen im Wind flatterte. Der volle graue Bart und die vielen Falten des Anführers verrieten sein fortgeschrittenes Alter. Dennoch strahlte er Kraft und Würde aus, während er sich in den Steigbügeln aufrichtete. Eine Weile betrachtete er den Kampf der Vögel, dann ließ er eine tiefe, durchdringende Stimme ertönen:

»Der Falke ist des Todes. Wir reiten zurück nach Akkon! Der Kaiser wird nicht erfreut darüber sein, dass wir seinen geliebten Saxo an die Krähen verloren haben. Doch was geschehen muss, muss geschehen.«

Die Gruppe wendete bereits die Pferde, als die alte Ursel ihnen nachrief:

»Haltet ein, ihr Herren, haltet ein!«

Einer der Reiter riss sein Pferd herum und legte die Hand an den Griff seines Schwertes. »Was erlaubst du dir, Mütterchen?«

»Verzeiht, mein Ritter«, gab die Alte zurück. »Es steht mir nicht zu, Euch anzurufen. Allein, ich sah keinen anderen Weg, um Euch wissen zu lassen, dass Euer edler Vogel noch nicht verloren ist.«

»Unverschämte Alte!«, knurrte unterdessen der Ritter, der Mayas Großmutter am nächsten war. »Ich werde dich auspeitschen lassen.«

»All dies steht in Eurer Macht, mein junger Herr«, antwortete die alte Ursel, ohne den Blick zu heben. »Doch ich bitte Euch handeln zu dürfen, denn die Zeit verrinnt, und während wir streiten, schwindet für den Greif Eures Herrn die letzte Hoffnung.«

Der Angesprochene wollte der Alten einen Fußtritt versetzen, doch der Anführer gebot Einhalt. »Gut gesprochen, Mütterchen«, urteilte er. »Ich persönlich gebe dir hiermit die Erlaubnis zu handeln. Dein Geschick soll darüber entscheiden, ob wir dir die Zunge herausschneiden lassen oder deine Dienste mit Gold aufwiegen.«

Die Alte verbeugte sich, fuhr herum und ließ einen langen klaren Pfiff ertönen. Wie aus dem Nichts stieg darauf ein gewaltiger Uhu in den Himmel und nahm sogleich Kurs auf den Falken, der unter den ständigen Angriffen der Krähen bereits deutlich an Höhe verloren hatte. Die Jäger rückten dichter an die Klippe heran und beschirmten ihre Augen mit den Händen. Gerade als der Falke endgültig zur Erde stürzte, fuhr der Uhu zwischen das Kampfgeschehen und ließ sich ebenfalls zu Boden sinken. Alles Weitere entzog sich ihren Blicken.

»Schickt einen Reiter, edler Herr«, bat die alte Ursel, ohne dem Anführer ins Gesicht zu sehen. »Wenn er Euren Greif erreicht, wird mein Uhu neben diesem auf dem Rücken liegen und die Krähenvögel mit den Klauen abwehren. So Euer Falke noch nicht in der Luft tödlich verwundet wurde, kann er noch gerettet werden.«

Auf einen Wink des Anführers schickte sich ein Reiter an, seinem Pferd die Sporen zu geben, doch die Alte griff ihm in die Zügel. »Noch eine Bitte, junger Recke. Rührt meinen Vogel nicht an. Fügt ihm kein Leid zu. Lasst ihm aber auch keine Belohnung angedeihen. Bergt nur den Falken und kehrt zu uns zurück.«

Der Reiter nickte und sprengte davon.

Kaum waren Reiter und Ross hinter einer Böschung verschwunden, erklang die tiefe Stimme des Anführers: »So oder so, die Falkenjagd ist beendet, wir kehren heim! Die Alte und das Mohrenweib nehmen wir mit. Junker Salimbene, Ihr reitet am Ende unseres Zuges. Gebt Acht, dass die Weibsbilder nicht verloren gehen. Wenn der Eulenvogel wirklich die Rettung des Falken bewirken kann, haben sie nichts zu befürchten. Wenn er sich aber selbst an dem sterbenden Greif gütlich getan hat, werden wir unserem Kaiser wohl ihre Köpfe zu Füßen legen müssen.«

Der kleine Tross setzte sich in Bewegung und der angesprochene Reiter zügelte so lange sein Pferd, bis Maya und ihre Großmutter an ihm vorüberschritten. Es war ein junger Mann mit blassem Gesicht, schmalen Lippen und zusammengekniffenen Augen.

Nachdem sie eine Weile ins Landesinnere gewandert waren, bemühte sich Maya darum, ein Gespräch zu beginnen.

»Wer ist Euer Herr und Anführer?«, fragte sie vorsichtig, während sie den warmen Atem des Pferdes im Nacken spürte.

Ihr Bewacher ließ ein verächtliches Lachen hören und deutete auf die Fahne an der Spitze des Zuges. Auf dem weißen Grund des Banners tanzten je zwei schwarze Kreuze und zwei gebogene Hörner gemeinsam im Wind.

»Es zeugt entweder von schlechten Augen oder geringem Verstand, wenn man das Wappen von Hermann von Salza nicht erkennt!«, höhnte der Reiter von oben herab. »Vor Euch weht die Fahne des Großmeisters des Deutschen Ordens.«

Eine herausfordernde Antwort brannte auf Mayas Zunge, doch ein strenger Blick der Großmutter mahnte zur Zurückhaltung.

Sie waren nicht weit marschiert, als die Landschaft wieder sacht zum Meer abfiel und den Blick auf Akkon preisgab. Wie eine Herausforderung an Land und Meer überragte eine mächtige Burg die Spitze der vor ihnen liegenden Landzunge. Sie gehörte zu seiner Festungsanlage, deren Mauern und Türme, die gesamte Halbinsel umschlossen. Selbst aus der Ferne war zu erahnen, dass im Schutz dieser Mauern eine ansehnliche Stadt herangewachsen war. Hinzu kam ein beeindruckendes Zeltlager, das sich wie ein Ring um die Stadt legte, und obwohl der Blick auf den Hafen versperrt blieb, waren zahllose Schiffe zu erkennen, die an der Küste vor Anker lagen.

Maya war staunend stehen geblieben und ihr Bewacher war gerade im Begriff, sie voranzutreiben, als jener Reiter zu ihnen stieß, der zur Bergung des verletzten Falken ausgesendet worden war. Nun trabte sein Pferd in weichen Schritten dahin, während er selbst ein Bündel in den Armen hielt. Er brachte sein Ross vor dem Rappen des Großmeisters zum Stehen und verneigte sich.

»Ritter Albert«, begrüßte ihn der Großmeister, »lasst uns hören, wie es Euch am Strand ergangen ist!«

»Es ist so gekommen, wie die Alte es vorhergesagt hat«, begann Albert seinen Bericht. »Der Uhu lag auf dem Rücken und hat den Falken unseres Kaisers wie ein Löwe verteidigt. Als ich hinzukam, haben die Krähen das Weite gesucht und es war mir möglich, den Greif zu bergen.«

»Was ist mit dem Uhu?«, fragte Hermann von Salza.

»Er ließ mich gewähren und flog davon, sobald ich mein Ross bestieg. Ich habe ihn nicht angerührt. Auch ohne die Ermahnung des Mütterchens hätten mich keine zehn Pferde dazu bewogen. Nie zuvor sah ich eine Eule von dieser Größe. Zudem glühen die Augen des Tieres, als ob der Teufel selbst unter seinen Federn wohnt.«

»Und der Falke?«, erkundigte sich der Großmeister.

»Ich fürchte, dass unsere Hoffnung vergebens war, mein Herr«, entgegnete Albert. Vorsichtig schlug er das Tuch zurück. Der Falke, den er enthüllte, bot ein Bild des Jammers. Mit blutverklebtem Gefieder lag er fast regungslos in den Armen des Reiters. Allein der Brustkorb hob und senkte sich in unregelmäßigen Stößen. Unter der Maske, mit der Albert die Augen und den Kopf des Tieres bedeckt hatte, quoll eine undefinierbare Flüssigkeit hervor. »Wie Ihr seht, hat er viel Blut verloren. Zudem vermute ich, dass sein Schnabel angebrochen ist.«

»Nun denn«, bemerkte Hermann von Salza und sah erstmals zu Maya und deren Großmutter herab. »Ihr habt Wort gehalten, so gut ihr konntet. Gleichwohl erwartet uns der Unmut des Kaisers. Saxo war sein Lieblingsfalke.«

»Wenn Ihr erlaubt, edler Herr, so will ich dem Tier meine Heilkünste angedeihen lassen«, entgegnete die alte Ursel und vermied erneut einen direkten Blickkontakt. »Wie Ihr an meinem Uhu ersehen konntet, verstehe ich mich auf den Umgang mit Greifvögeln. Das Mohrenweib hier« – sie zog ihre Enkelin zu sich heran – »und ich verstehen uns auf die Heilkunst bei Mensch und Tier. Wenn Ihr uns und den Falken an einen sicheren Ort geleitet, mag es noch gelingen, seine Lebensgeister zu bewahren.«

»Deine Versprechungen werden immer kühner, Mütterchen«, lachte der Großmeister. »Sollte es euch tatsächlich gelingen, uns vor dem Zorn des Kaisers zu bewahren, so werde ich persönlich für eine Belohnung sorgen und ihr könnt zu gegebener Zeit mit einer Bitte an mich herantreten. Der Kaiser wird in zwei Tagen zurückerwartet. Schwere Verhandlungen mit dem Sultan liegen hinter ihm. Ich wäre dir daher sehr verbunden, wenn sein Gemüt nicht durch den Tod von Saxo überschattet wird.«

Er wandte sich an sein Gefolge: »Junker Salimbene, Ritter Albert, geleitet die beiden Weiber und den Greif zur Festung! Bringt sie zum Falkner des Kaisers. Sorgt für Speis und Trank und gebt ihnen einen Platz zum Schlafen. Die Übrigen reiten mit mir voran. Mich erwarten noch einige Unterredungen, bevor am Abend die Barone zusammenkommen.«

Bevor er seinem Ross die Sporen gab, ruhte der Blick des Großmeisters noch einmal auf der alten Ursel. »Das Überleben des Falken wäre für uns alle ein Segen«, bemerkte er.

»Wir werden tun, was in unserer Macht steht«, bekräftigte die Alte.

»Und ich pflege meine Versprechen zu halten«, erwiderte der Großmeister, trieb sein Pferd an und sprengte in Richtung Akkon davon.

Akkon

Sie benötigten noch mehr als eine Stunde, bis sie die Mauern von Akkon erreichten. Immerhin wurden Maya und ihre Großmutter nun nicht mehr wie Gefangene vor den Pferden hergetrieben. Ihre Begleiter ritten mal vor, mal neben ihnen und waren schon bald in einen heftigen Wortwechsel verstrickt.

»Ich bin begierig zu erfahren, wie die Verhandlungen zwischen unserem Kaiser und dem Sultan verlaufen sind«, bemerkte Albert, während er den Falken behutsam in den Armen hielt.

»Was wird es da schon zu berichten geben?«, spottete Salimbene mürrisch. »Wahrscheinlich haben die beiden hohen Herren mal wieder Geschenke ausgetauscht und gemeinsam über Mathematik oder Wahrheit philosophiert. Wenn Ihr mich fragt, so sind diese Verhandlungen eine Schande. Die Aufgabe der Kreuzzüge ist es, das Heilige Land mit Flamme und Eisen von den Ungläubigen zu säubern. Doch was tut Friedrich? Er verhandelt und schreibt Briefe. Er versteht es besser, die Feder als das Schwert zu führen!«

»Scharfe Worte!«, entgegnete Albert. »Ihr solltet aber nicht vergessen, dass Ihr über unseren Kaiser sprecht.«

»Unseren Kaiser!« Salimbene verzog das Gesicht, als sei die Bezeichnung mit einem widerlichen Geschmack verbunden. »Unser Kaiser, der Hüter und Beschützer der Christenheit. Was ist das für ein Kaiser, der vom Papst selbst aus der Kirche verbannt wurde? Wie kann ein Exkommunizierter die Heere der Christenheit anführen?«

»Ich gebe zu, dass die Lage verfahren ist«, gestand Albert ein. »In Rom war es sicher nicht leicht zu verstehen, warum der Kaiser dreizehn Jahre verstreichen ließ, bis er das Versprechen, einen Kreuzzug anzuführen, in die Tat umsetzte. Allein, er hatte seine Gründe. Das Heilige römisch-deutsche Reich erstreckt sich immerhin von Sizilien bis zur Ostsee. Zahlreiche Aufgaben verlangten nach der gebietenden Hand des Kaisers und dann ist auch noch eine Seuche in seiner Flotte ausgebrochen.«

»Diese Krankheit war nur ein weiterer Vorwand, um erneut der heiligen Pflicht des Kreuzzuges zu entgehen!«, zischte Salimbene durch die zusammengepressten Zähne.

»Das ist wahrlich ungerecht«, antwortete Albert. »Die Krankheit des Heeres war keine Ausrede. Ich war dort, als die Seuche in Brindisi über die Flotte kam. Ein Freund und Verwandter des Kaisers, Ludwig von Thüringen, verstarb. Friedrich selbst stach trotz hohen Fiebers in See. Erst als er mit dem Tode rang, entschloss er sich, die Schiffe umkehren zu lassen.«

»Er ist erst aufgebrochen, als der Papst ihn exkommunizierte«, knurrte Salimbene, als habe er den Einwand nicht gehört.

»Wie dem auch sei«, antwortete Albert. »Der Kaiser ist nun hier. Er hat eine große Streitmacht versammelt und jetzt ist es der Papst, der das Gelingen des Kreuzzuges gefährdet. Solange Friedrich exkommuniziert bleibt, weigern sich zahlreiche Barone und Ritterorden, den Befehlen des Kaisers zu folgen.«

»Sie tun Recht daran«, rief Salimbene und rutschte vor Erregung im Sattel hin und her. »Wie kann jemand, der vom Heiligen Stuhl als Ungläubiger verstoßen wurde, das Heer der Kreuzritter anführen?«

Albert zeigte sich unbeeindruckt. »Seid Ihr ihm je begegnet, unserem Kaiser?«, fragte er, während sie sich dem Zeltlager vor den Mauern der Stadt näherten.

»Eine direkte Begegnung mit unserem Herrscher war mir bisher noch nicht vergönnt, obwohl mein Vater schon lange in seinen Diensten steht«, spottete Salimbene. »Allerdings steht mir auch nicht der Sinn danach, mich zu jenen zu gesellen, die wie Hunde um ihn herumwinseln. Friedrich ist kein Herrscher, zu dem ich aufblicken kann. Er nennt sich Kaiser des Heiligen römisch-deutschen Reiches, dabei meidet er deutsche Lande wann immer er kann. Viel lieber verbringt er seine

Zeit im sonnigen Sizilien, wo er wilde Tiere und schöne Frauen sammelt. Er missachtet die Wünsche des Papstes. Statt die Christenheit gegen die Ungläubigen anzuführen, hält er arabische Gelehrte an seinem Hof und umgibt sich mit einer Leibwache aus Sarazenen.«

»Wir werden sehen, ob Ihr noch immer so denkt, nachdem Ihr unseren Kaiser getroffen habt«, bemerkte Albert. »Nicht umsonst nennt man ihn *Stupor Mundi*, das Staunen der Welt. Er liebt das sonnige Italien und herrscht wie die alten Cäsaren. An seinem Hof versammelt er Dichter und Wissenschaftler. Er spricht Fränkisch, Latein, Deutsch, Sizilianisch und Arabisch. Er hortet nicht nur Bücher, er versteht auch, was in ihnen geschrieben steht. Er hat sogar selbst damit begonnen, ein eigenes Buch über die Falkenjagd zu verfassen. Er ist darum bemüht, sein mächtiges Reich durch eine einheitliche Schrift und Gesetzgebung zu einen. Gleichzeitig vermag er geschickt das Schwert zu führen und ist ein passabler Bogenschütze, der vor keiner Schlacht zurückscheut. Er liebt die Frauen wie kein zweiter, doch ist es nicht seine Art, wie ein Grobian über diese herzufallen. Sie verfallen seiner anmutigen Gestalt und seiner Dichtkunst.«

»Keines meiner Worte war gelogen«, empörte sich Salimbene.

»Das habe ich auch nicht behauptet«, entgegnete Albert gelassen. »Eine Tatsache mag jedoch nicht immer zum selben Urteil führen. Ja, es stehen sarazenische Bogenschützen unter seinem Befehl. Es sind Ungläubige, doch sie sind ihm treu ergeben und jeder der sie hat kämpfen sehen, preist sich glücklich, auf ihrer Seite in die Schlacht zu ziehen. Ja, es verlangt ihn mehr nach der Meinung von Gelehrten als nach der Heiligen Schrift, aber viele seiner Lande blühen aufgrund seiner Begeisterung für die Wissenschaft und der vielen gelehrten Männer an seinem Hof.«

»Gelehrte?« Salimbene spuckte in den Staub. »Ein Ungläubiger kann niemals ein wahrer Gelehrter sein. Die Sarazenen sind niedere Menschen und ihre Gelehrsamkeit erschöpft sich vor allem in Giftmischerei.« Er griff in eine Falte seines Umhanges und fingerte eine kleine Flasche hervor. »Wisst Ihr, was ich hier habe? In diesem Gefäß hat man den Tod verkorkt! Es handelt sich um blauen Fingerhut, gemahlen und zerstampft. Ungläubige Händler verkaufen ihn auf jedem Markt. Die Sarazenen reiben ihre Pfeilspitzen damit ein. Auch beschuldigen sie sich gegenseitig, den Propheten Mohammed damit vergiftet zu haben.«

»Und doch ist dies wieder nur ein Teil der Wahrheit«, lachte Albert. »Das Wissen um Gifte ist ein Teil der Medizin und es kann kaum bestritten werden, dass die Sarazenen uns darin weit voraus sind. Im Morgenland heilen die Ärzte Krankheiten, die in Europa allein mit Gebeten bekämpft werden. Es ist daher nicht erstaunlich, dass Friedrich ebenfalls muslimische Gelehrte an seinem Hof versammelt. Er ist ein Freund der Wissenschaft.«

»Wissenschaft!« Salimbenes Stimme zitterte vor Abneigung. »Ich werde Euch sagen, welch wissenschaftlicher Wahn dem Geiste des Kaisers entspringt. Zwei seiner Experimente sind von besonderer Grausamkeit. Im ersten Fall dürstete es Friedrich, zu erfahren, woraus die unsterbliche Seele des Menschen bestehe. Er ließ einen armen Sünder in ein Fass einnageln. Als der Elende gestorben war, befahl Friedrich das Fass zu umstellen und öffnete selbst den Deckel. Ziel war es, die unsterbliche Seele beim Entweichen in den Himmel zu beobachten. Als jedoch nichts geschah, nutzte der Kaiser den Versuch, um die christliche Lehre vom ewigen Leben in Frage zu stellen. In einem weiteren Experiment war Friedrich der Ursprache, die vor dem Turmbau zu Babylon von allen Menschen gesprochen wurde, auf der Spur. Er ließ niederen Frauen die Kinder entreißen. Diese wurden in einen lieblosen Raum gebracht und dort von Ammen gesäugt. Die Ammen durften aber weder zu den Kinder sprechen noch sie liebkosen. Auf diese Weise sollte der Nachwuchs gezwungen werden, sich der angebotenen Ursprache aller Menschen zu bedienen. Doch die herzlose Behandlung brachte für alle Kinder den Tod. Ohne Ansprache und Zärtlichkeit starb eines nach dem anderen. Friedrich dauerten die Kinder nicht. Er war nur verärgert, dass man die Ursprache des Menschen nicht hatte nachweisen können.«

»Ich muss gestehen, dass es mir schwer fällt, Euch Glauben zu schenken«, erwiderte Albert und klopfte seinem Pferd gelassen den

Hals. »Es geht das Gerücht, der Papst selbst habe dazu aufgerufen, diese Schauermärchen über Friedrich zu verbreiten. Ich habe einige Jahre an Friedrichs Hof in Palermo gelebt. Dort ist mir nie etwas über diese Versuche zu Ohren gekommen. Richtig ist, dass der Kaiser dort viele Dichter und Philosophen aus dem Orient und dem Okzident versammelt. Fragen wie die Ursprache des Menschen oder die Unsterblichkeit der Seele waren Gegenstand der Streitgespräche. Sein Wissensdurst und der ungewöhnliche Lebenswandel unseres Kaisers dürften dem Heiligen Stuhl schon lange ein Dorn im Auge gewesen sein.«

»Friedrich benimmt sich wie ein von Gott verdammter Pharao!«, entfuhr es Salimbene. »Seht Ihr die roten Zelte dort unten am Wasser? Hinter diesen sündigen Verschlägen hausen die zahlreichen Weiber des Kaisers. Er hält sich einen Harem und schreckt nicht einmal davor zurück, den geweihten Boden dieses Landes mit seiner Unzucht zu besudeln.«

Albert lachte auf. »Ja, ich weiß um die roten Zelte unseres Herrn«, erwiderte er vergnügt. »Vielleicht war es ein geschickter Schachzug, einen Harem mit sich zu führen. Ein Herrscher, der diese Dinge nicht zur Schau stellt, wird von vielen arabischen Fürsten nicht ernst genommen. Es mag aber auch sein, dass Friedrich allein an sich gedacht hat. Wie Ihr selbst erwähntet, sammelt er schöne Frauen und wilde Tiere und es ist schwer zu ermessen, welche Leidenschaft die Größere ist. Nehmt den Falken hier in meinen Armen: Sein Name ist Saxo, der Sachse. Ich selbst habe ihn vor vier Jahren im Auftrag des Kaisers erstanden. Ich war noch ein Knappe, als ich zusammen mit drei Gefährten in den hohen Norden entsandt wurde, wo die Falken größer und ansehnlicher sind. Bis in die ferne Stadt Lübeck führte unser Weg. Wir kauften fünf stattliche Falken im Auftrag unseres Herrn. Drei waren mit dem Schiff von der fernen Feuerinsel Island herangeschafft worden. Saxo stammte aus den nordischen Wäldern, wo die wilden Sachsen leben. Es vergingen mehr als vier Monate, bis wir nach Sizilien zurückkehrten. Friedrich hatte uns nicht vergessen. Der Anblick der Falken ließ ihn frohlocken und wir wurden noch in derselben Nacht zum Ritter geschlagen.«

»Wenn mich also einer fragt, wie er zu Friedrichs Ritter werden könne, werde ich ihm raten, dem Kaiser entweder ein nacktes Weib oder ein Federvieh vor die Füße zu werfen«, stichelte Salimbene. Doch auch diese Provokation prallte an Alberts Frohsinn ab.

»Wir sollten dafür dankbar sein, dass unser Kaiser auch die Frauen liebt. Wenn Saxo stirbt, wird es den Kaiser sehr ergrimmen. Vielleicht sind wir dann froh, wenn wir ihm das Mohrenweib überreichen können. Es ist ein hübsches Kind und dazu geeignet, einen Wüterich auf neue Ideen zu bringen.«

Mit diesen Worten trabte er lachend voraus. Salimbene folgte mit unverändert grimmiger Miene. Erst bei den Wachposten am Rande des Zeltlagers brachten sie ihre Pferde wieder zum Stehen.

Kaum waren die Reiter außer Hörweite, da brach die Empörung aus Maya hervor.

»Hast du das gehört?«, schimpfte sie. »Die beiden sprechen über mich, als wäre ich ein Stück Fleisch, das sie irgendwo gefunden haben und nun in jede beliebige Pfanne werfen dürfen.«

»Du solltest nicht vergessen, in welcher Zeit wir uns befinden«, erinnerte sie die Großmutter. »Wir sind schutzlose Wanderer und der Willkür bewaffneter Ritter vollkommen ausgeliefert.«

»Aber ich bin ein Mädchen!«, protestierte Maya. »Ich bin gerade erst sechzehn Jahre alt!«

»Hier bist du eine Frau«, entgegnete die Alte trocken. »Eine Ehe in deinem Alter ist zu dieser Zeit nichts Ungewöhnliches. Die letzte Kaiserin war gerade einmal sechzehn Jahre alt, als sie im vergangenen Jahr kurz nach der Geburt ihres Sohnes verstarb.«

»Na, das sind ja wunderbare Aussichten«, knurrte Maya und stapfte tapfer voran.

Als sie den Rand des Zeltlagers erreichten, stiegen Albert und Salimbene von den Pferden und schritten durch die belebten Gassen zwischen den Zelten auf die Stadtmauer zu.

Maya bestaunte das rege Treiben. Es waren nicht nur Soldaten, die sich an ihrer Ausrüstung zu schaffen machten. Es gab Zelte, die als Pferdeställe genutzt wurden. Zwei Jungen zogen einen Karren voller

Brotlaibe auf ein unbekanntes Ziel zu. Ein Schmied besserte eine Lanze aus. Gleich daneben wurde einem Mann unter lautem Wehklagen ein Zahn gezogen. Sie passierten einen Pferch voller Schweine, neben dem eines der Tiere geschlachtet wurde. Der fast unerträgliche Geruch einer Sickergrube verriet, dass hier die zahllosen Ausscheidungen von Mensch und Tier zusammengetragen wurden. In Richtung des Meeres schienen die Zelte an Höhe und Farbe zu gewinnen. Zahlreiche Banner flatterten im Wind. Maya wurde klar, dass dort die bessergestellten Teile des Heeres ihr Lager aufgeschlagen hatten. In einiger Entfernung zog ein beachtlicher Tross aus bewaffneten Reitern und schwer beladenen Lastentieren vorüber und schwenkte wenig später nach Süden. Zahlreiche geräumte Lagerplätze mit zertretener Erde verrieten, dass ein großer Teil der Streitmacht an einen anderen Ort verlegt worden war.

Schließlich ragten die massiven Mauern von Akkon vor ihnen auf. Die Tore standen offen und ein gelangweilter Wachposten ließ sie schweigend passieren. Kaum hatten sie den inneren Ring der Stadt betreten, da schützten Mauern und Dachvorstände vor der gnadenlosen Sonne. Dennoch waren die engen Gassen erfüllt von üblen Gerüchen. Offensichtlich waren weit mehr Menschen in der Stadt untergebracht, als diese verkraften konnte.

An einer Weggabelung kam Albert zum Stehen. Mit einer Handbewegung verscheuchte er einen Bettler. Vorsichtig überreichte er Salimbene den Falken und ergriff sogleich die Zügel von dessen Pferd.

»Es dürfte nicht notwendig sein, dass ich Euch zum Falkner begleite«, bemerkte er. »Stattdessen werde ich die Rösser zurück ins Deutsche Haus bringen.«

»Zu gütig!«, entgegnete Salimbene und kniff die Augen zusammen. »Auf diese Weise wird mir allein die Ehre zuteil, wie ein Dienstbote zu einem ungläubigen Tierpfleger geschickt zu werden.«

Wütend fuhr er herum und bedeutete Maya und der alten Ursel, ihm zu folgen.

»Was ist das Deutsche Haus, mein Herr?«, fragte Maya, die es leid war, wie ein Hund hinter dem schweigenden Salimbene herzulaufen.

»Was soll es schon sein?«, knurrte dieser. »Es ist das Haus des Deutschen Ordens, der Sitz ihres Großmeisters im Heiligen Land. Zudem ist es ein Hospiz für Pilger und ein Hospital für Kranke und Verwundete. Fast alle Ritterorden haben mit einem Hospital zur Pflege der verwundeten Kreuzfahrer begonnen.»

»Dann wohnt Hermann von Salza nicht in der Festung und er ist nicht der Herr über diese Stadt?«

»Natürlich nicht!«, ereiferte sich Salimbene. »So weit ist es noch nicht gekommen, dass dieser Orden von Strauchdieben über Akkon herrscht. Nein, Stadt und Festung werden noch immer von den Tempelrittern regiert!«

»Verzeiht meine Dummheit. Doch wer sind die Tempelritter und worin unterscheiden sie sich vom Deutschen Orden?«

Mit einem Ruck fuhr Salimbene zu Maya herum. Seine Augen loderten und seine Stimme gewann an Schärfe.

»Die Templer bilden den ältesten und edelsten aller Ritterorden. Er wurde am Siegestag des Ersten Kreuzzuges auf dem Tempelberg zu Jerusalem gegründet. Als die Heilige Stadt erobert war und das Blut der Ungläubigen von ihren Schwertern tropfte, schworen sich einige der tapfersten Kämpfer fortan als Mönch und Ritter zu leben. Sie nannten sich *Arme Ritterschaft Christi und des salomonischen Tempels zu Jerusalem.* Sie versprachen das Wort Gottes zu predigen und das Schwert gegen die Ungläubigen zu führen. Sie waren Männer der Kirche und des Kampfes: ein leuchtendes Vorbild für alle späteren Ritterorden wie die Johanniter oder Malteser. Der Deutsche Orden wurde erst nach dem Dritten Kreuzzug zur Zeit der Belagerung Akkons gegründet. Kein einziger Mönchsritter des Deutschen Ordens hat je Jerusalem erobert. Allerdings sind sie die Lieblinge des Kaisers. Ihre Schlagkraft sichert seine Macht und er hat sie dafür mit zahlreichen Ländereien belohnt. Auch hier im Heiligen Land halten sie ihm die Treue, obwohl andere Ritterorden längst daran zweifeln, ob man einen Herrscher unterstützen soll, den der Papst aus der Kirche verbannt hat.»

Erneut stampfte Salimbene wütend voran. Die Straßen wurden breiter und führten seicht zur Festung hinauf. Diese lag am äußersten

Ende der Landzunge und erhob sich über die Stadt und das Hafenbecken. Die Brise, die vom Meer herüberwehte, vertrieb die Wärme und den Gestank der Stadt. Gern hätte Maya einfach nur tief durchgeatmet und ihren unsympathischen Führer ignoriert, aber sie wollte keine Gelegenheit versäumen, um weitere Informationen zu sammeln.

»Ich bitte um Vergebung, Herr«, setzte sie daher nach. »Ich verstehe nicht, was dem Kaiser vorgeworfen wird. Er hat doch eine ansehnliche Streitmacht in das Heilige Land geführt?«

»Natürlich verstehst du das nicht. Du bist ein Weib und ein Mohrenkind noch dazu!«, spottete Salimbene. »Dabei ist es doch offensichtlich, dass Friedrich nur an seiner eigenen Macht gelegen ist. Jahrelang hat er die heilige christliche Kirche um einen Kreuzzug betrogen. Erst als er Isabella von Brienne, die letzte Vertreterin des Königreichs Jerusalem, geheiratet hat und diese ihm einen Sohn gebar, war sein Interesse am Heiligen Land geweckt. Ihr gemeinsamer Sohn, Konrad, ist der rechtmäßige Erbe des Königreichs von Jerusalem. Friedrich ist der Stellvertreter seines Sohnes und erhebt daher Anspruch auf den Thron.«

»Aber Jerusalem wird doch von den Muslimen beherrscht«, hakte Maya nach.

»Das ist leider wahr. Doch das Königreich Jerusalem ist nicht vollständig zerstört. Einige Ländereien werden noch von Christen gehalten und bis zur Rückeroberung Jerusalems ist Akkon ihre Hauptstadt.«

»Und Kaiser Friedrich hat nun eine Streitmacht hierhergeführt, um die Heilige Stadt zurückzufordern?«

»Ja, so ist es. Aber er tut es nicht für die Kirche, er tut es für sich und die Erweiterung seiner Macht. Er versteht sich nicht als Diener des Papstes und führt sich auf wie ein ungläubiger Tyrann. Schau dir nur an, was aus Akkon geworden ist. Das Heer verzehrt sämtliche Vorräte ohne in die Schlacht zu ziehen. Der Kaiser vergnügt sich in seinem Harem oder schickt dem Sultan Geschenke. Nicht einmal hier in Akkon weist er die Ungläubigen in ihre Schranken. Juden und Muslime dürfen sich frei in der Stadt bewegen, seine sarazenische Leibgarde haust in der Nähe der Burg. Sein ungläubiger Falkner wurde sogar in einem der Türme untergebracht, damit die Greifvögel gute Luft atmen und jederzeit einen Rundflug über das Meer machen können.«

Während Salimbene sprach, waren sie durch eine weitere Ringmauer in einen kleinen Innenhof gelangt, in dem ebenfalls einige Zelte aufgeschlagen worden waren. Eine massige viereckige Festung mit zahlreichen Anbauten und einem rundem Turm beherrschte den Platz. Salimbene stapfte unbeirrt darauf zu.

»Ich bringe einen verletzten Greif und diese beiden Weiber zum Falkner unseres Kaisers«, knurrte er einer weiteren Wache entgegen. »Bis zur Rückkehr Friedrichs stehen alle drei unter dem Schutz von Hermann von Salza.«

Die Wache trat beiseite und sie tauchten ein in den kühlen Halbschatten der Burg. Schießscharten gewährten einen beeindruckenden Blick auf die Bucht und den Hafen von Akkon. Ein natürlicher Meeresbusen und eine in die See verlaufende Kaimauer bildeten einen fast idealen Ankerplatz. Gleichzeitig war es unmöglich, in das Innere des Hafenbeckens zu gelangen, ohne an den bedrohlichen Schießscharten zahlloser Befestigungsanlagen vorüberfahren zu müssen. Schon unter normalen Umständen hätte das rege Treiben von Handelsschiffen einen atemberaubenden Anblick geboten. Nun aber war die gesamte Wasserfläche übersät von Kriegsschiffen. Ruderboote transportierten Waren und Personen zwischen dem Land und den Schiffen hin und her. Staunend begann Maya sich zu fragen, wie lange eine so große Streitmacht versorgt werden konnte.

Erst als Salimbene ihr einen mürrischen Befehl zurief, konnte sie sich von diesem Anblick losreißen. »Du kannst noch hinausstarren, bis dir die Augen herausfallen«, zischte Salimbene, als er begann, eine Treppe hinaufzusteigen. »Wie erwähnt haben die Falken und ihr Pfleger eines der besten Zimmer der Stadt erhalten. Der frische Wind ist auch notwendig, der ungläubige Falkner stinkt nämlich schlimmer als der Kot seiner Schützlinge.«

Mit diesen Worten trat er gegen eine Holztür und drängte seine Begleiterinnen in die Falknerei.

Sie stolperten in ein sechseckiges Turmzimmer, dessen mächtige Mauern an drei Stellen von Fensteröffnungen durchbrochen wurden. Unweit des linken Fensters waren drei Greifvögel in hölzernen Käfigen untergebracht. Ein Eimer sowie einige Schalen verrieten, dass die Tiere eine aufmerksame Pflege erhielten. Kot war weder zu erkennen noch zu riechen. Im hinteren Teil des Raumes befand sich eine Art Lager, das mit zwei Decken auf einigen Säcken errichtet worden war. Später sollte Maya erfahren, dass diese Säcke mit getrocknetem Seegras gefüllt wurden. An der gegenüberliegenden Wand hatte man weitere Decken und Säcke bereitgestellt. Eine laue Brise wehte herein. Dennoch war es unschwer vorstellbar, dass während der Nacht empfindliche Kälte über das Meer in den Turm strömen konnte. Nur eine rußgeschwärzte Vertiefung im Boden verriet, dass dort gelegentlich ein bescheidenes Feuer entfacht wurde. Noch jedoch durchflutete die warme Abendsonne den Raum und beschien zwei ungleiche Männer, die hastig ein Gespräch in arabischer Sprache beendeten. Der eine war eine stattliche Erscheinung im fortgeschrittenen Alter, deren sorgsam gepflegter Bart von grauen Strähnen durchzogen wurde. Er war in edle, mehrfarbige Stoffe gekleidet, und sowohl an seinem Turban als auch an dem Griff seines Krummsäbels blitzte ein Edelstein. Der andere war noch sehr jung. Seine bescheidene Kleidung bestand aus einer einfachen Hose und einem ebenso schlichten Hemd aus grobem, hellem Stoff. Als Kopfbedeckung diente ein nachlässig zusammengebundenes Tuch. Tiefschwarze Locken quollen darunter hervor und fielen in das bartlose Gesicht. Neben seinem würdevollen Gesprächspartner wirkte der Junge armselig und gering. Dennoch konnte Maya ihre Augen nicht von ihm wenden. Er hielt den Kopf leicht geneigt und stützte das Kinn mit der linken Hand. Oberhalb der markanten Wangenknochen und der geschwungenen Augenbrauen durchzog eine tiefe Sorgenfalte die hohe Stirn. Die dunklen Augen hafteten mit einem Ausdruck von Anspannung und Ergebenheit an seinem Gesprächspartner. Der sehnige, junge Körper erinnerte an eine gebogene Weidenrute. In der rechten Hand hielt er ein auffälliges blaues Tuch, welches nicht recht zu seiner schlichten Bekleidung passen wollte.

Sie waren kaum unterbrochen worden, da drehte sich der Ältere zu den Neuankömmlingen herum und begrüßte diese mit einer hellen, freundlichen Stimme.

»Friede sei mit Euch. Ihr müsst die Überbringer des verletzten Greifs sein. Euer Kommen ist bereits angekündigt worden!«, rief er und legte dem Jüngeren kurz eine Hand auf die Schulter. »Wir wollen hoffen, dass unser Falkner das Tier zu retten vermag.«

Die höfliche Begrüßung prallte an Salimbene ab wie ein Echo an einer Felswand. Er war wie angewurzelt stehen geblieben und starrte zu den beiden Männern herüber. Seine Lippen zitterten und Maya konnte spüren, wie seine angestaute Wut endgültig in Feindseligkeit umschlug.

»Was bei allen Heiligen habt Ihr hier zu schaffen?«, knurrte er. »Was hat ein mohammedanischer Fürst hier im Herzen unserer Festung zu suchen?«

»Ich bin Fahr ad-Din«, entgegnete der Angesprochene mit ungebrochener Höflichkeit. »Ich bin ein großer Freund der Falkenjagd und konnte der Versuchung nicht widerstehen, die Tiere Eures Herrn zu bewundern.«

»Ich weiß, wer Ihr seid«, zischte Salimbene. »Ihr gehört zu den engsten Vertrauten des Sultans und seid sein wichtigster Unterhändler. Doch gerade deshalb verlangt es mich zu erfahren, was Euch nach Akkon geführt hat und weshalb Ihr ungestraft durch unsere Festung streift.«

»Ich kam vor zwei Tagen zusammen mit Hermann von Salza in diese Stadt«, antwortete Fahr ad-Din. »Der Sultan und der Kaiser haben uns gemeinsam nach Akkon entsandt, um den Baronen von dem Stand der Verhandlungen zu berichten.«

»Das mag sein«, entgegnete Salimbene, dem es schwer fiel, seine Stimme zu beherrschen. »Doch warum seid Ihr dann nicht bei Eurem Gastgeber im Deutschen Haus? Was gibt Euch das Recht, die Festung zu besichtigen? Dies ist ein Ort, der den Rittern der Stadt und des Kaisers vorbehalten ist.«

»Nun, dann trifft es sich gut, dass ich ein Ritter des Kaisers bin!«

»Ihr seid was?«

»Ein Ritter des Kaisers. Ihr habt richtig gehört, Junker. Euer Kaiser hat mich vor wenigen Tagen in der Nähe der Stadt Jaffa zum Ritter geschlagen.«

Salimbene war außer sich. »Das ist unmöglich«, rief er. »Ihr seid ein Ungläubiger, ein Vertrauter des Sultans, die rechte Hand des Feindes!«

»All das bin ich zweifellos«, entgegnete Fahr ad-Din. »Allein Euer Kaiser scheint noch mehr als dies in mir zu sehen. Durch den Ritterschlag würdigt er meine Verdienste um die Verständigung zwischen ihm und dem Sultan. Zudem war es der Dank für die wissenschaftlichen Abhandlungen unserer arabischen Gelehrten, die ich ihm habe zukommen lassen.«

Salimbene tat, als habe er die Erklärungen nicht gehört. »Das kann nicht sein«, wiederholte er. »Ein Ungläubiger kann nicht zum Ritter geschlagen werden.«

»Nun, es ist geschehen und die Mächtigen der Stadt wissen um diese Entscheidung«, bemerkte Fahr ad-Din. »Wie Ihr seht, konnte ich ungehindert an den Wachen der Festung vorübergehen. Meine Ernennung zum Ritter ist allgemein bekannt. Es erstaunt mich, dass Ihr bisher nichts davon erfahren habt. Darf ich nach Eurem Namen fragen, Junker?«

»Ich bin Salimbene von Parma, dritter Sohn von Guido Adam.«

»Oh, ich kenne Euren Vater. Er nahm an den Verhandlungen vor Jaffa an der Seite des Kaisers teil.«

»Ja, mein Vater gehört zu Friedrichs engsten Getreuen«, murmelte Salimbene, und fast schien es, als würde er auf den Boden spucken.

»Dann wird es ihn freuen, dass Ihr zur Rettung des kaiserlichen Falken beitragt. Der junge Falkner hier wird tun, was in seiner Macht steht«, sagte Fahr ad-Din. Anschließend schritt er würdevoll an dem sprachlosen Salimbene vorüber. Im Türrahmen drehte sich Fahr ad-Din noch einmal um, entbot den Anwesenden einen gönnerhaften Gruß und wählte seine letzten Worte mit Bedacht:

»Ich selbst werde mich regelmäßig nach dem Wohlergehen des Falken erkundigen. Als Ritter des Hofes habe ich schließlich freien Zutritt zur Burg.«

Dann war Fahr ad-Din verschwunden. Eine schier unerträgliche Stille senkte sich über den Raum. Allein das Rauschen des Meeres und die entfernte Geschäftigkeit des Hafens drangen zu ihnen herauf. Salimbene bebte. Die Übrigen wagten nicht sich zu rühren. Es war, als fürchteten sie, durch eine unbedachte Bewegung den Vulkan, der im Inneren des Junkers brodelte, zum Ausbruch zu bringen.

Schließlich fasste sich der Falkner ein Herz, trat auf Salimbene zu und streckte demütig die Arme aus. Seine Stimme hatte einen klaren, warmen Klang, in dem sowohl Vorsicht als auch Tapferkeit mitschwangen.

»Der Vogel, Herr. Übergebt ihn mir, auf dass ich ihm meine Künste angedeihen lassen kann.«

Salimbenes Stimme klang dagegen wie das Reiben von Eisschollen.

»Nimm deine Pfoten zurück, Ungläubiger!«, fauchte der Junker und riss das Bündel mit dem Falken in die Höhe. Ein heiserer Schmerzensschrei drang daraus hervor. Die entblößten Fänge des Falken griffen krampfartig ins Leere. Salimbene blieb davon unberührt. Mit eisernem Griff umklammerte er den Greifvogel von beiden Seiten und starrte dem Falkner entgegen.

Dieser blieb mit ausgestreckten Armen stehen. »Bitte, Herr, die Zeit verrinnt und es gibt wenig Hoffnung für den Falken, wenn Ihr ihn noch lange so in Euren Händen haltet.«

»Was hat Fahr ad-Din hier gewollt?«, zischte Salimbene.

»Es verhält sich so, wie der Fürst gesagt hat. Er begehrte die Falken des Kaisers zu betrachten«, antwortete der Falkner und blickte verzweifelt zu dem Bündel in Salimbenes Händen.

»Wollte Fahr ad-Din dich als Spion gewinnen?«, fragte Salimbene, ohne sein Gegenüber aus den Augen zu lassen.

»Ich bin ein einfacher Falkner, Herr. Welchen Wert hätte es wohl, mich als Spion zu gewinnen?«

»Habt ihr vielleicht über Brieftauben gesprochen?«

»Brieftauben?«

»Ja, eine alte List der Ungläubigen. Gott selbst hat bei der Rückeroberung von Akkon dazu beigetragen, solches Ungemach zu verhindern. Als Richard Löwenherz die Stadt belagerte, hat Sultan Saladin eine Brieftaube in die Stadt geschickt. In seiner Nachricht forderte er die Bewohner der Stadt zum Durchhalten auf und versprach in wenigen Tagen mit seinen Heeren einzutreffen. Die tapferen Kreuzritter konnten die Taube jedoch abfangen. Sie veränderten die Nachricht und ließen das Tier erneut fliegen. Nun glaubten die Einwohner, dass Saladin erst in mehreren Wochen eintreffen würde. Sie gaben sich geschlagen und als die Streitmacht des Sultans heranmarschierte, war die Stadt längst für den wahren Glauben zurückerobert.«

»Ich bewundere Euch für die Sicherheit, mit der Ihr davon sprecht, dass die Christen Akkon *zurückerobert* hätten«, erwiderte der Falkner mit ruhiger Stimme, während er seine Hände sinken ließ. »Es scheint, als ob beide Seiten stets von einer Rückeroberung sprechen. Mir wird dabei ganz wirr im Kopf und ich frage mich, wer nun der erste und rechtmäßige Herrscher dieses Landes ist. Die Frage wird umso schwieriger, wenn man bedenkt, dass das Land und seine Städte längst erbaut und bewohnt waren, bevor Christen oder Muslime in diese Gegend kamen.«

»Schweig, du Narr, belaste dein armseliges Hirn nicht mit Dingen, die du nicht verstehst. Jemand, der den falschen Gott anbetet, wird niemals Recht von Unrecht unterscheiden können.«

Für die Dauer eines Wimpernschlages flackerte ein loderndes Licht in den Augen des Falkners, doch schon im selben Moment hatte er die Beherrschung zurückerlangt:

»Verzeiht mir, Herr. Der Gott zu dem ich bete ist der Gott Abrahams. Bisher dachte ich stets, dass auch die Christen und Juden zu diesem Gott beten.«

»Gut gesprochen«, höhnte Salimbene und begann wie ein Raubtier um sein Opfer zu kreisen. »Du verstehst also doch mehr von der Welt, als man bei deiner niederen Herkunft vermuten möchte. Als Spion wärst du nur zu gut geeignet. Natürlich würde jeder Verrat mit dem Tode bestraft. Es sei denn, du vertraust dich bei Zeiten deinen wahren Herren an. Gibt es nicht etwas, was du mir erzählen willst?«

Erneut standen sich die beiden Kontrahenten schweigend gegenüber. Dann streckte der Falkner zum zweiten Mal die Arme aus und antwortete mit fester Stimme: »Es ist nicht viel, worauf ich mich verstehe, Herr. Folgendes weiß ich indes genau: Dies ist eine Falknerei und Ihr werdet keine einzige Taube darin finden. Ein verwundeter Greifvogel darf nur kurze Zeit liegen und sollte schnellstmöglich wieder auf seinen Fängen sitzen. Keinesfalls aber darf man ihn so drücken, wir Ihr es tut. Es sei denn, Ihr wollt das Leben selbst aus ihm herausquetschen.«

Salimbenes überlegene Miene versteinerte zu einer Fratze. Enttäuschung grub sich in seine Mundwinkel.

»Sitzen muss das Tier, sagst du?«, flüsterte er und eine unheilvolle Bosheit vibrierte in seiner Stimme.

Der Falkner nickte.

»So sei es!«, bellte Salimbene mit eisiger Kälte und setzte den Greifvogel mit den Fängen voran auf den Unterarm des Falkners. Augenblicklich gruben sich die dreckverkrusteten Krallen in das ungeschützte Fleisch.

Maya schrie auf und wollte hinzustürzen, doch ihre Großmutter hielt sie mit eiserner Hand zurück. Dem Falkner selbst entfuhr kein Laut. Nur seine Nasenflügel bebten wie die Nüstern eines angeschossenen Tieres. Dunkles Blut durchtränkte sein Hemd und tropfte in langen Fäden zu Boden. Die Augen des Jungen blieben auf Salimbene gerichtet und seine Stimme klang, als sei nichts geschehen.

»Ich danke Euch für den Falken, Herr. Heute Abend werde ich zu meinem Gott beten, der vielleicht ja auch der Eure ist. Sollten meine Gebete erhört werden, so werdet Ihr dereinst für Eure Taten den gerechten Lohn erhalten.«

Salimbene antwortete mit einem herablassenden Grinsen, fuhr herum und verließ das Turmzimmer.

Erst als die Tür hinter dem Junker ins Schloss gefallen war, geriet der Falkner ins Wanken.

Die alte Ursel sprang herbei und packte ihn bei den Schultern.

»Der Vogel!«, stöhnte der Falkner. »Helft mir, ihn abzulegen.«

Gemeinsam gelang es ihnen, die Fänge des Falken zu lösen und das zitternde Tier in einen freien Käfig zu setzen.

»Ich werde Eure Hilfe brauchen«, ächzte der Verwundete, während er sich auf sein Lager setzte und das blaue Tuch zwischen den mit Seegras gefüllten Säcken verschwinden ließ. »Es wurde mir berichtet, dass Junker Salimbene nicht nur den verletzten Saxo, sondern auch zwei wahre Wunderheilerinnen hierher geleiten würde. Nun, ich vermute, dass es eines Wunders bedarf, um den Greif noch zu retten. Überprüft seine Schwingen. Sind diese unverletzt, so versucht ein Tuch mit leichtem Druck um den verwundeten Leib zu schlingen. Wenn der Schnabel wirklich gebrochen ist, so habe ich nur wenig Hoffnung. Wir können versuchen, die Risse mit dem Fett der Aubergine zu behandeln. Auch das Öl von Palmen ist geeignet. Auf dem Markt könnt Ihr gewiss ein Gefäß erstehen.«

Schweiß war ihm auf die Stirn getreten und seine Stimme zitterte. Mühsam zog er einen kleinen Lederbeutel unter seiner Decke hervor, fingerte eine Münze heraus und reichte sie Maya.

»Nehmt den Taler hier. Der Kaiser stellt diese Münzen zum Unterhalt seiner Falken zur Verfügung.«

»Eins nach dem anderen, mein Junge«, knurrte die alte Ursel mit einer Stimme, die keinen Widerspruch duldete. »Deinem Vogel soll geholfen werden. Aber dort wo wir herkommen, kümmern sich die Heiler zunächst um das Wohl der Menschen, bevor sie sich den Tieren zuwenden. Du wirst mir daher jetzt deinen Arm zeigen.«

Maya hatte sich längst daran gewöhnt, wie plötzlich ihre Großmutter mit uneingeschränktem Führungsanspruch auftreten konnte. Insbesondere wenn sie ihre Patienten mit »mein Junge« ansprach, beugten sich Menschen aller Schichten und Zeitalter den Anweisungen der alten Heilerin. Maya war deshalb nicht erstaunt, als der junge Falkner nur kurz verwundert aufblickte, dann aber mit zitternden Fingern begann, den Ärmel seines Hemdes zurückzuschieben. Als dies misslang, hob er bereitwillig die Arme und ließ sich unter Anweisungen der Alten das Hemd über den Kopf ziehen. Den Anblick, der sich ihnen offenbarte, sollte Maya lange nicht vergessen. Der junge makellose Leib stand im krassen Gegensatz zu der klaffenden Wunde, die seinen Unterarm entstellte. Die Krallen des Raubvogels hatten tiefe, mit dunklem Blut gefüllte Krater hinterlassen. Die Ränder dieser Einschnitte waren keinesfalls ebenmäßig. Vielmehr war das umgebende Fleisch beim Eindringen oder Lösen der Fänge regelrecht umgegraben worden.

Dem Jungen entfuhr ein Zischen, als die alte Ursel einen Rest Kleidung aus der Wunde klaubte. Dann wendete er den Kopf und erbrach sich auf das nun neben ihm liegende Hemd. Diesmal war es Maya, die blitzschnell zur Stelle war. Froh, etwas tun zu können, raffte sie die Verschmutzung mit wenigen Handgriffen zusammen. Der Falkner sank derweil rücklings auf sein Lager.

Für einen kurzen Moment stand die alte Ursel schweigend da und presste die Hände ins Kreuz.

»Wasser«, murmelte sie dann. »Was wir vor allem brauchen, ist sauberes Wasser! Ich habe im Hof eine Zisterne gesehen. In welchem Gefäß holst du dein Trinkwasser, Junge?«

Der Falkner wies auf eine bescheidene Holzschale.

»Das wird nicht reichen«, überlegte die Alte. »Was ist mit dem Eimer dort?«

»Ich nutze ihn, um die Vögel zu tränken und ihren Kot zu entfernen.«

»Dann scheidet der Eimer ebenfalls aus«, stellte die Alte nüchtern fest. »Doch ohne Wasser wird es nicht gehen.« Sie schritt einige Male auf und ab, dann war ihr Plan gefasst und sie erteilte ihre Befehle.

»Maya, nimm den gesamten Geldbeutel an dich. Du läufst in die Stadt und kaufst einen Eimer oder einen Kessel und so viele Heilkräuter wie du bekommen kannst. Nimm Fidelius mit. Er kann dir vielleicht helfen und soll sofort hierherkommen, falls du in Schwierigkeiten gerätst.«

Maya gehorchte. Sie zog den Geldbeutel unter den Decken hervor und schulterte ihren Rucksack, aus dem Fidelius neugierig hervorlugte. Der junge Falkner ließ all dies geschehen. Schmerz und Schwäche hatten längst dafür gesorgt, dass er sich seinem Schicksal ergab.

»Noch eins!«, rief die alte Ursel, als ihre Enkelin bereits die Tür erreicht hatte. »Besorge Öl oder Feuerholz, so du es bekommen kannst. Auf der kleinen Feuerstelle dort hinten können wir eine Flamme lodern lassen und Wasser abkochen. Zudem wird es vielleicht möglich sein, den Raum etwas zu erwärmen.«

»Du willst heizen?«, fragte Maya. »Ich glaube nicht, dass wir uns vor Kälte schützen müssen. Immerhin liegt dieses Land im Süden.«

»Der Junge hier wird frieren«, antwortete die Großmutter und wendete sich ihrem Patienten zu. »Kauf Holz, Maya, sofern du es bekommen kannst. Der Junge wird frieren, noch heute Nacht.«

Wenig später eilte Maya durch den Burghof der Stadt zu. In einer Hand hielt sie noch immer das verschmutzte Hemd des Falkners. Maya bedachte sich selbst mit bitterem Spott, als sie bemerkte, dass ihre Augen nach einem Mülleimer Ausschau hielten. Kopfschüttelnd warf sie das Bündel auf einen der vielen Haufen Unrat, von denen der prägende Geruch der Stadt aufstieg.

Fidelius hatte ihren Gedankengang verfolgt und gluckste vergnügt in seinem Rucksack.

»Dein Gelächter ist mir keine Hilfe«, zischte Maya über die Schulter, während sie in das Gewirr der Gassen eintauchte. »Um ehrlich zu sein, ist es ziemlich schwer, einen ausgewachsenen Otter auf dem Rücken zu tragen und ich hatte gehofft, dass du mir wenigstens sagen kannst, wohin ich laufen soll.«

»Leider nein!«, paffte es aus dem Rucksack. »Wie du weißt, bin ich kein sehr alter Dämon. Dies ist auch mein erster Rundgang durch eine mittelalterliche Stadt. Wittern kann ich den Markt ebenfalls nicht. Die einzigen prägenden Gerüche, die in meine Nase steigen, stammen vom Leder des Rucksacks, dem Unrat der Stadt und von deinem Schweiß.«

»Danke schön!«, bemerkte Maya. Tatsächlich liefen ihr längst Schweißperlen an den Schläfen hinab. Sie eilte an Soldaten, Handwerkern und Bettlern vorüber, versuchte mal die eine, mal die andere Gasse. Sie sah verschiedene Schilder, die auf einen Schuster und einen Segelmacher hinwiesen, doch nicht eines ließ auf die Anfertigung von Gefäßen oder den Verkauf von Kräutern schließen.

»Mein Vorschlag lautet, dass du dorthin läufst, wo die Wege immer breiter werden«, flüsterte Fidelius. »Märkte benötigen Platz und in vielen mittelalterlichen Städten laufen die Straßen auf diesen Platz zu.«

Maya rannte. Sie lief durch staubige Gassen und zwängte sich zwischen Menschen unterschiedlichster Kleidung und Herkunft hindurch. Zweimal endete ihr Weg an einer Mauer und zwang sie zum Umkehren. Dann kam sie an einem alten Tor vorbei und erkannte, dass die Mauer keineswegs das Ende der Stadt ausmachte. Die Stadt war längst über diese Begrenzung hinausgewachsen. Maya stürmte durch den alten Torbogen. Sie kam in ein Viertel aus ärmlicher Lehmbebauung. In einiger Entfernung ragte ein Kirchturm empor. Maya hielt darauf zu. Die Bebauung war nun wieder aus Stein und die Häuser wurden prächtiger. Ein Markt war indes nicht zu erkennen.

Schließlich packte Maya einen kleinen Jungen beim Arm, der unter größter Anstrengung gebrannte Tonziegel an ihr vorübertrug. »Wo finde ich einen Markt? Ich muss dringend einige Güter erwerben!«

Der Kleine sah verängstigt zu ihr auf. »Es gibt mehrere Basare in der Stadt«, entgegnete er. »Den größten findest du an der östlichen Stadtmauer. Du bist nicht weit davon entfernt. Die Straße, aus der ich komme, wird dich dorthin bringen. Halte auf die beiden Türme dort zu. Nun aber lass mich ziehen. Ich habe noch viele Steine zu tragen und die Schläge meines Herrn sind mir ohnehin gewiss.«

Das Wort Basar öffnete Maya die Augen. Ununterbrochen hatte sie nach einem Marktplatz gesucht, wie er in den Städten Nordeuropas das Stadtbild prägt. Sie aber befand sich im Morgenland und musste nach einem Basar Ausschau halten, der sich mit hoher Wahrscheinlichkeit nicht unter freiem Himmel befand, sondern in geeigneten Gebäuden untergebracht war. Mit neuer Hoffnung eilte sie die Straße entlang, und tatsächlich führte diese direkt auf ein breites Gebäude zu, dessen Erscheinungsform unterschiedlichste Baustile in sich vereinte. Der vorgezogene Säulengang und die roten Dachziegel erinnerten Maya an die Abbildungen römischer Bauwerke, die ihr im Geschichtsunterricht gezeigt worden waren. Gleichzeitig glich die Stirnseite einer christlichen Kirche, während die Bögen zwischen den Säulen mit eindeutig arabischen Verzierungen versehen waren. Eine beachtliche Menschenmenge drängte sich vor dem Gebäude und Maya stellte erschrocken fest, dass zwei bewaffnete Soldaten den Zutritt beschränkten. Nur wenn jemand das Gebäude verließ, wurden neue Personen hineingelassen. Offensichtlich war mit einer erheblichen Wartezeit zu rechnen.

In Mayas Kopf begann eine Uhr zu ticken, und vor ihrem geistigen Auge sah sie den verstümmelten und verunreinigten Unterarm des Falkners. Erneut beschloss sie um Rat zu fragen. Diesmal wählte sie einen untersetzten Mann in einer Mönchskutte, der gelassen einen leeren Sack über der Schulter trug. Sie kniete neben ihm nieder und senkte ehrfürchtig das Haupt.

»Verzeiht mir, Bruder, aber ist dies der Basar und kann ich an diesem Ort einen Kessel, Feuerholz und Heilkräuter erwerben?«

»Steh auf, mein Kind!«, entgegnete der Angesprochene. »Wir Bettelmönche sind es nicht gewohnt, dass man vor uns kniet.« Maya erhob sich und sah in ein rundliches Gesicht mit kleinen, freundlichen Augen.

»Um deine Frage zu beantworten«, fuhr der Mönch fort. »Dies ist der größte Basar von Akkon und alles, was du begehrst, ist hier durchaus zu bekommen. Allerdings bedarf es einer Menge Geduld, eines noch größeren Geldbeutels sowie einer gehörigen Portion Glück. Seit das Kreuzfahrerheer in der Stadt ist, wird der Zugang zum Basar geregelt. Am Morgen kommen die Einkäufer der Heeresführer, der Ritterorden und der Barone und erstehen, was nicht niet- und nagelfest ist. Erst wenn sie befriedigt sind, darf das Volk den Basar betreten. Doch die Preise sind gewaltig gestiegen und die Wartezeiten sind enorm. Zwar wurde der größte Teil der kaiserlichen Truppen nach Jaffa verlegt, aber die Lage in Akkon wurde dadurch kaum verbessert. Bevor wir beide durch den Eingang treten, wird die

Sonne längst untergegangen sein und es bleibt nur zu hoffen, dass die Händler dann überhaupt noch etwas anbieten.«

Maya hätte weinen mögen. Es gab nichts, was sie ihrer Ratlosigkeit hätte entgegensetzen können. Doch genau in diesem Moment tiefster Verzweiflung vernahm sie eine Stimme, deren Zuversicht ungebrochen war.

»Zurück! Lauf in Richtung der ersten Stadtmauer. Ich weiß, was zu tun ist!«

Maya stand im dichten Gedränge und sah sich um. Sie hatte kein Paffen gehört und niemand hatte auf ein ungewöhnliches Geräusch aus ihrem Rucksack reagiert.

»Ja, Heilertochter!«, flötete die Stimme. »Offensichtlich ist der Zeitpunkt gekommen, an dem ich in Gedanken zu dir sprechen kann. Erinnere dich: Ich bin für dich da, und Hoffnung und Vertrauen sind unsere Stärke. Also lauf, lauf zurück, Heilertochter, ich weiß, was zu tun ist.«

Maya gehorchte. Sie konnte Fidelius' Gedanken hören und sie würde ihm vertrauen. Ihre Beine waren schwer und ihre Lungen brannten, aber Maya lief. Sie lief zurück dorthin, wo sie die innere Stadtmauer vermutete.

Sobald sie den Platz vor dem Basar verlassen hatten, begann Fidelius sich mit echten Lauten bemerkbar zu machen.

»Wir sollten deine Kräfte schonen«, paffte er aus dem Rucksack. »Das Gedankenlesen ist keine geringe Anstrengung.«

»Gut«, japste Maya, während sie einem Karren voller Wasserfässer auswich. »Was hast du vor?«

»Wir laufen zum Deutschen Haus!«, erklärte Fidelius. Ein Mann, der nur ein Knurren aus einem vorbeiziehenden Rucksack vernahm, sprang erschrocken beiseite. Maya hastete unbeirrt weiter. »Erinnere dich an die Worte von Salimbene, Heilertochter!«, fuhr Fidelius fort. »Die Ritterorden sind aus der Pflege von Kreuzrittern entstanden und unterhalten bis heute Hospitäler. Wenn dem so ist, dann ist im Deutschen Haus alles vorhanden, was wir benötigen. Und schließlich hat der Großmeister selbst versprochen, uns zu entlohnen.«

»Aber wie finden wir das Deutsche Haus!«, keuchte Maya.

»Wir suchen einen Weg, der uns zurück in die Oberstadt bringt«, erklärte der Otter. »Dort haben wir uns vom Ritter Albert getrennt. Ich vermute, dass es von dort nicht mehr weit ist. Den Rest wirst du erfragen müssen.«

Der Plan ging auf. Allerdings stellte sich heraus, dass das Deutsche Haus nicht so nah war wie erhofft. Schließlich stand Maya vor den grauen Mauern, hinter denen der Ritterorden seinen Stammsitz hatte. Der Bau gehörte zu den größten der Stadt und es war gut vorstellbar, dass er neben den Räumen für den Orden ein Hospital beherbergte.

Mit zitternden Knien trat Maya auf einen Lanzenträger zu, der neben dem mächtigen Torbogen Wache hielt.

»Verzeiht mir, edler Herr. Ich benötige dringend die Hilfe des Ordens. Es ist im Interesse Eures Großmeisters.«

Der Mann zog die Augenbrauen hoch. »Im Interesse des Großmeisters?«, wiederholte er staunend.

»Ja, Hermann von Salza ist heute während eines Jagdausrittes auf mich gestoßen. Er brachte mich in diese Stadt und ich erhielt eine Aufgabe, die ich nur mit Eurer Hilfe meistern kann.«

»Dann trifft es sich gut, dass der hohe Herr zugegen ist«, antwortete der Wachposten. »Der Großmeister hat gerade eine Unterredung mit dem Herrn Fahr ad-Din, dem Gesandten des Sultans. Ich werde dich zu ihm führen. Dann wird sich zeigen, ob du eine freche Lügnerin bist oder die Wahrheit sprichst.«

Mit gemischten Gefühlen trat Maya ein. Der Wachmann führte sie durch einen kurzen Wehrgang in den Innenhof, in dem ein bescheidener Garten im letzten Licht des Tages lag. Inmitten des spärlichen Grüns waren Hermann von Salza und Fahr ad-Din in ein Gespräch vertieft.

Der Wachmann führte Maya auf die beiden Fürsten zu und sobald er in respektvollem Abstand zum Stehen kam, ergriff sie das Wort.

»Hoher Herr, ich benötige umgehend Eure Hilfe!«

Die beiden Unterhändler unterbrachen ihr Gespräch und schauten mit einer Mischung von Erstaunen und Belustigung zu ihnen hinüber. Maya wusste sofort, dass sie hätte warten müssen, bis sie zum Sprechen aufgefordert worden wäre.

»Erinnert das Mohrenweib an Anstand und Sitte«, befahl Hermann von Salza beiläufig und wandte sich erneut seinem Gast zu.

Maya erhielt einen Schlag, den sie niemals vergessen sollte. Der Mann hatte nur die geöffnete Hand verwendet, doch für Maya war es, als sei eine Sprengladung an ihrer Schläfe detoniert. Ihre Beine gaben nach. Sie sank auf die Knie und musste beide Hände auf den Boden stützen, um nicht gänzlich zusammenzubrechen. Vor ihren Augen tanzten wirre Lichter und eine Hälfte ihres Gesichts pulsierte im Rhythmus eines rasenden Herzschlages. So verharrte sie und wagte nicht den Kopf zu heben, während die beiden Fürsten ungerührt mit ihrem Gespräch fortfuhren.

»Nun, wie ich Euch eben sagte«, sprach Hermann von Salza. »Der Kaiser schätzt Euren Herrn sehr und es verlangt ihn nicht, gegen den Sultan in die Schlacht zu ziehen. Doch zum einen ist er der rechtmäßige Herrscher des Königreichs Jerusalem und zum anderen wäre es für ihn unmöglich, ohne Erfolg ins Abendland zurückzukehren. Wenn Ihr ihm nicht entgegen kommt, riskiert Ihr, dass der Papst einen anderen Herrscher mit dem Kreuzzug beauftragt, und dieser wäre dann einzig und allein an Schwert und Flamme interessiert.«

»Auch die Wertschätzung, die der Sultan für den Kaiser hegt, ist unbenommen«, antwortete Fahr ad-Din. »Doch der Sultan muss ebenfalls auf seine Untertanen Rücksicht nehmen. Es bestehen große Spannungen zwischen ihm und seinem Bruder, dem Sultan von Damaskus. Wenn al-Kamil Jerusalem herausgibt, könnte ihm dies nicht als Großmut, sondern als Schwäche ausgelegt werden.«

»Und doch sind wir uns einig, dass der Waffengang verhindert werden sollte, nicht wahr«, fragte Hermann von Salza.

»So ist es«, bestätigte Fahr ad-Din. »Aus diesem Grund möchte ich Euch einen Vorschlag unterbreiten. Es ist nur ein Gedanke und ich habe ihn noch nicht dem Sultan vorgetragen. Lasst uns überlegen, ob wir mit diesem Plan gemeinsam vor unsere Herrscher treten wollen.«

»Meine Ohren gehören Euch!«, versprach der Großmeister.

»Nun«, begann Fahr ad-Din. »Vielleicht habe ich einen Weg gefunden, bei dem beide Seiten ihr Gesicht wahren können. Aus arabischer Sicht ist vor allem der Felsendom mit der al-Aqsa-Moschee von unermesslichem Wert. Dort schlägt das muslimische Herz Jerusalems. Nehmen wir einmal an, die Stadt würde an Friedrich übergeben, der Felsendom aber unter muslimische Verwaltung gestellt werden. Alle anderen Teile der Stadt, wozu auch die Grabeskirche Eures Heilands gehört, könnten unter die Herrschaft des Kaisers fallen, ohne dass der Sultan seinen Untertanen einen echten Verlust erklären müsste. Zudem könnte die Klagemauer, der heilige Ort der Juden, unter jüdische Verwaltung gestellt werden. Selbstverständlich müsste es sich um einen Vertrag auf Zeit handeln, der den Gläubigen aller Religionen den freien Zugang zu ihren heiligen Stätten garantiert. Eine derartige Regelung wäre nicht neu. Schon der große Saladin, der Onkel meines Herrn hat allen Religionsgemeinschaften freien Zutritt zu den heiligen Stätten gewährt.«

Es trat eine kurze Pause ein. Dann sprach Hermann von Salza, und eine feierliche Erregung lag in seiner Stimme.

»Fahr ad-Din, Fürst und Emir der Mamelukengarde, Ihr seid wahrlich ein Großer unter dem Himmel und Ihr verdient es, dass Muslime, Christen und Juden unseren gemeinsamen Gott um Euer Wohlergehen bitten. Ihr habt meine Unterstützung und wenn es uns gelingen sollte, unsere Herren für diesen Plan zu gewinnen, dann werden wir ein neues Kapitel in der Geschichte des Heiligen Landes aufschlagen. Sobald der Kaiser zurückkehrt, werde ich bei ihm vorsprechen. Lasst uns nur schnell das Mohrenweib hier abfertigen und dann in die Schreibstube eilen, damit wir Euren weisen Vorschlag auf Pergament bannen lassen.«

Der Sand knirschte unter ihren Sohlen, als die Füße der beiden Männer in Mayas Gesichtsfeld traten.

»Erhebe dein Haupt, Mohrenweib, und berichte, was du zu sagen hast!«, befahl der Großmeister.

Maya hob langsam den Kopf. Ihre Wange schmerzte, und als sie zu den beiden Männern empor sah, bemerkte sie, dass sich eine Schwellung vor einen Teil ihres Sichtfeldes geschoben hatte. Mit zitternder Stimme berichtete sie, weshalb sie gekommen war, was sich im Turmzimmer ereignet hatte und um welche Gaben sie ersuchen wollte.

»Ich war beim Falkner«, bestätigte der arabische Fürst. »Die Schilderung des Weibes könnte durchaus der Wahrheit entsprechen. Zudem ist mir sehr am Wohlergehen des Jungen und seiner Tiere gelegen.«

»Dann haben wir erneut ein gemeinsames Anliegen, edler Freund«, erwiderte der Großmeister. »Dennoch schlage ich vor, dass wir uns erst morgen persönlich um diese Angelegenheit kümmern. Derzeit verlangen wichtigere Dinge unsere Aufmerksamkeit.«

Er wartete ein zustimmendes Nicken seines Gastes ab und wandte sich dann an die Wache, die noch immer hinter Maya stand.

»Gebt dem Mohrenweib, was immer es verlangt, und geleitet es umgehend zur Festung!«

So kam es, dass Maya in die Vorratskammer des Deutschen Hauses geführt wurde, wo man sie in Windeseile mit einem Kupferkessel, einer Flasche Öl, Essig, Feuerholz, sauberen Tüchern und zwei Brotlaiben ausstattete. Auch die Sammlung an Heilkräutern wurde Maya dargeboten. Sie entschied sich für Thymian, Aloe vera und Frauenmantel und legte je eine Gabe in ihren Kessel. Zudem nahm sie dankbar eine kleine Gabe Honig entgegen. Als sie erneut in den Innenhof trat, wartete dort bereits ein Reiter auf sie. Es war ihr ehemaliger Bewacher. Schweigend zog der Mann sie vor sich auf das Pferd und reichte ihr ein feuchtes Tuch, mit dem sie ihre geschwollene Wange kühlen konnte. Dann trieb er sein Pferd durch den Torbogen in die Gassen von Akkon. Während sie in der zunehmenden Dunkelheit zur Festung trabten, verstand Maya, dass der Soldat seinen Schlag weder genossen hatte noch bedauerte. Er hatte getan, was man ihm befohlen hatte und was ihm angemessen erschien.

An der Festung angelangt, rutschte Maya vom Pferd, schöpfte sauberes Wasser aus dem Brunnen und eilte in die Falknerei.

Als sie das Turmzimmer betrat, fand sie ihre Großmutter auf einem Schemel neben dem Lager. Die alte Ursel hatte die wenigen zur Verfügung stehenden Stoffe über ihren Patienten gelegt. Dennoch war unverkennbar, dass der Junge am ganzen Leib zitterte.

Eine winzige Öllampe kämpfte gegen die zunehmende Dunkelheit. Rasch setzte Maya ihren Rucksack auf den Boden, befreite Fidelius und breitete die neu erworbenen Reichtümer auf dem Boden aus. Als sie sich aufrichtete, stand ihre Großmutter neben ihr. Mit einer Zärtlichkeit, die man ihren groben Fingern nicht zugetraut hätte, strich die Alte über die geschundene Wange ihrer Enkelin.

»Wird es gehen?«, fragte sie leise.

Maya nickte tapfer. »Es sieht sicher schlimmer aus, als es ist. Wir reden später, Großmutter.«

Bald darauf loderten zwei Holzscheite in der Feuerstelle und im Kessel begann das mit Kräutern versetzte Wasser zu dampfen. Auch drei lose Steine wurden an den Flammen erhitzt um sie später als zusätzliche Wärmequelle in das Bett des Verwundeten zu legen. Zuvor hatte der Falkner jedoch eine wahre Tortur zu überstehen. Nach kurzer Vorwarnung begannen die beiden Heilerinnen, seine Wunden mit heißem Wasser auszuwaschen. Der Junge bebte, zitterte und krampfte, aber er tat sein Möglichstes, um bei der grausigen Behandlung behilflich zu sein. Schließlich war die Wunde gereinigt, mit zerstampften Heilkräutern bestreut, mit Honig bestrichen und in saubere Leinentücher gewickelt. Der Patient selbst stöhnte in einem unruhigen Schlaf.

»So weit, so gut«, fasste die alte Ursel zusammen und erhob sich ächzend von der Seite ihres Patienten. »Mit etwas Glück haben wir eine Blutvergiftung verhindern können. Allerdings müssen wir darauf achten, dass der Junge heute Nacht weder auskühlt noch krampft.«

»Ich werde mich rasch ein wenig waschen und dann die erste Krankenwache übernehmen«, schlug Maya vor.

»Sollen wir nicht lieber andersherum verfahren?«, fragte die Alte und warf ihrer Enkelin einen skeptischen Blick zu.

Maya schüttelte tapfer den Kopf, obwohl ihr ganzer Körper um Ruhe bettelte.

»Ich habe einen noch besseren Vorschlag«, unterbrach sie Fidelius, der unverhofft und mit glänzendem Fell an ihrer Seite auftauchte. »Wir werden kurz schwimmen gehen.«

»Wir werden was?«

»Schwimmen«, wiederholte der Otter. »Wahrscheinlich ist meiner Abwesenheit keine Beachtung geschenkt worden, doch während ihr eure Heilkunst ausgeübt habt, bin ich meinem Drang zum Wasser gefolgt. Die Erkundung der Festung war ausgesprochen erfolgreich. Wir sind allein in diesem Turm. Unter uns befindet sich nur ein ungenutzter Kerker, der auch vom Hafen aus betreten werden kann. Wer diesen Durchgang nutzt, erreicht einen menschenleeren Winkel zwischen Festung und Hafenmauer und ist vom Wasser aus kaum zu erkennen. Komm mit mir, Heilertochter! Es sind nur wenige Schritte und ein kurzer Aufenthalt in den Wogen wirkt Wunder.«

Maya sah fragend zu ihrer Großmutter hinüber.

»Geh nur, mein Kind«, ermutigte sie die Großmutter. »Unsere Dämonen wissen meist sehr genau, was gut für uns ist.«

So kam es, dass Maya vor Akkon im Mondlicht schwamm. Fidelius führte sie die steinerne Treppe hinunter und durch den verlassenen Kerker zum Hafenbecken. Unterhalb der schwarz aufragenden Festung huschten sie über die Hafenmauer, Maya entledigte sich ihrer Kleidung und gemeinsam tauchten sie ein in das silberglänzende Mittelmeer. Ihr Aufenthalt war kurz, aber er genügte, um Kummer und Schmerz zu lindern und mit neuer Zuversicht in die Festung zurückzukehren.

Auch Bartholomäus hatte unterdessen seinen Weg in das Turmzimmer gefunden und sich in einer dunklen Nische des Raumes niedergelassen. Von dort begrüßte er seine Gefährten mit einem würdevollen Nicken. Die alte Ursel war derweilen nicht untätig gewesen. Aus den zur Verfügung gestellten Säcken hatte sie ein Lager neben dem Falkner und ein weiteres an der gegenüberliegenden Wand errichtet. Den verletzten Falken hatte die Alte ebenfalls versorgt.

»Es war weit weniger dramatisch als gedacht«, berichtete sie. »Ich habe einen Flügel eingerenkt und zwei kleinere Blutungen behandelt. Der Vogel wird in wenigen Tagen wieder fliegen können. Wir wollen nur hoffen, dass er dann noch einen Falkner hat.«

»Ruh dich aus, Großmutter«, sagte Maya. »Ich kann die Krankenpflege übernehmen. Wenn der Mond durch das dritte Fenster scheint, werde ich dich wecken.«

»Bist du sicher?«, fragte die Alte.

»Selbstverständlich«, bekräftigte Maya, während sie es sich auf dem Lager neben dem Krankenbett bequem machte. Ihre Beine fühlten sich an, als seien sie mit Blei ausgegossen worden.

»Wie heißt der Junge eigentlich?«, fragte sie, während sie ihren Kopf auf die Arme stützte.

»Fatmir«, antwortete die Großmutter.

»Fatmir«, wiederholte Maya und war augenblicklich eingeschlafen.

Fatmir

Fatmir erwachte vom Schnarchen der alten Heilerin. Die Alte ruhte auf einem Lager an der gegenüberliegenden Seite des Raumes. Er lag auf dem Rücken, beide Arme oberhalb der Decke. Die Wunde des linken Arms war mit hellen Leinentüchern umwickelt worden. Der Verband wirkte frisch und sauber. Nur wenige feuchte Stellen verrieten das wunde Fleisch, das sich unter der Auflage verbarg. Erinnerungen an die schmerzhafte Behandlung der vergangenen Nacht flackerten durch Fatmirs Geist. Er schloss erneut die Augen und horchte in sich hinein. Die beißenden Schmerzen waren verklungen. Nur ein sachtes Klopfen stieg aus dem verwundeten Arm empor, und als er versuchte, einen Finger zu krümmen, mahnte ihn ein jähes Stechen, dass derartige Bewegungen zu unterlassen seien. Schwäche zog den Jungen zurück in den Halbschlaf. Der Ruf einer Möwe und das sanfte Rauschen der Wellen drangen an sein Ohr. Ihm war, als berührten die Finger seiner gesunden Hand die geschmeidigen Federn seiner Falken. Vielleicht war es auch warmer Sand, der durch sie hindurchrieselte. Sand von den sonnigen Stränden der Adria. Dort wo das Mittelmeer in seinem schönsten Blau erstrahlte und wo das Lachen seiner Schwester erklungen war, während Fatmir sie auf dem Rücken den Strand entlang trug. Es war, als habe die Tiefsee selbst diese Erinnerungen verwahrt, um sie wie Strandgut an dieses ferne Ufer zu spülen. Treibgut aus längst vergangenen Tagen. Er selbst war wie ein Schiffbrüchiger von einer Laune der Geschichte ins Heilige Land verschlagen worden.

Seine Familie war im Umland von Lucera angesiedelt worden, nachdem die Truppen des christlichen Kaisers die Sarazenen aus Sizilien vertrieben hatten. Fatmir selbst besaß keine Erinnerungen an die Vertreibung, doch er kannte die Geschichten von Grausamkeit, Hunger und Verzweiflung. Dennoch war sein kleines Volk dem Kaiser treu ergeben. Er hatte ihnen neues Land gegeben. Zudem hatte er ihnen gestattet, ihre Religion auszuüben und eine Moschee zu errichten. Ihre Dörfer standen unter seinem Schutz und selbst die hasserfülltesten Fürsten der Christenheit wagten nicht, gegen sie vorzugehen. Als Gegenleistung mussten die Männer der Region als Bogenschützen in der Armee des Kaisers dienen. Sie waren ihm treu bis in den Tod und galten als verwegene Kämpfer. Tatsächlich hatten sie gar keine andere Wahl. Allein Friedrich und seine Herrschaft sicherte das Wohlergehen ihrer Familien. So war auch Fatmirs Vater in den Krieg gezogen. Später wurde berichtet, dass er bis zum Ende wie ein Löwe gekämpft habe. »Es waren vier Speere des Feindes vonnöten, um den Löwen von Lucera zu Fall zu bringen«, erklärte ein Onkel voller Bewunderung. Für Fatmir war dies kein Trost. Vielmehr verfolgte ihn das Bild des durchbohrten Körpers. Er wusste, dass sein Vater kein Löwe hatte sein wollen und dass sein Herz für die Musik und nicht für den Kampf geschlagen hatte. Im Sommer, wenn die Nächte warm und freundlich waren, hatte er oft auf der Laute gespielt und es waren diese Klänge gewesen, die Fatmir und seine kleine Schwester in den Schlaf getragen hatten.

Nach dem Tod des Vaters waren die Zeiten härter geworden. Nur mit Hilfe der Dorfgemeinschaft war es der Mutter möglich gewesen, das Überleben ihrer Kinder zu sichern. Fatmir war zu jung, um als Krieger zu dienen. Deshalb sagte er sofort zu, als man ihm die Gelegenheit bot, zum Falkner ausgebildet zu werden. Ein Onkel hatte in Palermo den Falkner des Kaisers kennengelernt und nun bewirkt, dass sein Neffe bei diesem in die Lehre gehen konnte. Fatmir wusste, dass seine Mutter und seine Schwester fortan versorgt sein würden. Sobald er zum Hofe des Kaisers gehörte, würden sie ein weiteres Stück Land erhalten und er würde ihnen gelegentlich einige Münzen schicken können. Dennoch weinte Fatmir bittere Tränen. Palermo, die Hauptstadt Siziliens, der Thronsitz des Stauferkaisers, lag viele Tagesritte entfernt auf der anderen Seite der Wasserstraße von Messina. Es war also ein Abschied für immer. Daher küsste Fatmir seine kleine Schwester und strich mit zwei Fingern über ihre Wangen. Dann verbarg er das Gesicht in den Armen seiner Mutter. Er war noch so klein, dass sie ihren Kopf auf den seinen legen konnte. Er presste sich an sie und lauschte dem rasenden Klopfen ihres Herzens. Schließlich riss er sich los, rannte zu den Pferden seines Onkels und ritt davon, ohne sich noch einmal umzusehen.

Tatsächlich wendete sich danach Vieles zum Guten. Fatmir fand in dem Falkner des Kaisers einen geduldigen Lehrmeister. Es handelte sich um einen alten Berber, der bereits sein ganzes Leben mit den Greifvögeln verbracht hatte. Zudem brachten die jungen Bogenschützen, die aus seinem Dorf zum Hof des Kaisers geschickt wurden, gute Kunde von seiner Mutter und seiner Schwester. Beide litten keine Not und schickten ihm Grüße. Fatmir selbst kannte seit seiner Ankunft in Palermo keinen Hunger mehr. Der alte Berber hatte ein gutes Herz und er weckte in seinem Schüler die Liebe zu den Falken. Fatmir erwies sich als geschickter Lehrling und schon bald war es ihm erlaubt, die edlen Tiere allein zu pflegen und zu trainieren. Die Jahre vergingen und der junge Falkner erlangte den Ruf eines klugen und erfahrenen Tierpflegers. Sogar der Kaiser selbst kannte Fatmirs Namen und wies ihn an, zahlreiche Jagdausflüge zu begleiten. Insbesondere als es Fatmir gelang, einen der großen nordischen Falken nach den Wünschen Friedrichs abzurichten, war ihm das Wohlwollen des Staufers gewiss. Als Günstling des Kaisers wurden ihm zahlreiche Privilegien zuteil. Ebenso wie die muslimischen Gelehrten am Hofe des Kaisers durfte auch Fatmir seine Gebete verrichten und ungestört durch die Straßen von Palermo streifen. Dennoch entging seinen wachsamen Augen nicht, dass dies nicht für alle Muslime galt. Händler, Handwerker und Söldner wurden zwar geduldet, doch von vielen christlichen Bewohnern Siziliens mit Argwohn und Feindseligkeit behandelt. Die Spannungen nahmen zu, als Gesandte des Papstes eintrafen, um wiederholt einen Kreuzzug zu verlangen.

In langen Gesprächen berichtete der alte Berber von der endlos erscheinenden Feindschaft zwischen Christen und Sarazenen. Er erzählte Fatmir von den Kämpfen um das Heilige Land und von den Grausamkeiten, die von beiden Seiten begangen worden waren. Fatmir war zutiefst erschrocken und hatte gefragt, wie sie als Sarazenen einem christlichen Kaiser dienen könnten. Die Antwort seines Meisters grub sich tief in die Erinnerung des Jungen. Selbst jetzt, auf dem Krankenbett, klang die Stimme des Alten in seinen Ohren:

»Vielleicht sind die Unterschiede, um derentwillen Menschen einander bekriegen, in Allahs Augen so gering wie ein Sandkorn in der Wüste. Vielleicht sind es die Gemeinsamkeiten, die sein Wohlgefallen finden. Wir alle beten zum Gott Ibrahims. Die Muslime preisen Allah für seine Barmherzigkeit. Die Christen sprechen von der Liebe zu den eigenen Feinden. Wenn dies der Wahrheit entspricht, so sind es nicht die Krieger, sondern die Männer des Friedens, die Allahs Segen finden. In welcher Sprache und auf welche Weise die Gebete gesprochen werden, erscheint dagegen wie ein weiteres Sandkorn in der Wüste.«

Bald darauf fielen die Schatten der Kreuzzüge auf Fatmir selbst. Als Falkner stand er mehrfach an der Wand des Thronsaals und wartete darauf, einen Vogel vorzuführen, während der Kaiser Beratungen abhielt oder Gesandte empfing. Immer öfter befanden sich Unterhändler des Papstes unter den Gesandtschaften und immer nachdrücklicher drängten sie auf die Einlösung des Kreuzzugsversprechens. Wieder und wieder ließ der Kaiser sie vertrösten. Umso tiefer war Fatmirs Enttäuschung, als Friedrich schließlich doch zum Kreuzzug rüstete. Eine enorme Flotte wurde vor der Küste Italiens zusammengezogen, und da der Kaiser auch im Heiligen Land nicht auf seine geliebten Falken verzichten wollte, gehörte Fatmir zu jenen Teilen des Hofstaates, die nach Akkon vorausgeschickt wurden.

Zum zweiten Mal in seinem Leben nahm Fatmir Abschied, ohne zu wissen, ob es ein Wiedersehen geben würde. Er küsste dem alten Berber die Hände und bestieg ohne einen Blick zurück eines der Schiffe, das über Kreta und Zypern ins Heilige Land segelte. Die Aufgabe des Vorauskommandos bestand darin, die Ankunft des Heeres und des Kaisers vorzubereiten. Unter der Leitung von Hermann von Salza wurde das Heerlager bei Akkon errichtet, Aufmarschpläne erstellt und die Versorgung der Streitmacht gesichert. Die Vorbereitungen waren vonnöten, denn Monat für Monat trafen neue Gruppen europäischer Kämpfer ein, die auf dem Landweg ins Heilige Land gezogen waren. Hermann von Salza wies ihnen Lagerplätze zu und bildete ein Netzwerk militärischer Einheiten. Zudem ließ er die Hafenbefestigungen ausbauen und zusätzliche Ankerplätze für die Flotte des Kaisers anlegen. Der Großmeister war es auch, der Fatmir das Turmzimmer über dem Verlies zuwies. Sein Ziel war es, den Falken des Kaisers optimale Bedingungen zu bieten.

Fatmir war froh darüber, der Enge und dem Gestank der Stadt entrinnen zu dürfen. Allerdings gehörte der Turm zu den Ausläufern der Festung und die Ritter des Templerordens ließen keinen Zweifel daran, dass Sarazenen in ihren Mauern nicht willkommen waren. Mal wurde ihm der Zugang zum Brunnen verwehrt, mal versuchte man Schweinefleisch in seine Speisen zu mischen. Neben den alltäglichen Sticheleien lastete die Erwartung eines ebenso furchtbaren wie sinnlosen Blutvergießens auf Fatmirs Gemüt. Die Verhältnisse verbesserten sich erst, als nach fast einem Jahr der Kaiser selbst in Akkon eintraf und in der Festung Quartier bezog. Fatmir bekam den Herrscher zwar kaum zu Gesicht, doch er erfuhr, dass Friedrich zunächst nicht auf einen Waffengang drängte. Stattdessen entfaltete sich eine rege Diplomatie. Gesandte wurden ausgeschickt und Unterhändler des Sultans trafen in Akkon ein. Wiederholt kam es sogar zu direkten Begegnungen von Kaiser und Sultan, bei denen sich die beiden Herrscher durch wechselseitige Geschenke zu übertrumpfen suchten. Zaghaft keimte in Fatmir die Hoffnung auf eine friedliche Verständigung.

Am Rande eines der vielen Besuche machte Fatmir die Bekanntschaft von Fahr ad-Din, dem wichtigsten Unterhändler des Sultans. Zum ersten Mal kam der leidenschaftliche Falkenliebhaber in Begleitung des Kaisers in den Turm, um die edlen Tiere seines Gastgebers zu bewundern. Besonders die großen Gerfalken aus dem Norden hatten es dem arabischen Fürsten angetan und der Kaiser versprach, nach Abschluss erfolgreicher Verhandlungen sowohl dem Sultan als auch Fahr ad-Din selbst einen solchen Greif zukommen zu lassen. Zudem erhielt der Gesandte des Sultans die Erlaubnis, jederzeit nach den edlen Tieren sehen zu dürfen. Mit der Zeit kam der arabische Fürst fast täglich in die Falknerei. Er ließ sich über Pflege und Fütterung unterrichten und fragte beiläufig nach Fatmirs Herkunft und seiner Art zu beten. Fatmir fühlte sich geschmeichelt und gab bereitwillig Auskunft. Auch von seiner Hoffnung, dass der Kreuzzug friedlich enden möge, berichtete er dem Fürsten. Tage später fragte Fahr ad-Din, ob Fatmir dabei helfen wolle, Blutvergießen zu vermeiden, und als der Junge bejahte, gab der Fürst ihm ein Rätsel auf:

»Kann ein Ziegenhirte mit einem Adler befreundet sein, solange dieser seiner Herde nichts zuleide tut?« Fatmir hatte genickt. »Was aber, wenn der Adler eine Schar blutrünstiger Drachen in das Tal des Hirten lockt. Muss der Hirte den Adler dann nicht erschlagen, bevor die Drachen über seine Herde herfallen?«

»Wenn es keinen anderen Ausweg gibt, um seine Herde vor den Drachen zu schützen, dann muss der Hirte seinen Freund, den Adler, töten«, hatte Fatmir schließlich geantwortet.

Drei weitere Tage verstrichen, bevor das Gespräch fortgesetzt wurde. Fahr ad-Din war vom Deutschen Haus zur Festung heraufgekommen. Er brachte die Kunde, dass der Lieblingsfalke des Kaisers auf der Jagd schwer verwundet worden sei und wies an, alle Vorbereitungen für dessen Versorgung zu treffen. Fatmir machte sich umgehend an die Arbeit, während der Fürst das Gespräch in eine andere Richtung lenkte und wieder auf das Rätsel vom Adler und dem Hirten zurückkam.

»Du wirst keinen Adler töten müssen, junger Falkner«, hatte der Fürst bemerkt. »Es genügt, wenn du ein Tuch aus dem Turmzimmer hängst!«

»Ich verstehe nicht, Herr«, hatte Fatmir gestammelt.

»Das Tuch ist ein Zeichen. Es verrät unseren Männern, dass die

Verhandlungen gescheitert sind. Weht das blaue Tuch von den Mauern der Festung, so wissen die Mannen des Sultans, dass der Adler nicht den Frieden, sondern die Drachen zu unserer Herde führt. In diesem Fall wird eine kleine Armee tollkühner Kämpfer den Kaiser auf seinem Weg nach Jaffa überfallen und versuchen, den Adler zu erschlagen.«

»Ihr wollt, dass ich meinen Herrn, den Kaiser, verrate?«

»Ich will, dass du die Herde vor den Drachen beschützt. Wenn die Verhandlungen scheitern, wird Jerusalem erneut ein Opfer der Flammen werden. Zudem könnte die Flotte des Kaisers Ägypten erreichen und Verwüstung, Hunger und Tod über das Land bringen. Noch sind die Verhandlungen nicht ohne Hoffnung, aber wenn die Drachen kommen, müssen wir bereit sein. Viele wachsame Augen sind in dieser Stadt. Es gibt Händler, Reiter und Brieftaubenzüchter. Es genügt, wenn du das blaue Tuch über die Festungsmauer hängst, sobald ich dir ein Zeichen dazu gebe.«

Fatmir hatte das Gefühl, von der unerwarteten Verantwortung zu Boden gedrückt zu werden. Doch bevor er eine weitere Frage stellen konnte, war die Tür der Falknerei aufgestoßen worden und Junker Salimbene war in Begleitung der beiden Heilerinnen in das Turmzimmer getreten.

Die Erinnerung an Salimbene ließ in Fatmirs linkem Arm ein heißes Brennen aufsteigen. Sein Mund wurde trocken, als die Bilder der vergangenen Nacht zu ihm zurückkehrten. Im Verlauf der Behandlung musste er wiederholt das Bewusstsein verloren haben. Seine Erinnerungen waren bruchstückhaft und durchzogen von hellen Blitzen und tiefer Dunkelheit. Dennoch bestand kein Zweifel daran, dass die beiden Heilerinnen seine Rettung gewesen waren. Sie hatten seine Wunde ausgewaschen, Verbände angelegt und ihm Kräuter eingeflößt.

Erneut öffnete Fatmir die Augen und betrachtete seine Verletzung. Er ahnte, welche Mühen es gekostet haben mochte, ihn vor Wundkrämpfen zu bewahren. Dankbar schaute er zu der schnarchenden Alten hinüber.

Eine Weile lag er still, dann erregte der Tastsinn seine Aufmerksamkeit. Noch immer glitt etwas Seidiges durch die Finger seiner gesunden Hand. Langsam wendete Fatmir den Kopf. Es waren Haare. Die junge Heilerin lag auf einem Lager neben ihm. Haupt und Lockenpracht waren dicht an ihn heran gerutscht. Der Duft des Meeres strömte von ihnen aus. Behutsam ließ Fatmir einige Strähnen durch seine Finger gleiten. Seit man ihn von seiner Familie getrennt hatte, war er einem Mädchen nicht mehr so nahe gewesen. Eine Berührung wäre unvorstellbar gewesen. Bei Heilerinnen schien dies etwas anderes zu sein. Er selbst war gewaschen worden und die Spuren einer intensiven Pflege waren um das Lager verstreut. Die junge Heilerin musste an seiner Seite in den Schlaf gefallen sein und er wollte versuchen, sie nicht zu wecken. Seine Verletzung würde ihn ohnehin ans Lager fesseln und es gab mehr als genug Gedanken, die nach Ordnung verlangten. Andächtig strich er einige Haarsträhnen beiseite und betrachtete das schlafende Gesicht des Mädchens. Was er sah, erfüllte ihn mit Wehmut. Das schöne Antlitz mit den geschwungenen Lippen war von der Wange aufwärts geschwollen. Sogar die hellbraune Haut wurde von einem bläulich roten Glanz überzogen. Fiebrige Erinnerungen stiegen in Fatmir auf. Die junge Heilerin war unversehrt in die Falknerei getreten. Später war sie aufgebrochen, um Arznei und Brennholz zu besorgen. Was danach geschah, verlor sich in einzelnen von Fieber und Schwäche getränkten Bildern. Doch ja: auch die junge Heilerin hatte sich über ihn gebeugt. Und richtig: Das schöne Gesicht hatte Spuren von Gewalt aufgewiesen. Wut und Trauer strömten in Fatmirs Herz. War die Heilerin seinetwegen misshandelt worden? Was war das für eine Welt, in der das Schöne so rücksichtslos entstellt wurde? Eine Welt voll Dummheit, eine Welt voll Hass.

Ein Arm des Mädchens lag leicht gebeugt in seiner Reichweite und Fatmir spürte das Verlangen in sich aufsteigen, die Haut des Mädchens zu berühren. Er stellte sich vor, wie es wäre, über den braunen Samt zu streichen. Eine Weile rang er mit sich, dann legte er die Haare der Heilerin nieder und streckte vorsichtig seine Hand in

Richtung ihres Arms. Er hatte sein Ziel fast erreicht, als das Mädchen erwachte. Eilig zog Fatmir die Hand zurück und tat, als habe er aus dem Fenster gesehen. Die junge Heilerin indes strich ihre Haarpracht zurück, stützte die unversehrte Wange in die rechte Handfläche und lächelte ihm ungehemmt entgegen.

»Guten Morgen!«, sagte sie, während ihre Lippen ein breites Lächeln formten.

Fatmir traf dieses Lächeln wie ein Hammerschlag. In seiner Welt schlugen Frauen und Mädchen schamhaft die Augen nieder und vermieden jeden Blickkontakt. Doch Heilerinnen schienen an diese Regeln nicht gebunden zu sein. Der Blick dieses Mädchens jedenfalls wurde durch keinerlei Zurückhaltung getrübt. Mit einem Wimpernschlag wurden die dunklen Augen von Müdigkeit befreit und strahlten ihm ohne jede Scheu entgegen.

»Guten Morgen, Friede sei mit dir«, stammelte Fatmir. Er wusste nicht, wohin er blicken sollte, und schaute daher rasch zu den Falken hinüber. »Wie geht es Saxo?«

»Oh, deinem Falken geht es gut!«, sagte das Mädchen und streckte seine Arme zum Himmel. »Meiner Großmutter ist es recht schnell gelungen, die Verletzungen des Vogels zu versorgen. Deine Behandlung war weit schwieriger.«

»Habt Dank, edle Heilerin!«

»Du kannst mich Maya nennen.«

»Mein Name ist Fatmir.«

»Ich weiß.«

»Maya ist ein seltsamer Name. Ich habe ihn noch nie gehört.«

»Dort wo ich herkomme, würde dir manches merkwürdig erscheinen. Mein Name beispielsweise entstammt einem Erdteil, von dem du noch nicht einmal weißt, dass er existiert.«

Fatmir verstand kein Wort von dem wirren Gerede des Mädchens, doch er wünschte sich, dass es weiter zu ihm sprach. Sie sollte bleiben. Sie sollte von Erdteilen sprechen, die er nicht kannte und Gefühle wecken, die ihm fremd waren. Und tatsächlich: das Mädchen wich nicht von seiner Seite. Es brachte ihm etwas zu essen und tupfte den Schweiß von seiner Stirn, als die Schmerzen während des Verbandwechsels zurückkehrten. Es strich mit einem Tuch über seine Stirn, die Wangen und den Hals hinunter. Fatmir erschien es, als sei seine Pflegerin einer anderen Welt entstiegen. Geheimnisse umgaben sie. Er war sich sogar sicher, dass beide Heilerinnen zu Tieren sprachen. Wiederholt konnte er beobachten, wie die Heilerinnen mit ihrem gewaltigen Uhu oder dem Otter in ein Zwiegespräch aus menschlichen Worten und tierischen Lauten verfielen. In seiner Kindheit hatte Fatmir viele Geschichten von bösartigen Zauberern und Hexen gehört, doch er war ohne Furcht. Wenn dieses Mädchen ihn verhexen wollte, dann sollte es dies tun. Allerdings sorgte er sich um die Falken. Die Tiere der Heilerinnen hätten ihnen großen Schaden zufügen können. Doch es zeigte sich schnell, dass keinerlei Interesse an den Falken bestand.

Der Uhu blieb Fatmir unheimlich. Eine Aura von Macht umgab den Vogel und sein scharfer Blick schien bis tief unter die Haut zu dringen. Ganz anders der Otter. Das Tier schien die Lebenslust selbst zu sein. Es rekelte sich auf dem Boden und suchte stets die Nähe der jungen Heilerin. Sie streichelte ihm das Fell, ohne gebissen zu werden, während der Otter pfeifend sein Wohlbehagen ausdrückte. Sogar gegenüber Fatmir zeigte sich der Otter durchaus aufgeschlossen. Nur einmal ließ er ein drohendes Zischen hören. Es geschah in der zweiten Nacht ihres Zusammenseins. Die Medizin der beiden Heilerinnen hatte erstaunliche Wirkung entfaltet. Gegen Abend war Fatmir in einen tiefen wohltuenden Schlaf gefallen. Mitten in der Nacht erwachte er und konnte spüren, wie die alte Kraft in seinen Körper zurückkehrte. Die beiden Heilerinnen schliefen fest und Fatmir hatte der Versuchung nicht widerstehen können. Leise hatte er sich erhoben, um geräuschlos an das Lager der jungen Heilerin zu schleichen. Dort angekommen strich er noch einmal über ihre Haare. Gerade wollte er auch ihren Arm berühren, da tauchte der Otter mit gebleckten Zähnen unter der Decke auf. Mit einem gurgelnden Kehllaut wies er Fatmir in die Schranken.

Schuldbewusst kehrte der junge Falkner zu seinem Lager zurück.

»Maya«, dachte er, während er erneut in den Schlaf hinüberglitt. »Maya, ein Name aus einer anderen Welt.«

Stupor Mundi

Maya erwachte davon, dass jemand sanft durch ihre Haare strich. Es war eine weiche, vorsichtige Berührung. Noch halb benommen ließ sie es geschehen. Erst nach und nach wurde ihr Geist aktiv. Sie erinnerte sich daran, wo sie sich befand, und sie konnte das Schnarchen ihrer Großmutter vernehmen. Wenn die alte Ursel aber schlief, konnte nur einer für diese Zärtlichkeit verantwortlich sein. Tatsächlich! Maya war sich sicher, dass der junge Falkner durch ihre Haare strich. Das Gefühl war angenehm und Maya beschloss, sich noch eine Weile schlafend zu stellen. Der Junge schien sich erstaunlich gut erholt zu haben. Die Bewegungen seiner Finger waren sicher, zugleich sanft und kraftvoll. Kein Anzeichen zittriger Schwäche war zu bemerken. Maya erinnerte sich daran, wie sie zusammen mit ihrer Großmutter die Wunde des Falkners versorgt hatte. Es war eine hässliche, schmutzige Wunde gewesen, die einer schmerzhaften Reinigung bedurft hatte. Der Falkner hatte erbärmlich gezittert und schließlich das Bewusstsein verloren. Doch selbst in diesem elenden Zustand hatte sich sein junger, sehniger Körper eine gewisse Schönheit bewahrt. Gewiss war der Falkner von der alten Ursel mit Essig eingerieben worden, nachdem das Wundfieber abgeklungen war, und Maya ertappte sich dabei zu bedauern, eingeschlafen zu sein. Warum er wohl ihre Haare streichelte? Jetzt legte er einige Strähnen beiseite und betrachtete womöglich ihr Gesicht. Ihr Gesicht! Ja richtig. Sie sah wahrscheinlich schrecklich aus. Der Schlag des Wachmannes hatte bestimmt eine scheußliche Schwellung bewirkt.

»Angriff ist die beste Verteidigung«, dachte sich Maya. Sie tat, als sei sie gerade eben erwacht, hob den Kopf, strich die Haare zurück und stützte die unbeschädigte Wange in die rechte Handfläche. Dann setzte sie ihr selbstbewusstestes Lächeln auf und wünschte dem Falkner einen guten Morgen. Blitzschnell zog der Junge seine Hand zurück und tat, als habe er aus dem Fenster gesehen.

»Guten Morgen, Friede sei mit dir«, stammelte er. Sein Blick wich ihr aus, doch Maya spürte, dass er immer wieder zu ihr hinüber sah. Dann erkundigte er sich nach Saxo.

»Oh, deinem Falken geht es gut!«, antwortete Maya und streckte ihre Arme über den Kopf. »Meiner Großmutter ist es recht schnell gelungen, die Verletzungen des Vogels zu versorgen. Deine Behandlung war weit schwieriger.«

»Habt Dank, edle Heilerin!«

»Du kannst mich Maya nennen.«

»Mein Name ist Fatmir.«

»Ich weiß.«

»Maya ist ein seltsamer Name. Ich habe ihn noch nie gehört.«

Maya hätte Fatmir gern mehr erzählt, doch sie begnügte sich mit einer Andeutung.

»Dort wo ich herkomme, würde dir manches merkwürdig erscheinen. Mein Name beispielsweise entstammt einem Erdteil, von dem du noch nicht einmal weißt, dass er existiert.«

Anschließend machte Maya sich daran, die Spuren der Nacht zu beseitigen und bereitete dann ein bescheidenes Frühstück. Sie hatte ein schlechtes Gewissen, weil ihre Großmutter allein über den Kranken gewacht hatte. Ihrer Enkelin hatte die Alte ebenfalls eine unbemerkte Pflege angedeihen lassen. Als Maya ihre misshandelte Wange betastete, bemerkte sie den fettigen Film einer Wundsalbe. Tatsächlich ging die Schwellung erstaunlich schnell zurück. Auch Fatmir erholte sich gut. Erst am Nachmittag, als der Verband gewechselt werden musste, begann er noch einmal zu zittern. Dennoch ertrug er klaglos alle Torturen und nahm bereitwillig die Medizin, die die alte Ursel für ihn bereitete. Ans Bett gefesselt begnügte er sich damit, Maya und ihre Großmutter zu beobachten. Auch Fidelius und Bartholomäus beäugte er genau.

»Wahrscheinlich fürchtet er, dass wir seine Falken fressen könnten«, flötete Fidelius. »Sie sehen ja auch sehr appetitlich aus, wie sie da so wehrlos auf den Stangen sitzen.«

»Untersteh dich!«, ermahnte ihn Maya.

»Keine Sorge!«, versprach der Otter. »Ich mag ohnehin keine Federn zwischen meinen Zähnen. Allerdings werde ich heute Abend erneut auf die Jagd nach Fischen gehen und es wäre mir sehr lieb, wenn du mich zum Wasser begleitest. Die vielen Schwerter und Speere in dieser Festung sind mir nicht geheuer. Tatsächlich habe ich keine Lust, auf meinem Weg zum Wasser aufgespießt zu werden.«

»Das tue ich sehr gern«, antwortete Maya. »Wir können noch einmal gemeinsam schwimmen gehen.«

Diese Entscheidung erwies sich als Glücksfall. Am späten Abend ihres zweiten Tages in Akkon schlichen Maya und Fidelius erneut zum Hafen hinunter. In den vergangenen Stunden hatte sich Fatmir als dankbarer Patient erwiesen und den schmerzhaften Verbandwechsel tapfer über sich ergehen lassen. Sogar der alten Ursel war ein Lob über die Lippen gekommen. Nun war der Junge in einen ruhigen Schlaf gefallen und zeigte alle Anzeichen einer raschen Gesundung.

Wie in der Nacht zuvor huschten Maya und Fidelius über die Hafenmauer. Es herrschte Windstille und sie tauchten ein in eine spiegelglatte See. Maya schwamm möglichst geräuschlos im Schatten der Burg, während Fidelius in erstaunlichem Tempo Beute machte. Sie waren bereits dem Wasser entstiegen und machten sich gerade daran zurückzuklettern, als Fidelius ein leises Knurren ausstieß. Augenblicklich duckte sich Maya an die groben Steine der Mole. Genau auf der anderen Seite der Hafenmauer waren zwei Männer in ein Gespräch verwickelt. Schnell wurde deutlich, dass sie ganz bewusst diese entlegene Stelle zwischen Hafenbefestigung und Burgmauer aufgesucht hatten.

»Soweit ich erfahren habe, mein Herr, befindet sich der Falkner auf dem Wege der Besserung«, flüsterte eine Stimme.

»Gepriesen sei Allah«, erwiderte ein wohlklingender Bass. Maya erkannte sofort, dass es sich um Fürst Fahr ad-Din handelte.

»Wenn unsere Verhandlungen mit dem Kaiser scheitern, könnte der Falkner eine wichtige Rolle spielen«, fuhr Fahr ad-Din fort. »Behaltet die Fenster der Falknerei im Auge. Sobald dort ein blaues Tuch erscheint, gebt ihr Nachricht an unsere Truppen im Hinterland. In diesem Fall sind die Verhandlungen gescheitert und wir sind zu einem Angriff gezwungen, sobald der Kaiser von Akkon in den Süden zieht.«

»Habe ich recht verstanden, mein Herr?«, fragte die zweite Stimme erschrocken. »Ihr wollt den Kaiser überfallen und gar töten lassen? Den einzigen christlichen Herrscher, der je einen Vertrag mit unserem Sultan angestrebt hat?«

»Ich verachte mich selbst für diese Niedertracht«, antwortete Fahr ad-Din. »Dieser Weg entspricht nicht meinen Wünschen. Ich bete für einen gerechten Vertrag. Es besteht die Hoffnung, mit dem Kaiser und seinem Unterhändler Hermann von Salza zu einer friedlichen Einigung zu gelangen. Verrat liegt mir fern. Lange habe ich mich dagegen gewehrt, überhaupt einen Hinterhalt vorzubereiten. Dennoch: sollten die Verhandlungen scheitern, werde ich das Zeichen für diesen heimtückischen Überfall geben lassen. Alles ist besser, als Jerusalem erneut in ein Schlachthaus zu verwandeln.«

»Wie Ihr befehlt, mein Herr«, antwortete der Angesprochene. »Wir werden die Falknerei beobachten. Sobald dort das blaue Tuch erscheint, kann Eure Nachricht in wenigen Stunden die Kämpfer im Süden erreichen.«

»Dann ist es beschlossen«, entschied Fahr ad-Din. »Allah möge verhindern, dass Ihr Euren Auftrag erfüllen müsst. Doch es ist gut, um Eure Wachsamkeit zu wissen.«

Mit angehaltenem Atem warteten Maya und Fidelius, bis die Schritte der Männer in der Dunkelheit verklangen. Erst als der Otter keine Witterung mehr aufnehmen konnte, stiegen sie über die Mauer und huschten zurück in den Festungsturm. Gerade als sie das Turmzimmer erreichten, kehrte auch Bartholomäus von einem ausgiebigen Erkundungsflug zurück. Fatmir schlief tief und fest, weshalb die Gefährten sofort damit begannen, ihre Informationen auszutauschen.

Maya berichtete von dem Gespräch, das Fidelius und sie belauscht hatten. Bartholomäus konnte ihren Verdacht erhärten.

»Etwas über eine Flugstunde von hier befindet sich ein verstecktes Tal östlich der Küstenstraße«, krächzte der Uhu. »Dort befinden sich etwa vierhundert bis fünfhundert arabische Kämpfer. Aus dem Tal führen zwei Wege zur Küstenstraße, so dass jeder, der dort entlangreitet, in einer Zangenbewegung eingeschlossen werden kann.«

»In jedem Fall sollten wir das blaue Tuch in unsere Gewalt bringen«, schlug Fidelius vor. »Es befindet sich im Nachtlager des Falkners und es wäre ein Leichtes, es hervorzuholen und an einem anderen Ort in Sicherheit zu bringen.«

»Aber was wäre damit gewonnen?«, fragte Maya. »Eigentlich wollen wir doch das Gleiche wie Fahr ad-Din. Ein echter Friedensvertrag würde den Mord am Sultan verhindern und meiner Mutter das Leben retten. Wenn der Friedensvertrag aber scheitert, wäre es mir lieber, dass der Anschlag auf den Kaiser in die Tat umgesetzt wird. Immerhin würden die Entführer meiner Mutter dann keinen Sultan rächen wollen.«

»Das mag schon sein«, unterbrach sie Bartholomäus. »Doch wird deiner Mutter kaum damit geholfen sein, wenn der Sultan nicht als Opfer, sondern als hinterhältiger Mörder in die Geschichte eingeht. Echte Hoffnung für alle nachfolgenden Generationen wäre nur mit einem echten Friedensvertrag zu erreichen. Allerdings können wir nicht darauf vertrauen, dass es von selbst dazu kommt. Die Geschichte, die wir kennen, hat einen anderen Verlauf genommen. Noch wissen wir nicht warum, aber offensichtlich sind sowohl der Friedensvertrag als auch die Notfallpläne des Fürsten Fahr ad-Din gescheitert.«

»Wenn wir in den Besitz des blauen Tuches gelangen, haben wir erstmals die Möglichkeit, aktiv in das Geschehen einzugreifen«, argumentierte Fidelius. »Das Heft des Handelns liegt dann in unserer Hand. Wir müssten nicht mehr zuschauen, sondern können selbst entscheiden, was geschieht.«

»Das ist richtig, aber diese Entscheidung bringt eine Menge Verantwortung mit sich«, bemerkte die alte Ursel.

Dennoch kamen sie überein, das Seidentuch in ihre Gewalt zu bringen.

Die Gelegenheit für einen Diebstahl sollte nicht lange auf sich warten lassen. Am nächsten Morgen hatte Fatmir sich weiter erholt und brauchte nur noch gelegentliche Hilfe. Schüchtern fragte er, ob er seine Heilerinnen zum Dank durch Akkon führen dürfe. Die alte Ursel winkte ab und murmelte etwas von schlechter Luft und Gedränge. Maya indes sagte umgehend zu. Ein Seitenblick auf Fidelius genügte, um zu wissen, was während ihres Rundgangs geschehen würde. Doch auch so wäre Maya Fatmirs Einladung gefolgt. Sie freute sich darauf, in seiner Nähe zu sein. Während der Nacht hatte sie sogar von ihm geträumt. In diesem Traum hatte Fatmir erneut durch ihre Haare gestrichen. Doch gerade als seine Finger in den Nacken und über die Schulter gleiten wollten, hatte ein rasselndes Geräusch die Traumbilder verjagt.

Umso mehr genoss Maya den Rundgang durch Akkon. Fatmir zeigte ihr den fast dreihundert Meter langen Tunnel, den die Tempelritter zwischen ihrer Festung und dem Hafen angelegt hatten. Gemeinsam schlenderten sie durch die Gassen, durch die Maya zwei Tage zuvor gehetzt war, und Fatmir zeigte ihr die Spuren, die Juden, Christen und Muslime in der Stadt hinterlassen hatten. Während sie gingen, erzählte Fatmir von seiner Ausbildung zum Falkner, seinem Vater, dem Abschied von seiner Mutter, dem alten Berber und seiner Furcht vor einem erneuten Krieg zwischen Christen und Muslimen.

Am Mittag saßen sie auf den Zinnen der Stadtmauer und beobachteten die Abfahrt zahlreicher Schiffe, die auf Befehl von Hermann von Salza nach Jaffa verlegt wurden. Maya bemerkte die sorgenvolle Miene, mit der Fatmir der Flotte nachsah.

»Sie segeln nach Jaffa, um den Druck auf den Sultan zu erhöhen«, erklärte Fatmir. »Auch der größte Teil der Reiterei hat dort bereits seine Zelte aufgeschlagen. Von Jaffa ist es nicht mehr weit bis nach Jerusalem. Der Kaiser will zeigen, dass er vor einem Angriff nicht zurückschreckt.«

»Es ist sicher nur ein Schachzug. Eine Drohgebärde ohne feste Absicht«, beschwichtigte Maya. »Ich habe von regen Verhandlungen gehört. Eine friedliche Lösung ist zum Greifen nah.«

»Ja, vielleicht«, seufzte Fatmir. »Auch ich hoffe auf diese Verhandlungen. Es muss einfach gelingen, das Töten zu beenden.«

»Dieser Sultan und dieser Kaiser werden eine Einigung finden«, bekräftigte Maya.

»Sie mögen guten Willens sein«, erwiderte Fatmir, »doch es gibt viele mächtige Fürsten, die ihnen im Wege stehen. Der Sultan kämpft mit seinem Bruder um die Vorherrschaft im Morgenland. Im Abendland könnte der Papst die Abwesenheit des Kaisers gegen ihn nutzen. Keiner von beiden kann es sich leisten, nachgiebig oder schwächlich zu erscheinen. Hinzu kommen die zahlreichen Barone, die im Heiligen Land über Städte wie Beirut, Akkon oder Jaffa herrschen. Einige sind Verbündete des Kaisers, die Mehrheit ist dem Papst ergeben, und sie alle wollen das Königreich Jerusalem in seiner vollen Größe und mit Jerusalem als Hauptstadt. Auf beiden Seiten gibt es viele, die gut vom Krieg leben und einen anhaltenden Frieden als Übel betrachten. Es bedarf großer Kraft und Weisheit, um all diesen Einflüssen zu widerstehen.«

»Aber ist es denn falsch, Friedrich für einen weisen Herrscher zu halten? Ist er nicht ein Freund der Muslime?«, fragte Maya.

Fatmir lächelte. »Genau diese Frage habe ich einmal meinem Meister, dem alten Berber gestellt.«

»Was hat er dir geantwortet?«, wollte Maya wissen.

»Er hat mir eine Geschichte erzählt«, begann Fatmir. »Sie soll sich zugetragen haben, lange bevor ich nach Palermo kam. Der Kaiser und sein Gefolge waren zur Falkenjagd aufgebrochen. Sie ließen einen der großen Gerfalken aufsteigen und bewunderten den herrlichen Flug des Tieres. Doch der Zufall wollte es, dass der Falke einen jungen Adler erspähte. Er stürzte auf diesen herab und durchbohrte dessen Herz mit seinen Krallen. Damit war auch das Schicksal des Falken besiegelt. Der Adler ist das Wappentier der Staufer und der Kaiser ließ dem Falken den Kopf abschlagen, weil er nicht gewillt war, diesen Frevel zu vergeben.«

»Ja, das klingt furchtbar«, stimmte Maya zu. »Dennoch beantwortet es die Frage nicht.«

»Ich konnte zunächst ebenfalls keinen Sinn in dieser Geschichte sehen«, gestand Fatmir. »Dennoch bin ich mir sicher, dass der Alte damit etwas verdeutlichen wollte. Es ist nämlich so, dass selbst der größte Falke keinen Adler angreift. Schon gar nicht tötet er seine Beute mit den Krallen. Falken sind keine Beutegreifer. Zum Erlegen ihrer Beute nutzen sie den sogenannten Falkenzahn, den Beiz. Natürlich wusste der alte Berber, dass mir dies bekannt war. Ich denke, er wollte mich davor warnen, zu viel Hoffnung in die Vernunft des Kaisers zu legen. Friedrich ist sowohl klug und großzügig als auch launisch und grausam.«

»Dann will ich glauben, dass das Gute in ihm den Sieg davonträgt!«, sagte Maya.

»Ich wünschte, ich könnte das«, flüsterte Fatmir. Fast schien es, als müsse er sich an den Zinnen der Stadtmauer festhalten, um nicht von seinen Sorgen in die Tiefe gezogen zu werden. Noch immer waren seine Augen auf den Horizont geheftet.

Er war schön. Bekümmert, einsam, verwundet, bedrückt, aber gerade deshalb schön. Maya spürte eine verwirrende Mischung aus Wut und Zuneigung. Was war das für eine dumme und grausame Welt, die gute Menschen so traurig machen konnte! Langsam streckte sie ihre Hand nach Fatmirs Schulter aus. Doch bevor sie ihn berühren konnte, schmetterte ein durchdringender Ton über die Dächer der Stadt. Auf den Türmen wurden Fanfaren geblasen und verkündeten die Rückkehr des Kaisers. Unverzüglich belebten sich die Straßen, und die Mauern der Stadt füllten sich mit Schaulustigen.

Nach und nach näherte sich ein Reiterzug den Stadttoren, während die Soldaten des Heerlagers damit begannen, ein Spalier entlang der Straße zu bilden. Aus der Entfernung wirkten die Heranreitenden wie Spielzeugfiguren. Es war nur eine kleine Schar, die den Kaiser zur Stadt geleitete. Die eigentliche Streitmacht war auf die Küstenstädte Jaffa und Akkon verteilt, und auf der Küstenstraße zwischen diesen beiden Orten hielt man eine größere Schutztruppe für überflüssig. Es wurde schnell deutlich, dass das Gefolge des Kaisers vor allem durch Prunk und nicht durch Wehrhaftigkeit beeindrucken sollte. Sieben zu einer Pfeilspitze angeordnete Fahnenträger ritten dem Tross voran. Ihre Banner wehten im Wind und ihre Brustpanzer glänzten in der Sonne. Im würdevollen Abstand folgte ein einzelner Reiter auf einem edlen Schimmel. In seinem Windschatten ritten zwei weitere Fahnenträger, auf deren Banner der Reichsadler der Stauferkaiser flatterte. Ihnen folgte ein riesiger Elefant, dessen Erscheinen die Schaulustigen zu Begeisterungsstürmen hinriss. Seine vier Beine glichen Säulen und der massige Körper überragte die Zelte des Heerlagers. Aus dem breiten Kopf ragten zwei massive Stoßzähne, und mit seinem Rüssel antwortete er den Fanfaren mit einem ohrenbetäubenden Trompetenstoß. Knapp einhundert Ritter bildeten das Ende des Zuges. Ihre Rüstungen und Banner boten ein herrschaftliches Schauspiel, doch die Bevölkerung von Akkon hatte nur Augen für das Ungeheuer, das dem Kaiser in treuer Ergebenheit zu folgen schien. Die Luft war erfüllt von Jubelrufen und Ausdrücken des Staunens. Maya begann zu verstehen, warum das Erscheinen des Elefanten die Menschen derart aus der Fassung brachte. In einer Welt, deren Bewohner mehrheitlich Analphabeten waren, einer Welt ohne Bilderbücher, Fotos, Filme oder gar Zoos, musste die Begegnung mit einem Elefanten ein unvergessliches Erlebnis darstellen.

Fatmir war zunächst aufgesprungen und dann wie angewurzelt stehen geblieben. Regungslos sah er hinab, bis der Tross das Stadttor passierte und sich ihren Blicken entzog.

»Wir sollten in die Falknerei zurückkehren«, sagte er schließlich. »Der Kaiser hat Nachricht erhalten, dass sein geliebter Saxo verwundet wurde. Es ist anzunehmen, dass Friedrich sogleich nach dem Falken sehen wird. Es wird von mir erwartet, dass ich dem Kaiser jederzeit zur Verfügung stehe.«

Sie taten gut daran, in die Festung zurückzueilen, denn kurz nach ihrer Ankunft stürmte der Kaiser selbst, gefolgt von wenigen Rittern, in das Turmzimmer. Hermann von Salza und Fahr ad-Din waren bei ihm. Augenblicklich verneigte sich Fatmir tief. Maya und ihre Großmutter taten es ihm gleich. Trotz ihrer demütigen Körperhaltung erhaschte Maya einen Blick auf das Antlitz des Kaisers. Was sie sah, entsprach so gar nicht ihren Erwartungen an einen mittelalterlichen Kaiser. Friedrich II. war von anmutiger Gestalt und wirkte erstaunlich jugendlich. Das mittellange blonde Haar umrahmte ein klares Gesicht mit schmaler Nase, hoher Stirn und wohlgeformten Lippen. Im Vergleich zu seinen bärtigen und vom Leben gezeichneten Rittern hätte der Kaiser wie ein Knabe wirken können, wären da nicht der herrische Blick und das entschlossene Auftreten gewesen. Wissbegierde und Leidenschaft flackerten in seinen Augen. Hinzu kamen ein fester Gang sowie ausladende Armbewegungen. Wie ein Wirbelsturm fegte Friedrich in das Turmzimmer.

»Wo ist er? Wo ist Unser Saxo? Wo ist Unser geliebter Greif?«, rief der Herrscher und durchquerte mit herrischem Schritt den Raum. Vor den Vogelkäfigen hielt er inne und nahm das Tier von allen Seiten in Augenschein. Mit zunehmender Verzückung betrachtete er den fast genesenen Falken.

»Ja, Wir sind gesegnet mit wunderbaren Tieren!«, triumphierte der Kaiser schließlich, während er sich Hermann von Salza und Fahr ad-Din zuwandte. »Habt Ihr die Bestie gesehen, die in meinem Gefolge durch die Stadt getrieben wurde? Es handelt sich um ein Geschenk des Sultans. Das prachtvolle Tier wird fortan den Höhepunkt meiner Triumphzüge bilden.«

»Selbstverständlich haben wir Euren Einzug in die Stadt bewundert, edler Herrscher«, entgegnete Fahr ad-Din mit einer tiefen Verbeugung. »Doch selbst wenn wir Euch nicht am Stadttor begrüßt hätten, wäre Euer Ruhm durch den Jubel der Menge in jeden Winkel der Stadt getragen worden.«

»Euer Sultan ist ein großartiger Herrscher!«, schwärmte Friedrich. »Es wird nicht leicht sein, ein Geschenk zu finden, das dem Elefanten gleichkommt. Je öfter wir mit dem Sultan zusammentreffen, desto weniger sind wir geneigt, gegen ihn in die Schlacht zu ziehen.«

»Dann wird es Euch erfreuen, dass wir einen Vorschlag erarbeitet haben, mein Imperator«, schaltete sich Hermann von Salza ein. »Vielleicht ist es uns gelungen, einen Vertrag auszuhandeln, der die Zustimmung beider Seiten verdient.«

»Es scheint als seien Wir nicht nur Herr über prachtvolle Tiere«, strahlte der Kaiser. »Auch die tapfersten und weisesten Recken zählen zu Unserem Gefolge! Heute Abend soll der Thronrat Euren Vorschlägen lauschen. Sollte es Euch gelingen, nicht nur Unser königliches Gemüt, sondern auch die verstockten Barone zu überzeugen, so wird Euch für immer Unser Wohlwollen und die Gnade des Sultans gewiss sein.«

Gönnerhaft klopfte er den beiden Unterhändlern auf die Schultern. »Erhellt Eure Miene! Wir wollen keine Sorgenfalten auf Euren Gesichtern sehen. Am Abend werden wir Euren Plänen lauschen. Doch zunächst wird Euer Imperator sich den Freuden des Lebens zuwenden.«

Mit wehendem Umhang wandte sich Friedrich zum Gehen. Der Kaiser hatte bereits den Türrahmen erreicht, als er erneut ruckartig herumfuhr.

»Was ist das?«, rief der Kaiser und zeigte mit ausgestrecktem Arm zu Mayas Schlaflager hinüber, aus dem Fidelius' Kopf hervorlugte. »Ein Wasserräuber!«, brüllte Friedrich und riss einen Dolch aus seinem Gürtel. »Erschlagt das Ungetier, bevor es sich an Unseren edlen Falken vergreifen kann!«

Zwei Soldaten sprangen vor. Fidelius verschwand augenblicklich hinter den Säcken, doch es war absehbar, dass er dem Kreis seiner Jäger nicht würde entkommen können. Ein Soldat schickte sich bereits an, mit seiner Lanze zuzustoßen, und Mayas Lippen entfuhr ein stummer Schrei, als Fatmir den Landsknechten in den Weg trat.

»Gebietet Einhalt, Herr! Ich bitte Euch!«, rief er dem Kaiser entgegen.

»Wartet!«, befahl Friedrich und augenblicklich rührte sich niemand mehr. »Sprich schnell und weise, Falkner, oder Wir lassen dir ebenso den Kopf abschlagen wie diesem Pelztier, das du in der Nähe Unserer Vögel geduldet hast.«

Fatmir trat vor, ging vor dem Kaiser auf die Knie und sprach, ohne zu diesem aufzublicken. »Ich bitte um Vergebung, mein Gebieter. Es steht mir nicht zu, unaufgefordert das Wort an Euch zu richten. Indes, ich sah nur diese Möglichkeit, um Euch und Eure Falken vor einem großen Verlust zu bewahren.«

»Weiter!«, forderte Friedrich.

»Wie Ihr wisst, mein Imperator, hatten die beiden Heilerinnen einen wichtigen Anteil an Saxos Genesung. Nun, genau dies trifft auch auf den Otter zu«, begann Fatmir, ohne seine Demutshaltung zu verlassen.

Der Kaiser zog erstaunt die Augenbrauen in die Höhe.

»Weiter«, befahl er.

»Der Otter wurde abgerichtet, eine besondere Art von Fischen zu fangen, aus denen sich ein Öl gewinnen lässt, das als Heilmittel für Falken alle uns bekannten Arzneien übertrifft«, fuhr Fatmir fort. »Ich habe es zunächst selbst nicht glauben können, mein Gebieter. Doch Saxos Schnabel war gebrochen und in meiner Verzweiflung habe ich dem Rat der Heilerinnen zugestimmt. Das Fischöl wurde aufgetragen und der Schnabel heilte. Wir haben den Greif mit einem speziellen Fisch gefüttert, den der Otter erbeutete. Es war nicht einfach, da Falken, wie Ihr wisst, Fisch nicht bevorzugen. Doch ich bitte Euch: werft einen Blick auf den Greif. Er ist genesen wie kein Tier zuvor.«

Ein Augenblick bangen Schweigens verstrich. Dann ließ Friedrich ein klares mitreißendes Lachen erschallen. Er breitete die Arme aus und drehte sich einmal um die eigene Achse. Die Umstehenden beeilten sich, in das Lachen einzustimmen.

»Dann hätten Wir um ein Haar den zukünftigen Leibarzt Unserer Falken erschlagen«, rief der Kaiser. »Das wäre in der Tat ein Missgeschick gewesen und du hast gut daran getan, Uns anzurufen, Fatmir. Wir sind begierig, mehr über diese Heilkünste und die Abrichtung des Wasserräubers zu erfahren. Ist es wirklich gewiss, dass das Raubtier den Vögeln nichts zuleide tut?«

»Ich bürge mit meinem Leben dafür«, entgegnete Fatmir. »Ich habe den Otter stets beobachtet, denn auch mich trieb die Sorge um Eure Vögel um. Allein, er gehorcht der jungen Heilerin aufs Wort. Selbiges gilt für den Uhu der alten Heilerin. Wie man Euch gewiss berichtete, hat der Eulenvogel Saxo vor den Krähen bewahrt. Ich denke, es gibt noch vieles, was wir zum Wohlergehen Eurer Falken von den Heilerinnen und ihren Tieren lernen können.«

»Gut gesprochen!«, lobte Friedrich und wandte sich dann an sein Gefolge. »Bringt die Heilerinnen und ihr Getier am Abend zu Uns. Nach der Unterredung mit den Baronen wollen Wir mehr über diese Heilkünste erfahren. Gebt Kunde, dass der Uhu und das Wassertier sich frei in der Festung bewegen dürfen. Insbesondere soll niemand den Wasserräuber belästigen, wenn dieser zum Meer eilt oder von dort zurückkommt. Weh dem, der dem Tier ein Leid zufügt. Und mein braver Falkner hier« – er deutete beiläufig auf Fatmir – »erhält freien Zutritt zur kaiserlichen Speisekammer. Er möge sich etwas Gutes nehmen und meinem Saxo täglich ein frisches Taubenherz bringen.«

»Es soll geschehen«, bekräftigte ein Ritter des Gefolges und beeilte sich, dem davonstürmenden Kaiser nachzueilen.

Erst als die Schritte auf der Treppe verhallten, wagten die Umstehenden, sich zu rühren.

Maya warf Fatmir einen dankbaren Blick zu. Selten hatte eine Lüge sie so erfreut. Fidelius hingegen paffte empört drauflos: »Wasserräuber! Ich bin ein Otter. Wenn dieser Friedrich schon so gebildet ist, darf er gern die lateinische Bezeichnung *Lutrinae* verwenden. Aber den Wasserräuber verbitte ich mir!«

»Mir ist vor allem wichtig, dass du am Leben bist«, erwiderte Maya, während sie Fidelius liebevoll über den Kopf strich. »Zudem habe ich die Hoffnung, dass dieser Kaiser zu einer friedlichen Einigung mit dem Sultan bereit ist.«

»Und dennoch hat die Geschichte, die wir kennen, ein blutiges Ende genommen, Heilertochter«, krächzte Bartholomäus, der sich auf dem Sims einer Fensteröffnung niedergelassen hatte. »Wir wissen nicht, was den Sinneswandel des Kaisers bewirkt hat. Zudem fehlt uns bisher jede Möglichkeit, die Verhandlungen zu unterstützen!«

»Lass dich nicht von ihm verunsichern«, hörte Maya Fidelius flüstern. »Wahrscheinlich wird das ganze Unternehmen leichter als gedacht. Dieser Kaiser braucht nur noch einen kleinen Schubs zur richtigen Zeit. Bartholomäus ist ein weiser und mächtiger Dämon, doch aus ihm spricht der Pessimismus des Alters.«

»Wir werden sehen, ob dir deine Zuversicht erhalten bleibt, junger Wasserräuber«, spottete Bartholomäus, der das Flüstern offensichtlich verstanden hatte. »Es ist nicht mein Alter, sondern das Wesen der Menschen, das mich misstrauisch stimmt.«

Einige Stunden später wurden sie von einem Wachmann durch den langen Tunnel geführt, der die Festung mit dem Hafen verband. Maya trug Fidelius in ihrem Rucksack und der Otter schaute keck über ihre Schulter. Die alte Ursel balancierte Bartholomäus auf ihrem Arm. Fatmir folgte ihnen schweigend mit einem seiner Falken.

Der Thronrat tagte in der zentralen Halle der Festung. Getragen von den massiven Mauern und meterdicken Säulen überspannte eine gewölbte Decke den Rittersaal, der trotz zahlreicher Wappen und Fackeln, die an den Wänden angebracht worden waren, streng und nüchtern wirkte. Vierzig bis fünfzig Personen formten einen Halbkreis um den Kaiser, der auf einem groben Holzstuhl Platz genommen hatte. Links und rechts von Friedrich standen verschiedene Würdenträger, die abwechselnd das Wort ergriffen. Maya erkannte Hermann von Salza und Fürst Fahr ad-Din. Auch Salimbene entdeckte sie im Gedränge. Alle anderen hielt Maya für Anführer von Ritterorden oder Barone der örtlichen Fürstentümer.

Der Wachmann wies sie an, schweigend zu warten, bis es dem Kaiser gefallen würde, sie zu sich zu rufen. Doch selbst ohne diese Ermahnung hätte niemand von ihnen gewagt, einen Laut von sich zu geben. Eine unheilvolle Stimmung erfüllte den Saal. Anspannung und Aggression lagen in der Luft. Erregte Stimmen bedachten einander mit Anschuldigungen und Vorwürfen. Das zuvor so heitere Wesen des Kaisers war wie ausgewechselt. Mit finsterer Miene lauschte er dem Streitgespräch seiner Berater.

Ein Ritter in glänzendem Harnisch und weißem Umhang tat sich besonders hervor. Später sollte Maya erfahren, dass es sich um Johann von Ibelin, den Baron von Beirut, handelte.

»Was Fahr ad-Din hier vorschlägt, ist glatter Frevel!«, rief er. »Christen dürfen niemals dulden, dass der Ruf des Muezzin über Jerusalem erschallt!«

Zustimmendes Gemurmel wurde laut.

»Niemals werden wir auf den Tempelberg, die Gründungsstätte unseres Ordens, verzichten!«, rief ein Ritter, dessen Umhang ein rotes Kreuz zierte. Immer neue Bekundungen von Treue und Kampfbereitschaft dröhnten durch die Halle. Der Lärm verstummte erst, als der Kaiser mit einer Handbewegung Ruhe gebot.

Friedrich wartete, bis die letzten Stimmen verklungen waren.

»Ihr habt gut gesprochen, Fahr ad-Din!«, verkündete er. »Euer Vorschlag für einen Vertrag zeugt von Weisheit. Doch wie Ihr seht, sind Wir umgeben von Narren. Ihr bietet ihnen die Rückkehr nach Jerusalem sowie zehn Jahre Frieden ohne einen Schwertstreich, ohne den Tod auch nur eines Recken, und was verlangen sie: Blut und Feuer!« Beißender Spott prägte die Stimme des Kaisers. »Seht sie Euch an, die Fürsten der Christenheit. Sie würden es Uns nicht danken, wenn Wir auf Euren Vorschlag eingehen. Jerusalem, die Grabeskirche, den Frieden, all dies legt Ihr Uns zu Füßen, aber die Barone können den Ruf des Muezzin nicht ertragen. Bei Unserer Abreise werden sie Uns mit Unrat bewerfen, nur weil Unsere Herrschaft über Jerusalem mit einem Vertrag und nicht mit Blut begründet wurde.«

»Auch dieser Frevel mag geschehen, edler Kaiser«, entgegnete Fahr ad-Din. »Allein, einen Löwen wie Euch sollte das Kreischen der Affen nicht kümmern.«

»Dann gebt Acht, dass einer dieser Affen Euch nicht den Kopf abschlägt«, brauste Johann von Ibelin auf. »Noch gibt es christliche Ritter, die ihr Schwert zu nutzen wissen!«

Augenblicklich trat Hermann von Salza dem Baron in den Weg. »Und Ihr, Baron, solltet nicht vergessen, dass Fahr ad-Din mein Gast ist«, sagte er mit ruhiger Stimme. »Eines sei Euch versichert: Nur weil mir nicht der Sinn nach Blut und Kampf steht, bedeutet dies nicht, dass ich verlernt habe, meine Klinge zu führen.«

Schweigend standen sich die beiden Männer gegenüber. Die

Spannung war mit Händen zu greifen. Dann jedoch trat Johann von Ibelin einen Schritt zurück. Hermann von Salza löste die Hand vom Griff seines Schwertes und wandte sich an die Versammlung der Anwesenden.

»Mein Kaiser, Führer der Ritterorden, Barone dieses Landes«, begann er. »Ihr alle kennt mich. Seit vielen Jahren wirke ich im Heiligen Land. Wir haben gemeinsam viele Schlachten geschlagen. Ja, ich bin alt, doch dies ist nicht der Grund, weshalb ich mich für einen Vertrag mit dem Sultan ausspreche. Ich bin es leid, Kriege ohne Siege zu führen und Schlachten zu schlagen, die niemals Frieden bringen. Wir alle wissen doch, dass Jerusalem ohne das Wohlwollen des Sultans nicht zu halten sein wird. Ebenso leben die muslimischen Herrscher in steter Bedrohung durch unsere Ritterorden. Welche Schlacht, welcher Feldzug war je mehr als eine Atempause? Nun reden wir über zehn Jahre Frieden sowie die Rückgabe von Jerusalem und weiten Teilen des alten Königreiches.«

»Der Islam kennt keinen Frieden mit Andersgläubigen«, rief Salimbene und drängte sich nach vorn. »Er unterscheidet nur zwischen den Ländern, in denen Muslime herrschen, und Ländern, die zu bekämpfen sind. Euer Frieden wäre nicht mehr als ein Waffenstillstand.«

»Auch das mag sein«, seufzte Hermann. »Und doch wären es zehn Jahre ohne Blutvergießen. Zehn Jahre Herrschaft über Jerusalem, zehn Jahre, in denen Vertrauen wachsen und weitere Lösungen gefunden werden können. Auch Saladin und Richard Löwenherz haben verhandelt. Der Sultan hat Wort gehalten und allen Christen und Juden freien Zugang zu ihren heiligen Stätten gewährt.«

»Niemand vermag zu sagen, ob der jetzige Sultan einem derartigen Vertrag zustimmen würde«, fauchte Johann von Ibelin. »Die Pläne sind ihm bisher nicht einmal vorgestellt worden. Sollen wir wirklich darauf hoffen, dass Sultan al-Kamil Jerusalem freiwillig an uns abtritt? Unsere Kundschafter melden, dass sich die Lage des Sultans entscheidend verbessert hat. Wie uns berichtet wurde, ist der Bruder des Sultans verstorben und der Streit um die Vorherrschaft beendet. Al-Kamil kann nun jederzeit die Belagerung von Damaskus abbrechen und mit seiner gesamten Streitmacht gegen uns ziehen. Warum also sollte er einem Vertrag zustimmen?«

»Wenn es richtig ist, was Ihr verkündet, ist mein Herr in der Tat um eine Sorge erleichtert«, entgegnete Fahr ad-Din. »Dennoch wird meinem Gebieter nach wie vor an einer friedlichen Lösung gelegen sein. Ein wichtiger Grund hierfür ist die große Flotte, die es Eurem Kaiser jederzeit ermöglicht, nach Ägypten zu segeln, um das Kernland des Sultans zu verwüsten.«

»Und ich sage, dass wir nur hingehalten werden sollen, bis der Sultan mit seiner ganzen Streitmacht über uns kommt«, bemerkte ein weiterer Baron. »Schlagen wir jetzt zu, solange unsere militärische Stärke es erlaubt.«

»Genug jetzt«, gebot Friedrich. Der Kaiser hatte sich von seinem hölzernen Thron erhoben und schritt mit gebieterischer Geste die Reihen seiner Berater entlang. »Gebraucht Euren Verstand! Wenn der Sultan seine Streitmacht vereinigen kann, wäre eine Eroberung Jerusalems ohnehin wertlos. Wie wollt Ihr die Stadt verteidigen, wenn Unser kaiserliches Heer abgezogen ist? Und Wir werden rasch abziehen. Die oberitalienischen Städte und Euer geliebter Papst schicken sich an, in Unsere sizilianischen Besitztümer einzufallen. In Deutschland begehrt Ludwig von Bayern gegen Unsere Herrschaft auf. Wie Ihr seht, scheint der Vertrag für uns alle ein Segen zu sein. Ihr wollt Jerusalem, Wir wollen Jerusalem. Vor allem aber wollen Wir rasch nach Italien zurückkehren.«

»Und doch gibt es eine weitere Möglichkeit, mein Gebieter«, antwortete Johann von Ibelin. »Zerschlagen wir die muslimische Herrschaft und sichern wir das christliche Königreich Jerusalem für alle Zeit! Erhebt Euch zum unbestreitbaren Beschützer der Christenheit!«

Friedrich fuhr herum und hob überrascht die Augenbrauen.

»Der Plan stammt von Junker Salimbene, mein Fürst«, erläuterte Johann von Ibelin. »Seine Gedanken sind kühn und scharf, doch könnten sie unser aller Schicksal eine entscheidende Wendung geben.«

»Er soll sprechen«, bestimmte Friedrich.

Salimbene trat vor und kniete schweigend vor dem Kaiser nieder.

»Ihr bereitet Uns und Eurem Vater großes Unbehagen«, sprach Friedrich von oben herab. »Manches, was Uns zu Ohren kam, erregte Unser Missfallen. Es ist allein den treuen Diensten Eures Vaters geschuldet, dass Wir bisher gnädig über Eure Verfehlungen hinwegsahen.«

»Dann erfreut es mich umso mehr, wenn ich Euch nun einen Weg zur Krone Jerusalems zeigen darf«, entgegnete Salimbene, ohne den Kopf zu heben.

»Sagt, was Ihr zu sagen habt!«, befahl Friedrich.

»Wenn ich Euch recht verstanden habe, mein Kaiser, so wärt Ihr durchaus zu einem Waffengang bereit, wenn dieser einen langfristigen Sieg für die Christenheit bedeuten würde.«

»Natürlich.«

»Nun, vielleicht habe ich einen Weg gefunden, die Ungläubigen zu schwächen und ihre Herrschaft ein für alle Mal zu zerschlagen.«

»Weiter!«

»Nehmen wir einmal an, der Sultan würde plötzlich versterben«, fuhr Salimbene fort. »Er hat bisher keinen Nachfolger bestimmt und es ist gewiss, dass blutige Machtkämpfe unter seinen Nachfahren entbrennen würden. Soweit ich weiß, sollen die nächsten Verhandlungen in der kleinen Oase bei Nabulus stattfinden. Der Sultan wird von Süden heranreiten. Der Weg ist schmal und er kann nur wenige Männer mit sich führen. Sind sie erst einmal in die Oase gelangt, so wäre es ein Leichtes, ihnen den Rückweg abzuschneiden. Ich habe die Barone darum gebeten, eine Schar ihrer besten Kämpfer im Osten der Oase zusammenzuziehen. Nun beschwöre ich Euch, mein Kaiser: Tötet den ungläubigen Sultan und erobert das Heilige Land für die Christenheit. Ist der Sultan erschlagen, könnt Ihr über seine Streitmacht herfallen wie ein Wolf über eine verwirrte Herde.«

Niemand rührte sich. Salimbenes Worte hingen wie Gewitterwolken über der schweigenden Versammlung. Selbst Fahr ad-Din zeigte keine Regung. Allein die weißen Knöchel seiner Hand ließen erahnen, dass seine Faust im Zorn geballt wurde.

Auch der Kaiser war zu einem Standbild erstarrt. Keine Miene verriet die Gedanken und Überlegungen, die hinter seinem versteinerten Antlitz abgewogen wurden. Qualvolle Sekunden verstrichen. Dann jedoch trat Friedrich plötzlich und ohne Vorwarnung zu. Maya konnte nicht erkennen, an welcher Stelle Salimbene getroffen wurde, doch der Junker wurde mit Wucht auf die Seite geworfen und stützte sich keuchend auf alle Viere.

»Mord!«, rief der Kaiser. »Ihr wollt Euren Imperator zu einer Meucheltat verführen!«

Salimbene versuchte etwas zu erwidern, aber seine Stimme erstarb zu einem Röcheln, als er erneut von den Stiefeln des Kaisers getroffen wurde. Hatte Maya beim ersten Fußtritt noch heimliche Schadenfreude empfunden, so begann nun Entsetzen in ihr aufzusteigen. Wieder und wieder trat Friedrich auf Salimbene ein und nichts schien seinen Zorn zu besänftigen. Erst als dem zusammengekrümmten Leib zu seinen Füßen nur noch ein leises Stöhnen entfuhr, ließ der Kaiser von dem Junker ab. Auf einen Wink hin schleiften zwei Landsknechte den Besinnungslosen davon. Ein Weiterer machte sich eilig daran, den Boden von Blutflecken zu säubern.

»Da seht Ihr, mit welchem Edelmut christliche Recken gesegnet sind!«, rief Friedrich Fahr ad-Din entgegen. »Ohne Uns um Erlaubnis zu fragen, hat dieser Wurm einen Hinterhalt vorbereitet. Wäre sein Vater nicht einer Unserer treusten Gefolgsleute, Wir würden ihm hier und jetzt das Herz herausschneiden. Doch wisst Ihr, was noch schlimmer ist?«

»Nein, mein Herr«, entgegnete Fahr ad-Din und tiefe Sorgen zeichneten sein Gesicht.

Friedrich senkte die Stimme, doch seine Worte drangen als unheilvolles Flüstern bis in die entlegensten Winkel der Halle. »Das Schlimmste ist, dass Wir diesen verruchten Plan vielleicht befolgen müssen!«

Fahr ad-Din erblasste. »Aber, mein Herr …«, begann er und beugte das Knie.

»Still jetzt«, befahl Friedrich. »Wir wissen wohl, was Ihr sagen wollt. Ein Mord ist unter Unserer Würde. Das ist wahr, doch wie Ihr seht, können auch Wir nicht immer unseren Wünschen folgen. Unsere Zeit im Heiligen Land verrinnt. Die Gefolgschaft der Barone und Ritterorden zerbricht und der Papst bedroht Unsere Lehen in Italien. Gleichzeitig wächst die Stärke Eures Sultans. Der Vertrag, den Ihr zusammen mit Hermann von Salza vorgelegt habt, findet Unser Wohlwollen. Doch sagt Uns: Weshalb sollten Wir darauf vertrauen, dass es zu einer Einigung kommt, wenn der Sultan Euren Vorschlag nicht einmal kennt?«

»Entsendet einen Boten, edler Kaiser!«, entgegnete Fahr ad-Din. »Ich will selbst zu meinem Sultan eilen und ich gelobe in weniger als drei Tagen mit der Antwort meines Herrn zurückzukehren.«

»Leider ist diese Möglichkeit nach den unverschämten Worten Salimbenes versperrt«, urteilte der Kaiser. »Das Vertrauen ist vergiftet. Die Treue zu Eurem Sultan verlangt, dass Ihr ihm von den Mordplänen, die in diesen Mauern geschmiedet wurden, berichtet. Damit jedoch ist jede Hoffnung auf Verhandlungen zerstört. Wer wird schon einen Vertrag mit jenen schließen, die ihm heimlich nach dem Leben trachten?«

»Ich werde dem Sultan berichten, dass dieser Vorschlag nicht aus Eurem Munde stammt«, schlug Fahr ad-Din vor.

»Das wird nicht helfen«, entschied Friedrich. »Es genügt, wenn der Sultan erfährt, dass ein derartiger Plan überhaupt in Unserem Thronrat besprochen wurde. Warum sollte er noch an unsere Ehrlichkeit glauben? Er weiß, dass Wir in Zeitnot sind. Er wird erahnen, wie groß die Versuchung für Uns ist, diesen ehrlosen Pfad einzuschlagen. Nie wieder kann er Uns vertrauen.«

Fahr ad-Din schwieg.

»Aus diesem Grund, mein Freund, seid Ihr fortan ein Gefangener des Hofes«, fuhr der Kaiser fort. »Es wird Euch an nichts mangeln. Ihr bleibt weiterhin ein Gast im Hause des Deutschen Ordens. Doch dürft Ihr die Stadt nicht verlassen, noch ohne Begleitung eines Ordensritters durch die Gassen wandeln. Wir können nicht riskieren, dass Ihr Eure Pflicht erfüllt und Eurem Herren eine Nachricht zukommen lasst. Wir werden in dieser Nacht in Uns gehen. Betet zu

Eurem Gott, dass Wir noch einen weiteren Weg ersinnen. Gelingt dies nicht, so wird Salimbenes Plan in die Tat umgesetzt.«

»In diesem Fall wird die Schlange von einem Junker erreichen, was sie wollte«, sagte Fahr ad-Din, während er einem Ritter seinen Säbel aushändigte.

»Genauso verhält es sich, wenn eine Natter zugebissen hat«, bestätigte der Kaiser. »Selbst wenn man das Getier erschlägt, fließt sein Gift weiter durch die Adern und lässt alles Gute und Edle verfaulen.«

Danach wandte er sich an Hermann von Salza. »Jagt alles Volk hinaus. Auch der Falkner und sein Anhang sollen gehen. Uns steht nicht mehr der Sinn nach billiger Zerstreuung. Geleitet Fahr ad-Din in das Haus des Deutschen Ordens. Behandelt ihn weiter wie einen Gast, doch lasst stets einen Ritter bei ihm sein. Sodann kehrt Ihr zu Uns zurück. Wir werden gemeinsam speisen und Uns beraten.«

Hermann verneigte sich kurz und geleitete Fahr ad-Din aus dem Saal. Als sie an ihnen vorüber schritten, bemerkte Maya, wie der arabische Fürst Fatmir einen durchdringenden Blick zuwarf. Dieser antwortete mit einem kaum merklichen Nicken. Schweigend und verzweifelt verließ sie den Rittersaal.

Mayas Entscheidung

Auf dem Rückweg zum Turm blieben Mayas Augen auf Fatmir geheftet. Der Junge ging einige Schritte voraus und es schien, als würden seine sehnigen Schultern nun endgültig von der Last der Verantwortung zu Boden gedrückt. Mehrfach entfuhr ihm ein leises Stöhnen, das nicht von seiner schmerzenden Wunde herzurühren schien.

Zurück in der Falknerei entledigte sich Fatmirs des mitgeführten Greifvogels und ging nachdenklich zu seinem Lager. Er schlug die Decke zurück und schob seinen gesunden Arm zwischen die mit Seegras gefüllten Säcke. Mit einem Ausdruck der Verwunderung zog er seine leere Hand hervor. Sogleich begann er an einer anderen Stelle zu tasten. Schließlich schob er alle Bestandteile des Lagers auseinander und betrachtete sie von allen Seiten. Der Ausdruck eines gehetzten Tieres flackerte über sein Gesicht.

»Es ist blau, nicht wahr?«, flüsterte Maya leise.

Fatmir fuhr herum. Seine Augen spiegelten eine qualvolle Mischung aus Erstaunen, Wut und Furcht.

»Gib es mir!«, befahl er.

Das Mädchen rührte sich nicht.

»Maya, ich muss es haben. Gib mir sofort das Tuch!«

»Damit du einen Mord durch einen anderen ersetzen kannst?«

»Damit ein gewaltiges Blutvergießen verhindert wird!«, brüllte Fatmir. »Es ist mir egal, ob jemand den Kaiser oder den Sultan meuchelt. Wichtig ist allein, dass es nicht zu einer gewaltsamen Eroberung Jerusalems kommt. Weißt du, was geschehen wird, wenn es keine friedliche Übergabe, keinen Vertrag, keine Schutzrechte gibt?«

Er senkte die Stimme und hielt Maya mit blitzenden Augen gefangen. »Die Kreuzritter werden durch die Straßen stürmen und alle töten, die ihnen nicht entkommen können. Sie werden mit ihren Schwertern auf Juden und Muslime einschlagen und deren Kinder über die Stadtmauer werfen. Kannst du dir das Gemetzel vorstellen, Maya? Siehst du die verzweifelten Menschen? Kannst du ihre Schreie hören?«

Maya zitterte. Tränen rannen über ihre Wangen. »Es muss noch einen anderen Weg geben«, schluchzte sie. »Eine Lösung ohne Gewalt und Verrat. Was ist damit gewonnen, wenn der Mord nur die Seiten wechselt?«

»Nicht viel«, gestand Fatmir. »Immerhin können wir die Zeit bis zum nächsten Blutvergießen verlängern. Wenn Friedrich stirbt, ist sein Kreuzzug gescheitert und al-Kamil bleibt der Herrscher über Jerusalem. Der Sultan hat bisher darauf verzichtet, Juden und Christen töten oder aus der Stadt vertreiben zu lassen.«

»Aber der Hass bleibt bestehen!«, rief Maya. »Er ist eine Saat des Bösen, die jede Hoffnung für dieses Land verdirbt.«

»Ja, der Hass wird bleiben«, wiederholte Fatmir. »Die christlichen Heere werden versuchen, den Kaiser zu rächen. Es wird neue Kreuzzüge geben und die Muslime werden neue Angriffe auf Städte wie Akkon oder Jaffa ausführen. Es ist ein Teufelskreis ohne jedes Entrinnen, ein immer wiederkehrendes Fest für die Krähen. Ich habe glauben wollen, dass Fahr ad-Din und Hermann von Salza den Kreislauf des Tötens durchbrechen könnten. Ihr Vertrag hätte ein Zeichen sein können, ein Vorbild, an das man sich noch in vielen hundert Jahren erinnern sollte. Doch es war nur ein Traum, eine Blume, die sogleich vom heißen Wüstensand begraben wurde.«

»Genau das müssen wir verhindern!«, schrie Maya. »Wir dürfen nicht zulassen, dass dieses Beispiel der Hoffnung auf friedliche Verständigung verloren geht. Es geht nicht nur um uns und um diese Zeit. Es geht auch um alle Generationen, die nach uns im Heiligen Land leben werden.«

Fatmir schwieg.

»Gib mir Zeit bis zum Morgen«, flüsterte Maya. »Noch ist nichts verloren. Wenn der Kaiser sich entscheidet, Salimbenes Plan ausführen zu lassen, werde ich dir das Tuch geben.«

Fatmirs Augen brannten auf Mayas Haut.

»Morgen gibst du mir das Tuch?«

»Sobald wir erfahren, was der Kaiser beschlossen hat!«

»Versprich es, Maya!«

»Ich schwöre es beim Leben meiner Mutter!«

Fatmir spürte, wie Maya bei ihren letzten Worten erzitterte.

Er wandte sich ab und schritt auf eines der Fenster zu.

»Dann werden wir also warten!«, flüsterte er.

Der Abend verstrich mit quälender Langsamkeit. Als Fatmir aufbrach, um die Taubenherzen aus der Speisekammer des Kaisers zu holen, zogen sich die Gefährten in das Verlies im unteren Teil des Turms zurück. Auf diese Weise konnten sie sicher sein, dass ihre Unterredung nicht durch die Rückkehr des Falkners unterbrochen werden würde.

Maya glaubte an ihrer Ratlosigkeit ersticken zu müssen. Obwohl die Tür offen stand, fühlte sie sich gefangen. Sie stand am Anfang einer langen Kette unheilvoller Ereignisse und musste ohnmächtig mit ansehen, wie sich eine finstere Perle an die andere fädelte. Eine grausame, eine blutige Kette, an deren Ende der Tod ihrer eigenen Mutter wartete.

Auch Bartholomäus und die alte Ursel sprachen kein Wort. Allein Fidelius paffte mit ungebrochener Zuversicht drauf los.

»Ich denke, es darf als Geniestreich angesehen werden, dass ich bei Zeiten das blaue Tuch entwendet habe.«

»Nur löst es leider nicht unsere Probleme!«, entgegnete Maya.

»Kopf hoch, Heilertochter! Wir werden eine Lösung finden!«

»Wie kannst du da so sicher sein?«

»Ich weiß nicht. Es liegt mir im Blut!«

»Blut ist leider das passende Stichwort«, bemerkte Bartholomäus finster.

»Es ist mir nicht recht wohl dabei«, knurrte die alte Ursel, »aber wenn wirklich beschlossen werden sollte, den Sultan zu ermorden, schlage ich vor, Fatmir das Tuch zu übergeben. Auf diese Weise besteht zumindest die Möglichkeit, das Leben deiner Mutter zu retten. Wenn al-Kamil nicht ermordet wird, wird zumindest sein Name nicht mit Rachegedanken verbunden sein.«

»Du solltest aber nicht vergessen, dass ihr dann selbst mit einer Bluttat in die Geschichte eingreift, Friedensstimme«, bemerkte Bartholomäus. »Die Entführer von Mayas Mutter werden sich nicht auf ein Opfer, sondern auf einen Mörder berufen. Der Kreislauf der Gewalt bleibt bestehen. Smert dürfte über dieses Vorgehen kaum erfreut sein.«

Blutrot tauchte die Sonne ins Meer. Ratlos standen sie eine Weile zusammen. Danach machte sich Fidelius auf zum Wasser. Maya stieg die Treppen zur Falknerei empor, während Bartholomäus und die alte Ursel in ein stummes Zwiegespräch versanken.

Als Maya in das Turmzimmer zurückkehrte, lag die Falknerei im letzten Dämmerlicht des Tages. Fatmir stand mit hochgezogenen Schultern an einer der Fensteröffnungen und schaute aufs Meer. Noch immer schien ein Gewicht um seinen Hals zu hängen. Maya setzte sich schweigend in die daneben befindliche Fensteröffnung und zog die Beine an.

Nach einer Weile begann Fatmir leise zu sprechen.

»Ich bin ein schlechter Falkner. Ich bin es immer gewesen. Ein guter Falkner liebt seine Vögel und berauscht sich an der Schönheit ihres Fluges. All dies trifft auf mich zu. Aber es gab stets noch ein weiteres Gefühl, einen heimlichen Wunsch in mir. Wann immer ich einen Falken aufsteigen sehe, ist da diese leise Stimme in mir, die dafür betet, dass der Falke davonfliegt und nie wieder zurückkehrt. Ich wünschte, wir wären Falken, Maya, und könnten diesem schrecklichen Ort entfliehen.«

»Tut es noch sehr weh? Deine Wunde, meine ich«, fragte Maya und wünschte sich, dass Fatmir zu ihr herüberkommen würde.

Der Junge ignorierte ihre Frage.

»Ich verabscheue den Krieg«, flüsterte er. »Ich war noch sehr jung, als ich meinen Vater verloren habe. Bis heute weiß ich nicht einmal, worum gekämpft wurde, als er starb. Ist es nicht so, dass alle Seiten stets behaupten, für das Richtige zu streiten. Ich hasse den Krieg, und nun werde ich selbst ein Teil davon.«

Vorsichtig kam er zu Maya herüber. Maya hörte ihn tief einatmen, als er an ihr vorüberging. Dann stand er neben ihr an der Fensteröffnung und blickte auf den Hafen. Er stand ganz still: verwundet, verzweifelt, tapfer. Als er ihren Blick bemerkte, schlug Maya rasch die Augen nieder. Langsam ließ sie ihre Füße auf den Boden gleiten und lehnte nun mit dem Rücken gegen den Sims der Fensteröffnung. Fatmir drehte sich ihr zu. Schweigend standen die beiden einander gegenüber.

In ihrem bisherigen Leben war Maya nur einmal geküsst worden, und das hatte nach Cola und Nervosität geschmeckt. An einer Wiederholung war ihr bisher nicht gelegen gewesen. Nun aber stieg der Wunsch, Fatmir zu berühren, wie ein Fieber in ihr auf. Er flutete ihr Bewusstsein und füllte sie auf wie einen überlaufenden Kelch. Maya wagte es nicht, in seine Augen zu sehen, doch sie war sich sicher, dass Fatmirs Blicke über ihren Nacken glitten. Sie waren wie zwei zueinander strömende Wasser, die nur durch ein namenloses Verbot getrennt wurden.

»Ich ...« Maya rang um Worte. »Ich fürchte mich so sehr vor dem Morgen.«

»Ich fürchte mich mindestens ebenso sehr«, flüsterte Fatmir. »Alles gerät ins Wanken. Nun weiß ich weder was ich denken, noch was ich tun soll. Ich will nicht dein Feind sein, Maya!«

Und dann tat er das Unglaubliche. Er strich mit zwei Fingern über Mayas Arm. Vom Ellenbogen hinab zum Handgelenk. Die Berührung war vorsichtig, fast schüchtern, aber sie genügte, um alle Dämme zum Bersten zu bringen. Maya griff sofort zu. Sie umfasste Fatmirs Oberarm und zog sich mit aller Kraft an ihn. Diesmal wurde Maya nicht nur geküsst, sie küsste selbst und der Kuss schmeckte nach einem Versprechen. Fatmir erbebte, als er die Arme um sie schlang. Maya vergrub ihre Hände in seinen Haaren und presste ihr Gesicht an seinen Hals. »Nicht loslassen!«, keuchte sie. So umschlangen sie einander. Zwei hilflose Lichter im Strudel der Zeit. Klein, wehrlos und doch berauscht von der Ahnung, sich zu einer Flamme vereinigen zu können. Maya sog den Geruch von Fatmirs Haut ein. Sie duftete nach Mandeln und Freiheit. Maya fühlte sich stark und schwach zugleich. Etwas, das so gut tat, konnte nicht falsch sein. Sie wollte ihn berühren und von ihm berührt werden. Doch gerade als sie ihre Hand unter sein Hemd gleiten ließ, gellten Schreie durch die Festung. Der Widerhall eilender Stiefel drang durch die Gänge. Waffen klirrten, Befehle wurden gerufen. Das Getöse erreichte den Turm und hastige Schritte stiegen die Treppe empor. Obwohl die Bedrohung rasch näher kam, verharrten Maya und Fatmir in ihrer Umklammerung. Noch waren sie nicht bereit, ihr Glück aufzugeben. Erst als Fäuste gegen die Tür schlugen, schob Fatmir Maya energisch von sich. Es geschah im letzten Moment, denn schon stürzten bewaffnete Soldaten in die Kammer.

»Ergreift den Elenden!«, befahl der Anführer der kleinen Schar.

Zwei Landsknechte stürmten auf Fatmir zu und packten ihn an der Schulter. Dem Falkner entfuhr ein Stöhnen, als man ihm den verwundeten Arm auf den Rücken drehte. Seine Häscher kümmerte dies wenig. Ungerührt stießen sie Fatmir aus dem Turmzimmer. Maya folgte ihnen so rasch sie konnte. Im Tunnel, der vom Hafen zur Festung hinauf führte, stellte sie die Soldaten zur Rede.

»Was geht hier vor? Dieser Falkner steht unter dem Schutz des Kaisers!«

»Wir handeln auf Friedrichs Befehl. Der Vorkoster des Kaisers ist einem Giftmord zum Opfer gefallen. All jene, die Zugang zur Speisekammer des Kaisers hatten, sind verhaftet. Ich vermute, dass noch heute Nacht ihre Köpfe rollen werden!«

Kurz darauf betraten sie erneut den Rittersaal. Hatte bereits zuvor eine angespannte Stimmung geherrscht, so erinnerte das Gewölbe nun an eine finstere Kultstätte. Wenige Fackeln und Ölfeuer warfen flackerndes Licht auf eine Gruppe schwer bewaffneter Ritter, die sich hinter und neben dem Kaiser versammelt hatte. Friedrich selbst saß erneut auf seinem Holzthron und hatte das Kinn auf die Faust der linken Hand gestützt.

Ein gezielter Tritt eines seiner Bewacher ließ Fatmir vor dem Thron auf die Knie sinken. Damit nicht genug. Der Wachmann riss den Kopf des Jungen in den Nacken und legte einen Dolch an dessen Kehle. In dieser hilflosen Stellung brach der Zorn des Kaisers über Fatmir herein.

»Giftmord, hier in meiner eigenen Festung!«, tobte Friedrich. »Du räudiger Bastard hattest Zugang zu Unserer Speisekammer. Wir selbst haben dir erlaubt, Taubenherzen für Unsere Falken zu holen. Und was ist der Dank? Du spuckst auf die Hand, die dich all die Jahre geschützt und genährt hat!«

»Mein Herr, am Zustand Eures Vorkosters trage ich keine Schuld.«

»Schwöre es! Schwöre bei Allah und beim Leben deiner Familie, dass du nie in einen Komplott gegen Uns verwickelt warst!«

Stille trat ein. Mit klopfendem Herzen sah Maya zu Fatmir hinüber. Sie sah die Klinge des Dolches auf der bronzefarbenen Haut. Eine letzte verletzliche Barriere zwischen Leben und Tod. Ein Nicken des Kaisers, eine kleine Handbewegung, und der Dolch würde Kehle und Hals durchtrennen.

»Ich schwöre beim Gott Ibrahims, beim Gott der Juden, Christen und Muslime, dass ich zu keiner Zeit Gift in Eure Speisekammer getragen habe. Ich verstehe mich nicht auf Gifte und niemand wird je derartige Dinge bei mir gesehen haben. Ich schwöre es beim Leben meiner Familie.«

»Nun, das beweist zunächst gar nichts!«, fauchte der Kaiser. Doch er bedeutete der Wache, den Griff um Fatmirs Nacken ein wenig zu lockern. »Vielleicht sollten wir dich an den Daumen aufhängen lassen, bis dir die Knochen aus ihren Gelenken reißen. So manche Wahrheit ist bei dieser Befragung ans Licht gekommen. Vielleicht haben die Diener des Papstes dich gekauft. Vielleicht ist auch unser Freund der Sultan nicht so ehrlich wie wir glauben. Vielleicht hat er bereits seine Mordschergen in unser Gefolge eingeschleust.«

Maya spürte, wie sich die Schlinge immer enger um Fatmir zusammenzog. Einer plötzlichen Eingebung folgend warf sie sich der Länge nach neben Fatmir auf den Boden des Rittersaals.

»Was will das Mohrenweib?«, fragte der Kaiser ebenso erstaunt wie ungehalten.

Rasch trat Hermann von Salza hinzu. »Hast du noch nicht genug Schläge bekommen?«, fragte er.

»Doch, Herr!«, erwiderte Maya, ohne die Stirn vom kalten Steinboden zu heben. »Dennoch bitte ich um die Erlaubnis, sprechen zu dürfen. Es mag sein, dass ich um den wahren Attentäter weiß.«

»Sprich!«, knurrte der Großmeister.

»Bitte, Herr«, begann Maya. »Ich habe einen Verdacht und will kein falsches Zeugnis gegen einen Unschuldigen ablegen. Lasst mich daher nur weitersprechen, wenn der Mordanschlag mit Eisenhut verübt wurde. Das Kraut wird ebenfalls als blauer Fingerhut oder Aconitum bezeichnet. Die Einnahme führt zu Erbrechen und rasch zum Tode.«

»Du scheinst dich wahrlich auszukennen«, bemerkte Hermann von Salza. »Womöglich bist du selbst die Giftmischerin.«

»Wir Heilerinnen haben unsere Erfahrungen mit Giften, Herr. Daher erregt es unsere Aufmerksamkeit, wenn jemand im Besitz dieser Pflanzen ist. Beim Falkner hier habe ich niemals ein derartiges Kraut gesehen, und doch ist mir der Saft des Eisenhuts in Akkon gezeigt worden.«

»Weiter, Elende!«, befahl der Kaiser und trat neben den Großmeister.

»Junker Salimbene war im Besitz einer solchen Flasche«, fuhr Maya fort. »Ich behaupte nicht, dass er den Anschlag verübt hat. Doch mit Sicherheit vermag er zu berichten, wie das Gift in Akkon zu beschaffen ist. Fragt den Ritter Albert aus Eurem Gefolge, er wird bestätigen, dass ich die Wahrheit spreche.«

Der Kaiser und Hermann von Salza wechselten einige geflüsterte Worte, dann erteilte der Großmeister seine Befehle und mehrere Wachen verließen eilig die Halle. Fatmir und Maya wurden unterdessen angewiesen, in kniender Position auf den Ausgang der Erkundigungen zu warten. Sie verharrten eine schier endlose Zeit auf dem steinernen Boden. Niemals sollte Maya das stille Warten an Fatmirs Seite vergessen. Sie konnten einander nicht berühren und waren sich doch so nah wie in der innigsten Umarmung. Schließlich kehrte der erste Gefolgsmann des Kaisers zurück.

»Euer Vorkoster ist soeben verstorben, mein Gebieter«, begann er seinen Bericht. »Der Medicus Eures Hofes ist sich sicher, dass Eisenhut in seinen Leib gelangt ist. Weiterhin haben wir die alte Heilerin dorthin gebracht. Auch sie hält Eisenhut für die Ursache seines Ablebens.«

Nur wenige Augenblicke später stürzte Ritter Albert in den Rittersaal. Er beugte vor dem Kaiser das Knie und bestätigte in knappen Worten alle Angaben, die Maya gemacht hatte.

Dann betraten gleich drei Landsknechte die Halle. Ihr Anführer kniete ebenfalls nieder und wartete auf die Erlaubnis zum Sprechen.

»Was gibt es? Wo ist Salimbene?«, fragte Hermann von Salza.

»Junker Salimbene hat Akkon verlassen«, erklärte der Angesprochene. »Wir haben überall nach ihm gesucht und es gibt mehrere Ritter, die ihn bei Sonnenuntergang aus der Stadt haben reiten sehen!«

»Was?« Der Kaiser war aufgesprungen und schleuderte seinen Becher an die Wand. »Wir werden ihn jagen wie eine Ratte. Auch Unsere Liebe zu seinem Vater kann ihn nun nicht mehr retten. Setzt den Falkner im Haus des Deutschen Ordens fest, bis seine Unschuld endgültig bewiesen ist. Besteht kein Zweifel daran, dass er guten Herzens ist, so soll er leben. Bleibt jedoch der geringste Zweifel, so lasst ihn am Halse über die Stadtmauer baumeln.«

»Verzeiht, dass ich weiterspreche, mein Gebieter«, stammelte der Landsknecht. »Ich fürchte, die schlechten Nachrichten sind ihrer drei!«

»Nun gut!«, knurrte Friedrich. »Die Natter ist entkommen. Das war die erste Botschaft. Wie übel können die übrigen da schon sein?«

»Fürst Johann von Idelin hat ebenfalls das Heerlager verlassen, mein Herr. Er ist mit über tausend Rittern seines Gefolges nach Beirut aufgebrochen.«

»Und die dritte Botschaft?«, fragte Friedrich bitter. »Wollt Ihr mir vielleicht melden, dass der Teufel selbst im Hafen vor Anker gegangen ist?«

»Nein, mein Imperator. Aber soeben ist ein Eilbote eingetroffen. Ein Heer des Papstes ist auf dem Weg nach Sizilien. Der Bote wird in wenigen Augenblicken selbst das Wort an Euch richten. Er ist in einem üblen Zustand. Er hat sein Ross zu Tode geritten und ist dann die letzten Meilen zu Fuß gelaufen.«

»Verrat!«, brüllte Friedrich. »Wir sind umgeben von Verrat und Untreue. Und Wir selbst sind gezwungen, auf die Pläne von Verrätern und Meuchelmördern zurückzugreifen. Die Zeit drängt. Wir müssen nach Italien zurückkehren. Unser Heer ist geschwächt und der Sultan wird unter diesen Bedingungen nicht mehr zu einer Übergabe Jerusalems zu bewegen sein. Nun sind Wir endgültig gezwungen, den Weg der Heimtücke zu beschreiten. Entsendet einen Reiter. Ladet den Sultan in die Oase von Nabulus. Verschließt das Schreiben mit dem Siegel von Fahr ad-Din. Die geheimen Truppen der Barone sollen sich bereit machen. Die Treulosigkeit unserer Untertanen treibt Uns zum Äußersten.«

»Und doch seid Ihr nicht verlassen, mein Herr«, bemerkte Hermann von Salza. »Wie Ihr wisst, wollte ich den Weg des Vertrages beschreiten. Frohen Mutes bin ich an Eurer Seite zu den Verhandlungen geritten. Mit erhobenem Haupt wäre ich Euch in die Schlacht gefolgt. Nun ist mein Herz voll Bitterkeit, doch meine Gefolgschaft ist ungebrochen.«

»Hermann, Ihr seid der Einzige, dem Wir uneingeschränktes Vertrauen schenken«, erwiderte der Kaiser. »Tut was zu tun ist, während Wir den Eilboten anhören. Euch geben Wir die Vollmacht, alle Entscheidungen zu treffen, die Ihr für richtig haltet. Gemeinsam werden Wir nach Jerusalem reiten und Wir beide werden wissen, welch hohen Preis Unsere Ehre in der Oase von Nabulus dafür bezahlen musste. Stellt einen Tross für Unseren Aufbruch zusammen. So der Himmel nicht einen anderen Ausweg weist, reiten Wir im Morgengrauen nach Nabulus.«

Hermann von Salza nickte kurz und verließ im Gefolge mehrerer Ritter den Thronsaal. Zwei Landsknechte griffen Fatmir unter den Armen und zogen ihn mit sich fort.

»Die Hoffnung ist blau!«, flüsterte Fatmir und warf Maya einen flehenden Blick zu.

Niemand sonst beachtete das dunkelhäutige Mädchen, das erschrocken auf dem steinernen Boden kniete. Erst einige Zeit später scheuchte man sie hinaus. Verstört machte sich Maya auf den Rückweg zur Falknerei. All ihre Hoffnungen schienen zerbrochen. Als sie die Tür öffnete, hatten sich ihre drei Gefährten um die kleine Feuerstelle versammelt. Ihre ernsten Mienen ließen keinen Zweifel daran, dass ihnen die neuesten Entwicklungen bekannt waren. Neben Fidelius lag das blaue Seidentuch.

»Wie du siehst, haben wir das Tuch noch nicht über die Mauer gehängt«, begrüßte sie die Großmutter. »Es ist jetzt ohnehin zu dunkel und wir waren der Ansicht, dass du das letzte Wort haben sollst.«

»Ich will, dass meine Mutter lebt!«, jammerte Maya.

»Das wollen wir alle«, entgegnete Fidelius. »Doch was ist damit gewonnen, wenn wir das Zeichen für einen neuen Mordanschlag geben?«

»Es könnte meiner Mutter das Leben retten!«

»Ja, vielleicht! Aber wie viele Mütter, Töchter, Brüder und Väter werden in der Folge deines Eingreifens zu Tode kommen? Verstehst du denn nicht, du würdest den Hass nicht verringern, sondern nur umlenken. Vom Verräterkind wird mehr erwartet.«

»Ich bin nicht das Verräterkind. Smert wird mich ohnehin den grausamsten aller Tode sterben lassen. Wenn dies geschieht, will ich wenigstens hoffen können, dass meine Mutter leben darf!«

»Du bist das Verräterkind!«, entgegnete Fidelius mit fester Stimme. »Das gesamte Heilige Land ist besessen von einem Dämon aus Hass, Angst und Gewalt. Es wird Zeit, sich ihm entgegenzustellen. Was wir auch tun, nichts davon bedeutet eine sichere Rettung für deine Mutter. Unsere Aufgabe ist eine andere. Wir müssen versuchen, ein Zeichen zu setzen. Ein Licht im Dunkel dieser unsäglichen Kriege.«

»Aber wie?«

»Durch Mut, Hoffnung und Vertrauen natürlich. Was sonst vermag Hass und Verrat entgegenzutreten? Erinnere dich, Heilertochter:

Hoffnung und Vertrauen sind die Gaben deiner Kunst. Du bist das Verräterkind!«

»Selbst wenn du Recht hast, weiß ich noch immer nicht, was ich tun soll!«, jammerte Maya.

»Dann gib Acht, Heilertochter«, forderte Fidelius und seine Stimme kehrte zu ihrem fröhlichen Tonfall zurück. »Dein Dämon hat einen Plan und er wünscht nicht unterbrochen zu werden, während er diesen offenbart!«

Maya nickte und schwieg. Sie lauschte den Ausführungen, ohne den Otter zu unterbrechen, und spürte nacheinander Verwunderung, Angst und Entschlossenheit in sich aufsteigen.

Als der Otter geendet hatte, war Mayas Entschluss gefallen. Dies war ihr Weg. Sie würde keinen anderen beschreiten. Der Otter huschte sogleich zu ihrem Rucksack. Erst als sie sich die Riemen über die Schulter zog, realisierte Maya, dass ihr gesamtes Gespräch mit Fidelius in Gedanken stattgefunden hatte. Es war deshalb kaum verwunderlich, dass die alte Ursel mit fragender Miene zu ihr hinübersah. Nur Bartholomäus schien alle Einzelheiten der Unterredung verstanden zu haben.

Dennoch galt es keine Zeit zu verlieren. Also küsste Maya ihre Großmutter, drehte sich um und stieg die Turmtreppe hinunter.

»Was hat das zu bedeuten?«, polterte die Alte, als ihre Enkelin verschwunden war.

»Es bedeutet, dass Maya Fidelius' Plan in die Tat umsetzt«, antwortete der Uhu.

»Sie haben einen Plan geschmiedet?«

»So ist es, Friedensstimme!«

Die alte Ursel bekundete ihr Unbehagen mit einem wütenden Schnauben. »Ich bin mit keinem Wimpernschlag daran beteiligt worden!«

»Vielleicht wirst du dich daran gewöhnen müssen, dass deine Enkelin eigene Entscheidungen trifft«, bemerkte Bartholomäus.

»Und was soll das für ein Plan sein?«

»Er ist tollkühn, was sonst. Sie ist deine Enkelin.«

Mayas Plan

Der Plan war tollkühn. Er begann damit, dass Maya in Fidelius' Begleitung zum Deutschen Haus zurückeilte und die dortige Wache bat, zu Ritter Albert geführt zu werden. Man ließ sie eintreten und sie fand Albert in der Waffenkammer, wo der Ritter sich einen Überblick über die dortigen Bestände an Pfeilen und Speeren verschaffte. Mit finsterer Miene zählte Albert die bereitliegenden Geschosse.

Erschaudernd betrachtete Maya die vielen unterschiedlichen Geräte, die ersonnen worden waren, um andere Menschen zu Tode zu bringen. Schwerter, Speere, Lanzen, Äxte, Armbrüste, Bögen, Pfeile und Morgensterne bildeten ein Kabinett der Grausamkeit. Albert bemerkte ihren Blick.

»Als ich am Morgen nach meiner Schwertweihe zum Ritter geschlagen wurde, habe ich voller Stolz meine Klinge empfangen«, berichtete er. »Damals sah ich darin ein Zeichen von Tapferkeit und Reinheit.«

»Damals? Was ist geschehen, Herr Ritter?«, fragte Maya.

»Nun, ich habe das Schwert benutzt«, seufzte Albert. »Wer erlebt hat, was Waffen anrichten können, den erfüllt ihr Anblick mit Schwermut. Es mag tapfere und weniger tapfere Kämpfer geben, rein und unschuldig bleibt keiner von ihnen.«

»Dann helft mir, dass die Waffen dieses eine Mal ungenutzt bleiben!«, brach es aus Maya hervor.

Zweifel huschte über Alberts Gesicht. »Was muss ich tun?«, fragte er zögerlich.

»Geleitet mich zum Großmeister Eures Ordens und erinnert ihn an das Versprechen, das er am Tag der Falkenjagd gegeben hat. Sagt ihm, dass nun die Zeit gekommen ist, da die Heilerinnen ihre Bitte vortragen wollen.«

Zu Mayas Erstaunen zögerte Albert keine Sekunde. »Folge mir!«, sagte er mit entschlossener Stimme und führte das Mädchen durch das Deutsche Haus zu den Gemächern des Großmeisters.

Sie betraten einen Raum, dessen Wände die Dunkelheit verbarg. Immerhin gab es einen brennenden Kamin, dessen flackernde Flammen zwei Männer beschienen, die einander schweigend gegenübersaßen. Nach einer Weile erkannte Maya, dass es sich um Hermann von Salza und Fahr ad-Din handelte. Albert bedeutete Maya zu warten, trat rasch an den Großmeister heran und erklärte den Grund für ihr Erscheinen.

Der Großmeister des Deutschen Ordens erhob sich langsam von seinem Stuhl. »Du hast wahrlich eine dunkle Stunde ausgewählt, um deine Bitte vorzutragen, Mohrenweib«, begann er. »Zudem möchte man meinen, dass du bereits genug gesprochen hast. Dennoch bin ich durch ein Versprechen gebunden. Noch steckt genug Ritterlichkeit in mir, um wenigstens diesen Worten treu zu bleiben. Trage vor, was du begehrst, und ich werde versuchen, deinen Wünschen zu entsprechen.«

Maya trat eilig vor und ging erneut auf die Knie. »Ich bitte Euch nur darum, einer Geschichte zu lauschen. Danach will ich wieder gehen«, flüsterte sie.

Erstaunen flackerte über die düstere Miene des Großmeisters. Fahr ad-Din beugte sich interessiert nach vorn.

»Lasst sie gewähren, Hermann«, schlug er vor. »Dies ist wohl die traurigste Stunde unserer gemeinsamen Bemühungen. Eine Geschichte mag helfen, das unsägliche Warten zu verkürzen.«

»So sei es«, bestimmte der Großmeister und nickte.

Maya spürte, wie ihr das Blut in die Wangen schoss. Zögernd begann sie ihre Erzählung:

»Dereinst hatte ein mächtiger Dämon zwei Völker mit einem furchtbaren Fluch belegt. In immer neuen Kriegen hetzte er sie gegeneinander und je mehr Grausamkeiten begangen und Schmerzen erlitten wurden, desto mehr gruben sich Feindschaft und Hass in die Herzen der Menschen. Auf beiden Seiten erzählte man sich andere Geschichten über den Beginn der Feindschaft. Längst war niemand mehr am Leben, der von den ersten Kämpfen hätte berichten können. Doch jede Familie kannte Leid und Schmerz. Misstrauen und der Wunsch nach Vergeltung waren allgegenwärtig. Auf diese Weise verstrickte der Dämon die beiden Völker immer tiefer in ein undurchdringliches Dickicht von Niedertracht, Schmerz und Rache. Allein zwei Ritter stellten sich dem Dämon in den Weg. Sie waren die treusten Berater der verfeindeten Könige und hätten einander eigentlich bekämpfen müssen. Doch die beiden Ritter beschlossen, dem Kreislauf aus Krieg und Tod entgegenzutreten. Sie ersannen einen Vertrag, der den beiden Völkern eine Zeit des Friedens schenken sollte. Eine Zeit der Besinnung, eine Zeit, in der neue Hoffnung hätte wachsen können.«

Maya machte eine kurze Pause. Kein Laut war zu hören. Der Raum erstarb in vollendeter Stille. Sie wagte nicht den Kopf zu heben, doch sie war sich sicher, dass die Augen der beiden Männer auf ihr ruhten.

»Sprich weiter, Mädchen«, forderte Fahr ad-Din, und Mayas Stimme gewann an Kraft, während sie ihre Erzählung fortsetzte.

»Zunächst schien der Dämon die Pläne der beiden Ritter durchkreuzen zu können. Tief hatte er Verrat und Heimtücke in die Herzen von Volk und Herrschern gegraben. Mordpläne waren ersonnen worden und machten jede Hoffnung auf vertrauensvolle Verhandlungen zunichte.«

»Und was geschah dann?«, fragte Hermann von Salza.

»Dann besiegten die beiden edlen Ritter den Dämon. Sie nutzten die einzigen Waffen, die den Fluch bezwingen konnten: Mut und Vertrauen. Sie versprachen einander, ihre jeweiligen Herrscher an einen geheimen Ort zu führen. Einen Ort weit ab von jedem Hinterhalt. Einen Ort, an dem man sich mit Respekt und dem ehrlichen Wunsch nach einem gerechten Vertrag begegnen wollte.«

Wieder herrschte Schweigen. Nur das Knistern des Feuers war zu hören.

Es vergingen qualvolle Sekunden, bevor die tiefe Stimme des Großmeisters erklang. Er sprach sehr langsam und es klang, als taste sich seine Stimme einen unsicheren Weg entlang: »Es wäre wahrlich schön, an eine solche Geschichte glauben zu können.«

Fahr ad-Din wählte seine Worte ebenfalls mit Bedacht. »Auch ich liebe Geschichten wie diese. Gern stelle ich mir vor, sie würden zu meiner Zeit und in meinem Land stattfinden.«

»Gedankenspiele sind ein reizvoller Zeitvertreib«, bemerkte Hermann von Salza. »Man weiß nie, wohin sie einen führen.«

»Durchaus!«, bestätigte Fahr ad-Din. »Wir könnten die Geschichte gemeinsam ein wenig fortführen.«

Vor ihrem geistigen Auge sah Maya zwei Männer, die sich über eine schwankende Brücke aufeinander zu tasteten.

»Wohlan«, begann Hermann von Salza. »Nehmen wir also an, die beiden Ritter würden hier im Heiligen Land versuchen, den Kreislauf des Krieges zu durchbrechen. Nehmen wir weiterhin an, sie würden ihre Herrscher überzeugen können, alle heimtückischen Pläne fallen zu lassen. An welchem Ort könnten unsere Ritter ihre Könige zusammenführen?«

»Nun, die Oase von Nabulus scheidet wohl aus!«, bemerkte Fahr ad-Din nicht ohne Bitterkeit. »Allerdings gibt es die Oase bei Jaffa. Sie hat bereits zuvor für Verhandlungen gedient. Es handelt sich um offenes Gelände und ein Hinterhalt ist dort kaum möglich. Die Vorstellung eines Friedensvertrags bei Jaffa berührt mein Herz!«

»Ja, ich wünschte, wir könnten diese Ritter sein!«, ergänzte der Großmeister.

»Wie ernst ist Euch dieser Wunsch?«

»Sehr ernst!«

Fahr ad-Din sprang auf die Beine und begann auf und ab zu gehen. »Aber es ist zu spät!«, rief er. »Der Geist ist aus der Flasche, der Dämon hat bereits gewonnen. Befehle wurden erteilt. Verrat und Gegenverrat sind auf den Weg gebracht.«

»Verzeiht, ihr Herren«, unterbrach ihn Maya. Wie beiläufig zog sie das blaue Seidentuch hervor und ließ es kurz darauf wieder in ihrem

Rucksack verschwinden. »Aber in meiner Geschichte besteht noch Hoffnung. In ihr wurde kein Befehl erteilt, den die beiden Ritter nicht ungeschehen machen könnten.«

Aus den Augenwinkeln konnte Maya sehen, dass Fahr ad-Din wie angewurzelt stehen geblieben war. Mit stechendem Blick hatte er verfolgt, wie Maya das blaue Tuch durch ihre Hände gleiten ließ.

»Deine Geschichte steckt voller Überraschungen, Heilerin«, bemerkte er. »Offensichtlich wird in ihr nicht nur von den beiden Rittern erzählt.«

Die wachsamen Augen des Großmeisters waren zwischen dem arabischen Fürsten und der jungen Heilerin hin und her gewandert. Er atmete tief durch und ergriff dann das Wort:

»Wie es scheint, hatten sich die beiden Völker wahrlich tief in das Dickicht von Verrat und Hinterlist verstrickt«, begann er. »Doch ich möchte zu den beiden Rittern zurückkehren. Ist es wirklich vorstellbar, dass sie sich dem Dämon entgegenstellen? Wäre es nicht vielmehr so, dass ihre eigenmächtigen Entscheidungen mit dem Tode bestraft werden?«

»In meiner Geschichte besaßen die beiden Ritter das uneingeschränkte Vertrauen ihrer Herrscher. Meist wird erzählt, dass die Könige ihnen erlaubten, alles zu tun, was sie für richtig erachteten.«

»Du bist nicht nur eine gute Erzählerin, du scheinst auch eine gute Zuhörerin zu sein«, entgegnete Hermann von Salza, bevor er sich an Fahr ad-Din wendete. »Könnt Ihr Euch ein gutes Ende der Geschichte vorstellen?«, fragte der Großmeister.

»Ich für meinen Teil will an ein solches Ende glauben«, erwiderte der arabische Fürst. »Ich möchte daran glauben, dass es den beiden Rittern gelingt, ihre Könige in die Oase zu führen. Ich will daran glauben, dass ihr Mut belohnt wird und ihre Taten nicht vergessen werden. Ich wünsche mir ein Ende, in dem die Oase, in der die beiden Ritter den Friedensvertrag vermitteln, fortan die Oase des Friedens genannt wird. Ein Ort, an dem noch Jahrhunderte später Angehörige der beiden Völker friedlich zusammenleben.«

»Beide Ritter müssten einander blind vertrauen«, überlegte Hermann von Salza. »Es gäbe keine Sicherheit dafür, dass der jeweils andere wirklich Wort hält. Beide könnten den anderen bis zum letzten Moment in eine Falle locken.«

»Genau so ist es!«, bestätigte Fahr ad-Din. »Beide Ritter müssen es wagen, bei ihren Königen in Ungnade zu fallen. Beide müssen mit der Angst leben, am Ende doch verraten und ermordet zu werden. Vor allem aber müssten sie der Versuchung widerstehen, selbst zum Verräter und Mörder zu werden.«

»Ihnen bleibt allein der gemeinsame Traum von einem friedlichen Miteinander und die Hoffnung, im anderen einen Freund gefunden zu haben«, bemerkte der Großmeister.

Schweigend standen sich die beiden Männer gegenüber. Zischend erlosch eine Fackel.

»Was glaubt Ihr«, fragte Fahr ad-Din schließlich, »können unsere Ritter den Dämon besiegen?«

»Ich denke, dass ich Geschichten liebe. Doch noch bin ich ein Mann der Tat«, erwiderte Hermann von Salza. Mit diesen Worten fuhr er herum, schritt mit festem Gang zu einer Ecke des Raumes und kehrte sogleich mit Fahr ad-Dins Säbel zurück. »Ich glaube nicht, dass die Freundschaft, die unsere beiden Ritter benötigen, aus der Gefangenschaft erwachsen kann. Ihr seid ein freier Mann, Fürst Fahr ad-Din.«

Der Angesprochene empfing seinen Säbel und verneigte sich.

Der Großmeister erwiderte die Geste und wendete sich dann an Albert, der noch immer regungslos neben der Tür stand.

»Albert!«

»Ja, mein Herr.«

»Sattle zwei Pferde. Ich werde dich und Fürst Fahr ad-Din zum südlichen Stadttor geleiten. Gemeinsam werdet ihr noch heute Nacht zum Sultan reiten. Nimm meinen Siegelring. Ich bin der Statthalter des Kaisers, niemand wird es wagen, euch aufzuhalten.«

Albert nickte und eilte davon.

Wenig später gingen sie durch die nächtlichen Gassen von Akkon. Ein blasser Mond erhellte den Himmel. Maya und Albert führten die

Pferde am Zügel. Fahr ad-Din und Hermann von Salza schritten voran. Fast schien es, als ob sich die dunklen Häuser vor den beiden Rittern verneigten, die mutig einer ungewissen Zukunft entgegen gingen.

Als sie das Stadttor erreichten, erhob sich eine Wache aus dem Schatten der Mauer und versperrte den Durchgang. Doch als Hermann von Salza in den Lichterschein einer Fackel trat, gab der Wachposten augenblicklich den Weg frei. Gemeinsam traten sie hinaus in die Wüstennacht. Wenige Schritte außerhalb der Stadtmauern wendete sich der Großmeister ein letztes Mal an seinen arabischen Gefährten.

»Sobald Ihr die Straße erreicht habt, werde ich vor meinen Herrscher treten, so wie Ihr vor Euren Sultan treten müsst. Wenn wir nicht in der Oase von Jaffa erscheinen, so hat unser kühner Plan mich den Kopf gekostet. Wenn ich jedoch an der Seite des Kaisers in Jaffa eintreffe, so kommen wir in friedlicher Absicht. Ob auch Ihr ohne Heimtücke heranreitet, liegt nicht in meiner Macht.«

Fahr ad-Din bestieg sein Pferd. Dann zog er überraschend seinen Säbel und überreichte ihn dem Großmeister. »Nehmt meine Klinge«, sagte er mit fester Stimme. »Es gibt vieles, was uns trennt. Ich schätze die Art nicht, wie ihr euch kleidet. Eure Städte sind hässlich und die Unsauberkeit vieler Menschen des Abendlandes ist erschreckend. Der Klang von Kirchenglocken ist mir ein Greul und ich halte eure Art zu beten für falsch, doch ich bin überzeugt davon, dass viele unter euch Allah erfreuen. Behaltet meinen Säbel. Ich werde keine Waffe führen, wenn wir uns bei Jaffa wiedersehen.«

Gemeinsam mit Albert sprengte er davon. Rasch verloren sich die beiden Gestalten in der Dunkelheit. Auch Hermann von Salza wandte sich zum Gehen.

»Leb wohl, junge Heilerin«, seufzte er. »Vielleicht solltest du dich als Barde verdingen. Selten hat eine Geschichte so große Wirkung entfaltet.«

Maya empfand Achtung vor diesem alten Mann, der die Kraft aufgebracht hatte, über die Feindbilder seines bisherigen Lebens hinwegzusehen. »Wir Heilerinnen haben gelernt, dass manche Geschichten mehr Heilung bewirken als viele Kräuter. Ihre Kraft besteht darin, Hoffnung in weit entfernte Länder und Zeiten zu tragen. Auch Euer Beispiel vermag dies zu bewirken, Herr«, sagte sie mit sanfter Stimme.

»Dann erfinde eine Geschichte für mich!«, bat Hermann von Salza. »Ich gehe nun zum Kaiser. Dir und deiner Begleiterin rate ich, die Stadt zu verlassen. Wenn mein Handeln nicht die Gnade unseres Herrschers findet, so erwartet auch euch Folter und Tod.«

»Habt Dank, Herr«, entgegnete Maya. »Allein wir werden bleiben. Und so viel will ich Euch offenbaren: Wenn Ihr scheitert, so werde ich einen geliebten Menschen verlieren. Zudem droht mir ein Tod, dessen Schrecken mit keiner Folter dieser Erde verglichen werden kann.«

»Dann wird es Zeit, dass wir beide unserem Schicksal entgegengehen«, erwiderte der Großmeister. »Der Morgen wird zeigen, ob ich neben dem Kaiser durch dieses Stadttor reite oder ob mein Kopf von den Zinnen der Burg baumelt.«

Maya und Fidelius kehrten nicht in die Stadt zurück. Sie verbrachten die letzten Stunden der Nacht außerhalb der Tore. Bartholomäus wusste, wo sie zu finden waren, und so kam es, dass sich nach einer Weile auch ihre beiden Gefährten zu ihnen gesellten. In weiser Voraussicht brachte die alte Heilerin zwei Decken mit sich. Schweigend setzte sich die Alte neben ihre Enkelin und breitete eine Decke über ihnen aus. Maya ließ den Kopf auf die Schulter ihrer Großmutter sinken.

»Ich wünschte, Fatmir würde erfahren, wie es um unsere Sache steht«, sagte sie und begann erbärmlich zu zittern.

»Habe ich es mir doch gedacht«, brummte die Alte. »Wüstennächte können bitterkalt werden.«

»Es ist nicht die Kälte, Großmutter«, flüsterte Maya. »Es ist die Angst!«

Verräterkind

Als die Morgensonne bei Akkon über die östlichen Hügel stieg, beschien ihr Licht ein seltsames Bild. Eine alte Frau mit wettergegerbtem Gesicht kauerte unweit des südlichen Tores an der Stadtmauer. Sie hatte die Arme um ein dunkelhäutiges Mädchen geschlungen, auf dessen Bauch ein Otter schlief. Über ihnen stieg ein riesenhafter Uhu in den Himmel. Doch es war nicht das Sonnenlicht, das Maya aus dem Schlaf riss, es war der Klang der Fanfaren.

»Sie kommen!«, flüsterte Maya und sprang auf die Beine.

Tatsächlich. Das Stadttor wurde geöffnet und hinaus ritt der Stauferkaiser mit Hermann von Salza an seiner Seite. Ihnen folgten zahlreiche Fahnenträger, eine kleine Schar Soldaten sowie zwei oder drei mit Gerät und Lebensmitteln beladene Gespanne. Aus dem Heerlager schlossen sich keine weiteren Verbände an.

»Sie reiten nicht, um zu kämpfen. Sie wollen verhandeln!«, rief Maya und fiel ihrer Großmutter um den Hals.

»So scheint es jedenfalls!«, bemerkte die Alte vorsichtig.

Maya war so aufgeregt, dass sie zunächst gar nicht bemerkte, wer alles mit der Kolonne nach Süden zog. Erst als Ritter Albert mit einem sachten Gruß an ihr vorüber kam, fiel Mayas Blick auf eine sehnige Gestalt, die auf einem der Versorgungswagen saß. Sie war in schlichtes, helles Tuch gekleidet und behütete Käfige, über die eine Decke ausgebreitet worden war.

»Fatmir!«, rief Maya aus Leibeskräften.

Der Junge sah auf, entdeckte Maya und winkte traurig zu ihr herüber. Maya lief zur Straße und bahnte sich einen Weg zu den Versorgungsgespannen.

»Was soll das? Wohin gehst du?«, fragte sie.

»Der Kaiser hat bestimmt, dass ich zusammen mit dem Gerfalken als Geschenk an den Hof des Sultans wechseln soll. Es gibt nur wenige Falkner, die sich auf die Abrichtung von Gerfalken verstehen«, erklärte Fatmir.

»Aber ich dachte, du bleibst hier. Ich dachte, wir hätten noch Zeit.«

»So oder so. Ich kehre nicht zurück, Maya. Es ist ein Ritt ins Ungewisse. Eine unerwartete List des Kaisers oder die Rache des Sultans können mir und allen anderen das Leben kosten. Doch selbst wenn dies nicht geschieht und unser Traum vom Frieden wahr werden sollte, werden der Falke und ich nach Ägypten gehen.«

Maya begann neben dem Tross herzutraben. »Aber es gibt noch so viel, was ich dir sagen wollte«, stammelte sie.

»Glaub mir, es ist nicht das erste Mal, dass ich gegen meinen Willen von einem Menschen getrennt werde. Abschiede ohne Wiedersehen scheinen mein Schicksal zu sein«, antwortete Fatmir.

Im Vorüberfahren beugte er sich kaum merklich zur Seite und strich mit den Fingerkuppen über Mayas Arm. Vom Ellenbogen hinab bis zum Handgelenk. Dann rief er dem Kutscher etwas zu und das Gespann trabte davon, ohne dass Fatmir sich ein weiteres Mal umsah.

Schweigend beobachtete Maya, wie der Tross nach Süden zog. Die Hoffnung auf Frieden, das Schicksal ihrer Mutter, Fatmir, all dies glitt über die staubige Küstenstraße davon. Irgendwo im Süden lag Nabulus, lag Jaffa, lagen Hass und Hoffnung. Alles hing nun von dem Versprechen und dem Mut weniger Männer ab und es gab nichts, was Maya noch hätte tun können.

»Es ist Zeit zu gehen, Heilertochter«, paffte es. Fidelius hatte sich neben Maya auf die Hinterbeine gestellt.

»Noch nicht«, flüsterte Maya. »Gebt mir noch einen Moment.«

Tatsächlich sollten noch Stunden vergehen, bis Maya die Kraft zum Aufbruch fand. War dies wirklich alles, was sie hatte bewirken können? War es tapfer oder lächerlich, sich dem Chaos aus Hass und

Gewalt entgegenzustellen? Konnte es wirklich sein, dass der Frieden eines ganzen Landes davon abhing, dass einige Wenige den Mut aufbrachten, einander zu vertrauen? Bestand die geringste Hoffnung, dass diese Entwicklung das Leben von Mayas Mutter retten konnte? Würde es das Leben anderer Menschen retten? Was war mit Maya selbst – würde Smert sie verschonen? Wie es Fatmir wohl erging? Sie hatte ihm nur wenige Worte zurufen können und er hatte nicht einmal zurückgeblickt. Doch was hätte sie sagen sollen? Er war sich im Klaren darüber gewesen, dass entweder unvorstellbare Entfernungen oder der Tod sie für immer trennen würden. Was spielte es da noch für eine Rolle, dass die Entfernung nicht in Länder-, sondern in Weltengrenzen bestanden. Ohnehin war es wohl eher der Tod, der diese Aufgabe übernehmen würde. Wahrscheinlich wurde für Fatmir bereits ein Dolch oder ein vergifteter Pfeil bereitgelegt, während Maya von einem zeitlosen Stachel erwartet wurde.

Erst als sich die letzte Staubwolke des kaiserlichen Trosses am Horizont verlor, drehte sie sich um und ging mit ihren Gefährten zum Strand hinunter. Sie folgten der Küste des Heiligen Landes, einem Boden, von dem aus sich für Weltenwanderer unzählige Tore in die Vergangenheit und die Zukunft öffnen.

Tatsächlich bemerkte Maya zunächst nicht, dass sie die Grenze zwischen den Welten bereits überschritten hatte. Erst als die Farbe des Sandes zu einem unwirklichen Weiß verblasste, erschauderte Maya. Jetzt bemerkte sie, dass ihre Füße seit geraumer Zeit im Kreis gingen. Es war ein enger Zirkel, dessen Mitte in einem unergründlichen Strudel versank. Maya versuchte die Fassung zu bewahren. Was auch immer Smert mit ihr tun würde, sie wollte nicht vor der Zeit zu jammern beginnen. Aus den Augenwinkeln spähte sie nach dem Herrn der Zeit und betete dafür, dass er sich nicht bereits auf ihrem Körper niedergelassen hatte. Tatsächlich vermochte sie ihn nicht zu entdecken. Nur seine Stimme drang unmissverständlich an ihr Ohr.

»Nun, Verräterkind, bist du zufrieden mit dem, was du getan hast?«

Maya war, als habe die Angst ihr Gehirn eingefroren. Es bedurfte einer gewaltigen Willensanstrengung, um die Antwort zu formulieren.

»Zufriedenheit ist es nicht, oh Smert«, stotterte sie. »Ich habe keine Gewissheit. Alles woran ich mich klammere ist eine kleine Hoffnung.«

»Gut, nimm sie mit, deine Hoffnung!«, antwortete der Singsang. »Du hast in den Lauf der Geschichte eingegriffen. Welche Bedeutung dies für das Schicksal der deinen und für dich selbst haben wird, wirst du erst später verstehen.«

»Oh, Smert!«, flehte Maya, »bitte sage mir, ob meine Mutter leben darf.«

»Wozu, Verräterkind? Du würdest meine Antwort nicht verstehen«, entgegnete Smert ungerührt. Dann gewann der Strudel an Geschwindigkeit. Zwei hilflose Umdrehungen und Maya versank zwischen den Welten.

Als Maya in der Kräuterkammer die Augen aufschlug, graute der Morgen. Die Luft war feucht und kalt. Neben ihr begannen sich die alte Ursel, Bartholomäus und Fidelius zu regen.

Maya sprang auf die Beine und wollte aus der Kammer stürmen, doch die Tür ließ sich nicht öffnen. Sie stemmte sich dagegen. Das Holz gab knarrend nur wenige Zentimeter nach. Ein schwerer Körper lehnte scheinbar leblos gegen die andere Seite.

Peers Nacht

Bevor jemand gegen die Haustür hämmerte, war Peer mehr als zwei Stunden rastlos durch sein Zimmer, den Flur und die Küche gelaufen. Sein Vater hatte eine Saisonarbeit auf einer Großbaustelle angenommen und für einige Tage wohnte Peer allein in dem winzigen Haus am Dorfrand. Es bestand also keine Notwendigkeit, die Enttäuschung über Mayas Verhalten zu verbergen. Wie hatte sie nur allein zu den Ottern gehen können? Sie waren doch verabredet gewesen. Seit Tagen, ach was, seit Wochen hatte er sich darauf gefreut! Genaugenommen war das Zusammensein mit Maya das Einzige, worauf er sich wirklich freute. Die wenigen Wochen, in denen Maya das Schattenmoor besuchte, waren Farbtupfer in einem grauen Ozean aus dumpfem Unwohlsein. Peer hütete diese Sommertage wie einen Wintervorrat und zehrte von ihnen während des restlichen Jahres. Die Schulzeit war eine elende Qual. Er schuftete wie ein Pferd, nur um Jahr für Jahr mit knapper Not versetzt zu werden und seinem Vater somit eine Freude zu machen. Er hasste die Blicke seiner Mitschüler, der Lehrer und der Dorfbewohner. Es war ihm egal, dass sein Vater keine feste Arbeit fand oder dass sie ständig knapp bei Kasse waren. Es spielte keine Rolle, dass ihr Haus einer zu klein geratenen Keksdose glich. Nur die traurigen Augen seines Vaters, die trafen Peer täglich wie ein Keulenschlag. Also tat er so, als wenn es ihm nichts ausmachen würde, auf Ausflüge, Urlaubsreisen oder angesagte Kleidung zu verzichten. Also ackerte er für Hausaufgaben und Klassenarbeiten, ohne einen Sinn darin zu sehen. Er fühlte sich wie ein Taucher, der im eisigen Wasser gegen den Strom schwamm und dabei jede Empfindung verlor.

Allein in Mayas Gegenwart war das anders. Wenn sie in seiner Nähe war, fühlte sich Peer lebendig. Ihre Treffen waren etwas, was er selbst wollte. Und so eine Verabredung hatte Maya einfach vergessen! Wie konnte sie nur so herzlos sein. Sie musste doch wissen, was sie ihm damit antat. Peer hatte die Matratze seines Bettes aufrecht gegen die Wand gelehnt und trommelte darauf ein. Es tat gut, auf etwas einzuschlagen, auch wenn sich seine Stimmung dadurch nicht im Geringsten aufhellte. Peer rannte in die Küche und drehte die Lautstärke der Musik bis zum Anschlag. Dann kehrte er sogleich zur Matratze zurück.

Annika hätte Maya niemals so behandelt. Ja, wenn es um Annika ging, dann …

Vielleicht hatte Maya ihn sogar absichtlich übergangen. Vielleicht wollte sie ihm etwas verschweigen. Wahrscheinlich traute sie ihm nicht, oder er war ihr ganz einfach egal.

Jemand klopfte gegen die Haustür.

»Ich bin nicht zu Hause«, brüllte Peer und prügelte weiter auf die Matratze ein.

Das Klopfen an der Haustür wurde zu einem Hämmern. Wutschnaubend marschierte Peer durch den Flur und riss die Tür auf.

»Was?«, bellte er. Es war eher eine Kampfansage als eine Frage, doch schon im nächsten Augenblick erstarrte er zur Salzsäule.

Da stand sie, einfach so. Mit weit aufgerissenen Augen schaute sie zu ihm empor. Wie auf Knopfdruck fiel Peers Energie in sich zusammen.

Ein Redeschwall ergoss sich aus Mayas Mund. Wehrlos wurde er mit Worten überflutet, ohne dass er hätte verstehen oder antworten können. Wie versteinert stand er im Türrahmen und hörte Formulierungen wie »bitte« und »du musst mir helfen«, aber nicht eine Entschuldigung. Maya selbst schien seinen Zustand gar nicht zu bemerken. Schließlich schob sie ihn sogar beiseite, lief ins Haus und ergriff seine Jacke. Als sie sich erneut an ihm vorbeidrängte, streiften ihre Haare sein Gesicht. Wie betäubt schloss er die Augen. Wie konnte sie ihm das nur antun? Es war ihr gleichgültig, was er empfand. Vielleicht wollte sie sein Herz auch nur notdürftig zusammenflicken, um es bei nächster Gelegenheit erneut misshandeln zu können. Um welche Grausamkeit es sich auch handelte, er besaß keinerlei Gegenwehr. Hilflos stand er da, gefangen im Moment. Nur sie und er, nur hier und jetzt. Selbst als Maya begann, hysterisch herumzuschreien, konnte er nicht antworten. Sie schloss die Tür und er ließ sich mitziehen, fort von der Tür, auf die Straße in Richtung Moorhaus. Maya begann zu rennen und er lief hinter ihr her. Peer kam sich vor wie ein Hund, der nicht verstand, aber gehorchte. Er sah, wie Mayas Haare in der Abendsonne auf und nieder flogen, und folgte ohne ein Wort.

Erst am Haus der alten Ursel kamen sie zum Stehen und rangen nach Atem. Für Peer war dies die Gelegenheit, seinen Verstand wiederzubeleben. Noch immer war ihm vollkommen unklar, warum Maya ihn geholt hatte und warum so große Eile geboten war.

Die Erklärungen, die er nun von der alten Ursel erhielt, erwiesen sich ebenfalls als wenig hilfreich. Ganz offensichtlich sollte er eine Art Nachtwache übernehmen. Maya und die Alte würden bis zum Morgen in der Kräuterkammer verschwinden, um dort etwas zu tun, was sie ihm nicht erklären konnten oder wollten. Er selbst durfte die Kräuterkammer keinesfalls betreten. Warum es einer Nachtwache bedurfte, während die beiden in der Kammer ihren Hokuspokus veranstalteten, teilte man ihm nicht mit. Allerdings mahnte ihn die alte Ursel zur Achtsamkeit und benutzte Begriffe wie *Gefahr* und *Verantwortung*. Sie umfasste sogar sein Gesicht und ließ ihn drei Mal einen Satz wiederholen:

»Ich halte die Tür verschlossen und lasse nichts und niemanden in die Kräuterkammer!«

Dann verschwand die Alte zusammen mit Maya in der Kammer. Die Tür wurde geschlossen und nach kurzer Zeit war kaum noch ein Geräusch zu vernehmen. Peer hatte das Gefühl, einer Achterbahnfahrt entstiegen zu sein. Vollkommen überrumpelt machte er sich daran, seine Gedanken zu ordnen. Mehrfach lauschte er an der Kammer. War es möglich, dass die beiden ganz einfach schliefen, während ihm eine Nachtwache zugemutet wurde? Machten sich die beiden nur über ihn lustig? Peer zuckte mit den Achseln und versuchte sich einzureden, dass ihm dies alles gleichgültig war. Gelassenheit wollte ihm allerdings nicht gelingen. Die Situation hatte etwas Demütigendes. Man nahm seine Dienste in Anspruch, hielt es aber nicht für erforderlich, ihn ins Vertrauen zu ziehen. Er sollte eine Gefahr abwehren, ohne deren Natur zu kennen. Und da war noch etwas: Peer konnte sich des unguten Gefühls nicht erwehren, dass sich mehr als zwei Personen in der Kammer befanden. Eine seltsame Stille senkte sich über das Haus im Moor. Versuchung nagte an ihm. Sicher wäre es möglich, die Tür einen winzigen Spalt breit zu öffnen und unbemerkt einen Blick ins Innere zu erhaschen. Was konnte schon so schlimm daran sein?

Es kostete einige Kraft zu widerstehen. Schließlich ließ sich Peer auf der Küchenbank nieder und aß von dem Brot, das die alte Ursel für ihn bereitgestellt hatte. Kauend stützte er die Ellenbogen auf die Tischplatte, während der Garten nach und nach in der Dunkelheit versank. Es konnte eine lange Nacht werden. Nicht einmal ein Buch hatte er bei sich. Es gab weder einen Fernseher noch ein Telefon. Irgendwo in der Nacht schrie eine Katze. Es war schon erstaunlich, was für beeindruckende Geräusche diese Tiere hervorbringen konnten. Das Geräusch wäre jedes Dschungelbewohners würdig gewesen.

Nach einer Weile fiel Peers Blick auf ein winziges Radio, das samt abgebrochener Antenne auf der Fensterbank stand. Dankbar rutschte er hinüber und legte den Schalter um. Sofort entfuhr dem Gerät ein so lautes und hässliches Rauschen und Knacken, dass er erschrocken den Stecker zog. Peer lauschte. Nichts war zu hören. Verunsichert überlegte er, welche Lautstärke ihm überhaupt gestattet war. Weder die Alte noch Maya hatten ihm darüber etwas gesagt.

Schließlich entschied Peer, dass ein wenig Radio keinen Schaden anrichten könne. Er drehte den Regler der Lautstärke so niedrig wie möglich und sah sich nach einer Steckdose um, die möglichst weit von der Kräuterkammer entfernt angebracht worden war. Unter der schmalen Holzstiege, die zur Dachkammer hinaufführte, wurde er fündig. Peer wischte den Staub an der Öffnung des Anschlusses beiseite, drückte den Stecker hinein und schaltete das Radio ein. Es gab einen dumpfen Knall, gefolgt von einem Blitz. Peer erhielt eine

Art Schlag, fuhr zurück und stieß mit dem Kopf gegen die Treppe. Alle Lichter waren erloschen. Die einzigen Ausnahmen waren die bunten Farbtupfer, die vor Peers Augen auf und nieder tanzten. Stöhnend suchte er Halt und umklammerte seinen Schädel. Er harrte aus, bis die bunten Punkte der totalen Finsternis gewichen waren. Tatsächlich stand er im Nichts. Nicht einmal sich selbst vermochte er zu erkennen.

»Es besteht kein Grund zur Sorge. Ich habe nur einen Kurzschluss verursacht!«, rief er unsicher, während seine Finger am Hinterkopf eine rasch anwachsende Beule betasteten. Es kam keine Antwort. Nur Stille und Dunkelheit.

»Wahrscheinlich bin ich erblindet!«, knurrte er vor sich hin. Natürlich war diese Bemerkung nicht ernst gemeint, doch sie schuf Raum für ungute Vorstellungen. Selbst nachdem einige Minuten verstrichen waren, ließen sich nur wenige Umrisse erahnen. Lebte die alte Ursel wirklich in so einem schwarzen Loch oder hatten seine Augen womöglich doch Schaden erlitten? Peer begann zu tasten, von der Treppe zum Tisch und vom Tisch zur Anrichte. Irgendwo dort musste sich doch eine Lichtquelle finden lassen. Peer öffnete Schubladen, betastete deren Inhalt und hielt sich Gegenstände vor die Augen. Mit jeder Enttäuschung wuchs die Ungeduld. Ein vermeintliches Feuerzeug entpuppte sich als Kugelschreiber, eine Streichholzpackung als Nadelkästchen. Ungeduld wurde zur Verzweiflung. Verzweiflung mischte sich mit Wut. Warum kam ihm niemand zu Hilfe? Hatten sie etwa nicht bemerkt, was geschehen war? Was war das nur für ein dämlicher Auftrag, den er hier angenommen hatte? Vielleicht sollte er sich einfach zur Tür tasten und nach Hause gehen. Es schien ja ohnehin niemand Notiz von ihm zu nehmen. Daheim hätte er sich auf sein Bett werfen, das Licht einschalten und die Musik aufdrehen können. Dennoch blieb er. Zum einen war es wenig verlockend, mitten in der Nacht den Weg durchs Moor entlang zu tasten. Zum anderen hatte er sein Versprechen gegeben.

»Ich halte die Tür verschlossen und lasse nichts und niemanden in die Kräuterkammer!«

Draußen schrie die verdammte Katze, als wolle sie zu einem Tiger heranwachsen, um Rehe in Stücke zu reißen.

»Also gut!«, beschloss Peer schließlich. »Ich bleibe bis zum Morgen. Ich bin nicht blind und ich halte mein Versprechen. Sobald die Sonne aufgeht, kann ich wieder sehen. Dann verlasse ich dieses verdammte Haus und seine Bewohner.«

Er ließ sich auf die Küchenbank nieder und befühlte erneut seinen Kopf. Die Dunkelheit wurde anstrengend. Sie verleitete dazu, die Augen zu schließen und die Gedanken abschweifen zu lassen. Er versuchte es mit Zählen, aber die Reihenfolge entglitt ihm. Erinnerungen umspülten seine Gedanken. Sie formten sich zu Bildern und schwebten davon.

»Du musst wachbleiben!«, ermahnte sich Peer. »Du hast versprochen, nichts und niemanden in die Kammer zu lassen.«

Was sollte das überhaupt bedeuten: nichts und niemanden? Wer wäre schon so verrückt, bei Nacht zum Moorhaus zu wandern, um in eine Kräuterkammer einzudringen.

Warum aber hatte die Alte von *nichts und niemandem* gesprochen? Hatte sie damit vielleicht Tiere gemeint? Sicher lebte die alte Hexe mit allem möglichen Viehzeug zusammen, das nach der Dämmerung aus seinen Verstecken kroch. Unbehaglich zog Peer die Beine auf die Küchenbank. Was sollte er eigentlich gegen einen Eindringling unternehmen? Einen Menschen könnte er natürlich fortschicken, aber ein kleines Tier würde unbemerkt an ihm vorüberhuschen. Oder war von gar keinem kleinen Tier die Rede gewesen?

Plötzlich gellte ein Schrei unmittelbar vor dem Küchenfenster. Peer fuhr zusammen, war aber sogleich wieder Herr seiner selbst.

»Verdammtes Katzenbiest«, knurrte er und pochte mit der Faust an die Scheibe. »Geh deiner Wege.«

Ein trotziges Fauchen antwortete ihm.

»Verschwinde!«

Wieder ein Fauchen.

Peer presste das Gesicht an die Scheibe und schirmte die Seiten mit den Händen ab. Draußen war es ein wenig heller. Ein blasser

Mondschein beleckte den Garten und enthüllte einen schauerlichen Anblick. Nebel war aufgezogen und umwaberte das Haus. Wie eine graue Schlinge zogen die Schwaden um das Gebäude. Peer war im Moor großgeworden, doch nun lief ihm ein eisiger Schauer den Rücken hinunter. Dies waren keine gewöhnlichen Dunstschwaden. Wie eine schweigende Versammlung aus blassen Gestalten umringte die graue Masse das Moorhaus. Und dann war da noch etwas: eine Bewegung, ein schwarzes Etwas, dunkler als die Finsternis der Nacht.

»Wow!« Peer fuhr zurück. Gedanken rasten durch seinen Kopf. Er fürchtete sich vor dem, was er gesehen hatte, und er empfand Scham dafür, dass er es so gesehen hatte.

»Unsinn!« Mit einem energischen Schütteln brachte er sich zur Besinnung. Gerade wollte er erneut hinausschauen, um den Spuk einer vernünftigen Erklärung zu unterwerfen, da vernahm er das Kratzen. Krallen bearbeiteten die Eingangstür. Erst war es nur ein Scharren emsiger Pfoten, doch schon bald meinte Peer zu hören, wie mächtige Klauen in das Holz gegraben wurden.

Er eilte zur Haustür, überprüfte den Riegel und trat gegen die Innenseite. »Hau ab, du Biest!«

Ein herausforderndes, kampflustiges Fauchen antwortete ihm. Konnten solche Geräusche von einer Katze kommen? Peer legte die Handfläche gegen das Türblatt und spürte die Vibration. Eine Katze musste schon eine erstaunliche Größe haben und mit ihrem gesamten Körper gegen das Holz springen, um diese Erschütterungen hervorzurufen.

Peer schlug mit der Faust gegen die Innenseite.

»Verschwinde!«

Stille.

»Fort mit dir, du Mistvieh!«

Schweigen.

»Na also!« Peer atmete tief durch und zwang sich, seinem rasenden Herzen und den aufgestellten Nackenhaaren keine Beachtung zu schenken. Ein weiterer Blick hinaus würde die Einbildungskraft unter Kontrolle bringen. Er tastete sich zur Küchenbank zurück. Die

Fensterscheibe war kalt, als er erneut mit den Händen einen Tunnel formte, um die Augen auf das Geschehen im Garten zu konzentrieren. Allein der Nebel war noch dort und hatte nichts von seinem Schrecken verloren. Bleiche Wesen mit eingefallenen Augen rückten langsam auf das Haus zu. Noch jedoch leistete Peers Vernunft Widerstand.

»Schatten«, keuchte er. »Der Mond scheint durch die Blätter der Eichen auf den Nebel und …«

In diesem Moment krachte etwas gegen die Fensterscheibe. Ein Körper oder eine riesenhafte Pranke schlug genau vor seinen Augen gegen das Glas. Peer schrie auf. Das Etwas fauchte, nein, es brüllte. Im nächsten Moment war es wieder an der Tür, kratzte, scharrte, knurrte. Peer ertastete einen Stuhl und stemmte ihn gegen die Innenseite. Der Türknauf erzitterte. Dann herrschte wieder Stille.

Kalter Schweiß rann von Peers Stirn. Hektisch begann er in der Dunkelheit nach etwas zu suchen, das ihm Sicherheit geben sollte: eine Schaufel, einen Besen oder wenigstens einen Stock. Alles was seine Finger fanden war ein Glas und ein Geschirrhandtuch.

»Dreh bloß nicht durch!«, befahl er sich. »Es kann sich nur um eine vollkommen durchgeknallte Katze und eine normale Nebelbank handeln.« Er tauchte das Handtuch in die Spüle und wrang es aus. Der Stoff lag nun schwer in seiner Hand. »Du gehst da jetzt raus, wedelst den Nebel auseinander und schüttest der blöden Mieze ein Glas Wasser über den Pelz. Und wenn gar nichts hilft, brätst du ihr mit dem Handtuch eins über!«

Der Plan bedurfte einer kurzen Vorbereitung. Schließlich hatte Peer sich gesammelt. Mit dem Glas in der linken und dem getränkten Tuch in der rechten Hand schritt er zur Tür. Er schob den Stuhl beiseite und öffnete.

Kühle Feuchtigkeit schlug ihm entgegen. Das schwarze Biest war weder zu hören noch zu sehen. Nur die Nebelwand bot ihm schweigend die Stirn. Graue Gestalten hielten sich bei den Händen und rückten mit schwarzen, weit geöffneten Mündern vor. Peer starrte ihnen entgegen. Noch war sein Wille nicht erloschen. Er zwang sich, die hohlen Augen als Schatten zu verstehen, und suchte nach den Umrissen von Zweigen und Blättern. Grimmig umklammerte er das Handtuch, bereit, die Schwaden auseinanderzutreiben. Er wollte gerade ausholen, als die schwarze Bestie zuschlug. Ein Leib, eine Tatze, eine Pranke schlug gegen sein Gesicht. Krallen gruben sich in seine Wange. Peer taumelte gegen die Hauswand. Das Glas in seiner Hand zerbrach. Ein zweiter Aufprall traf ihn an der Schulter. Das Etwas brüllte, Peer schlug um sich. Panisch stolperte er ins Haus und stürzte in der Dunkelheit über den Stuhl. Seine Schläfe stieß hart gegen eine Wand. Dicht hinter ihm schwoll das Fauchen zu einem Triumphschrei an. Er rappelte sich auf. War das Biest bereits im Haus? Hastig trat Peer den Stuhl in Richtung Eingang. Ein wütendes Zischen bestätigte, dass er getroffen hatte. Blind das Handtuch schwenkend stürzte er vor, stieß den Stuhl beiseite und schlug die Tür zu. Auf der anderen Seite brach ein tollwütiges Inferno los. Es fauchte und brüllte, es scharrte und kratzte. Klauen bearbeiteten das Holz.

Mit letzter Kraft verkeilte Peer den Stuhl unter dem Türgriff. Ihm wurde übel. Etwas Warmes tropfte von seinem Gesicht und lief über seine Hand. War sein Hemd nass? Nass vor Blut?

Die Angriffe gegen die Tür steigerten sich in Raserei.

Peer rutschte rückwärts den Flur entlang. Irgendwo hinter ihm musste sich der Eingang zur Kräuterkammer befinden. Er schmeckte Blut auf den Lippen und vor seinen Augen formte sich das Bild gewaltiger Risse, die sein Gesicht durchzogen. Als er die Kammer erreichte, stemmte er sich mit dem Rücken gegen den Türrahmen.

»Ich halte die Tür verschlossen und lasse nichts und niemanden in die Kräuterkammer!«, stöhnte er und umklammerte das Handtuch. Nebelschwaden schienen unter der Tür hindurch ins Haus zu strömen. Langsam krochen sie über die Bodenschwellen auf ihn zu.

»Ich halte die Tür verschlossen und lasse nichts und niemanden in die Kräuterkammer!«, ächzte Peer, während seine Sinne zu schwinden begannen.

Die Stunde der Dämonen

Ich brauche Hilfe«, rief Maya und stemmte sich gegen die Innenseite der Tür.

Mühsam kamen ihre Begleiter auf die Beine. Gemeinsam vermochten sie die Tür der Kräuterkammer einen Spalt weit zu öffnen. Im Wohnraum bot sich ihnen ein dramatisches Bild. Peer lag besinnungslos neben einem umgestürzten Stuhl. Gesicht und Hände waren blutverkrustet. Tiefe Kratzspuren liefen über seine Wange. Zudem prangte eine ansehnliche Platzwunde über seiner Augenbraue. Glassplitter waren verstreut und ein nasses Handtuch lag auf seiner Brust.

»Schleicher?«, fragte Maya, während sie ein weiteres Tuch befeuchtete und vorsichtig damit begann, Peers Gesicht zu reinigen.

»Schleicher!«, bestätigte die Großmutter, bevor sie die Hand des Jungen ergriff und mit geschlossenen Augen einen Singsang zu murmeln begann.

Fidelius war über sie hinweggesprungen und zum Fenster geeilt.

»Die Nebelwesen, sie haben das Haus umstellt«, knurrte er und bleckte die Zähne.

»Was?« Die alte Heilerin schnellte in die Höhe. »Sie haben es gewagt, meinen Garten zu betreten?« Wutentbrannt wollte sie zur Haustür stampfen, als sich Bartholomäus' Stimme erhob: »Zurück, Heilerin!«, befahl er. »Hier habe ich den Vortritt. Dies ist die Stunde der Dämonen.«

Augenblicklich blieb die Alte stehen. Bescheiden trat sie beiseite und öffnete die Tür.

»Ich danke dir!«, flüsterte sie mit gesenktem Blick.

Mit einem wütenden Krächzen trat Bartholomäus ins Freie. Der

Nebel wich vor ihm zurück, als ob eine Druckwelle von ihm ausginge. Seine Schwingen durchpflügten die Luft und die grauen Massen wurden in die Zweige und Gräser des Gartens gewirbelt. Der Uhu stieß einen Schrei aus, hob vom Boden ab und war verschwunden. Fidelius sprang ihm nach. Auf der Türschwelle wendete er kurz den Kopf.

»Wir lassen es euch wissen, wenn alles vorüber ist«, bemerkte er.

»Was geschieht hier?«, fragte Maya verwirrt.

»Na was schon?«, knurrte der Otter. »Wir töten Schleicher oder werden selbst getötet. Aber wenn du mich fragst, Heilertochter, dann wird Schleicher sein Ende finden. Meine Zuversicht bleibt ungebrochen.«

Dann war auch er verschwunden.

»Und was tun wir?« Maya wendete sich zu ihrer Großmutter.

»Wir kümmern uns um diesen armen Jungen und warten«, entschied die Alte und schloss müde die Tür.

So geschah es. Maya wusch Peer das Gesicht und die Hände. Dann machte sie sich daran, die Glassplitter aus seiner Haut zu entfernen. Die Kratzer auf Peers Wange bestrich sie mit Salbe. Ihre Großmutter setzte einen Tee auf, dessen bloßer Geruch die Augen reizte. Als das Getränk ein wenig abgekühlt war, begann Maya damit, das Gebräu mit einem Löffel in Peers Mund zu befördern. Unterdessen ergriff die alte Ursel erneut dessen Hand und stimmte ihren Singsang an.

Nur zweimal hielten sie inne. Unweit des Hauses gellten Schreie durch den Morgendunst. Es waren hässliche, wütende Laute und sie kündeten von Zorn, Schmerz und Tod.

Erschrocken sah Maya zu ihrer Großmutter, doch die Alte legte einen Finger auf die Lippen.

»Es gibt nur wenige Worte dafür, wenn Dämonen kämpfen, und es wäre nicht gut, die falschen zu gebrauchen.«

Zwei Mal brandete der Widerhall des Kampfes heran. Zwei Mal konnte Maya das Blut in ihren Ohren trommeln hören. Dann erstarb das Getöse mit einem letzten klagenden Stöhnen.

Schließlich herrschte Stille. Es war, als hielte das Moor selbst den Atem an.

Sie warteten. Peer wurde auf die Küchenbank gewuchtet. Sie warteten. Peer murmelte unverständliche Worte. Sie warteten. Maya bettete Peers Kopf auf ein Kissen und sie warteten.

Endlich erklang eine Stimme: »Hätte jemand die Güte, mir zu öffnen?«

»Fidelius!« Maya stürzte zur Tür und der Otter betrat den Wohnraum. Sein Fell war zerzaust und er zog eine Pfote nach.

»Du bist verwundet!«, rief Maya.

»Es ist nichts«, entgegnete Fidelius. »Allerdings dürfte ich Bartholomäus keine große Hilfe gewesen sein.« Er blickte zu dem immer noch regungslosen Peer hinüber. »Erinnere dich daran, dass Dämonen ihre Macht aus den Gefühlen der Menschen gewinnen. Was immer heute Nacht hier geschehen ist, die Ängste, die dieser Junge durchgestanden hat, müssen gewaltig gewesen sein.«

»Was ist mit Schleicher? Wie geht es Bartholomäus?«, fragte die alte Ursel.

»Der eine ist vergangen, der andere erwartet dich im Garten.«

Mit einem Ruck kam die Alte auf die Beine, doch Fidelius versperrte ihr für einen kurzen Moment den Weg.

»Friedensstimme!«, begann er. »Du bist eine weise Heilerin und ein wahrlich mächtiger Dämon hat sich mit dir verbunden. Doch bedenke: Streichers Ende hatte seinen Preis und es war Bartholomäus, der dafür aufgekommen ist.«

Die Alte nickte, strich dem Otter zärtlich durch das Fell und eilte hinaus.

»Darf ich mich um deine Pfote kümmern?«, fragte Maya unsicher.

»Ich bitte darum«, bemerkte Fidelius und streckte sich genüsslich neben dem vor sich hinmurmelnden Peer auf dem Küchentisch aus.

Maya zerstampfte eilig einige Kräuter, goss Öl darüber und verrieb die Mischung auf Fidelius' Hinterlauf. Anschließend massierte sie ihm das Bein und unterbrach diese Tätigkeit nur, um Peer einen weiteren Löffel mit Tee in den Mund zu schieben. All dies geschah schweigend.

Maya hatte keine Worte. Sie war überwältigt von der rasenden Geschwindigkeit der Ereignisse. Der Abschied von Fatmir, die Begegnung mit Smert, Peers bedauernswerter Zustand, der unerwartete Kampf mit Schleicher. Bilder und Gefühle wirbelten durch Mayas Geist, ohne sich durch Worte bändigen zu lassen. Zudem erwachte etwas, das für kurze Zeit verdrängt worden war: die Sorge um ihre Mutter. Smert hatte sie passieren lassen. Sie war das Verräterkind und hatte die Geschichte verändert. Aber welche Auswirkungen hatte dieser Wandel auf das Schicksal ihrer Mutter gehabt? War sie überhaupt noch am Leben?

War vielleicht alles vergebens gewesen?

»Vertrauen, Heilertochter, Vertrauen«, schnaufte Fidelius, der ihre Gedanken las. »Was du tun konntest, hast du getan.«

In diesem Moment betrat die alte Ursel die Wohnküche. Sie hatte ein Tuch um den Unterarm geschlungen, damit Bartholomäus mit seinen Fängen darauf Platz nehmen konnte. Einen weiteren Stoff hatte sie um den Leib des Uhus geschlungen. Trotz dieser Verhüllung konnte Maya erkennen, dass die Federn des Dämons ergraut waren. Die Augen hielt Bartholomäus geschlossen.

Die Alte wollte gerade in der Kräuterkammer verschwinden, als Fidelius erneut die Stimme erhob.

»Wenn du erlaubst, werde ich bei deinem Dämon wachen, Friedensstimme! Der Junge hier wird in Kürze zu sich kommen und ich denke, es wäre das Beste, wenn ich dann verschwunden bin.«

Das Vermächtnis von al-Kamil

Wenig später kauerte Peer auf der Küchenbank und starrte in seinen Becher hinein. Den Aufforderungen, wieder und wieder einen Schluck von dem übel riechenden Gebräu herunterzuschlucken, kam er schweigend nach. Minuten vergingen, bevor die ersten Worte über seine Lippen kamen.

»Ich habe wohl mal wieder alles falsch gemacht.«

»Unsinn, mein Junge«, knurrte die alte Ursel. »Du hast dich wacker geschlagen und es gibt nicht viele, die das in vergleichbaren Situationen von sich behaupten können. Trink jetzt deinen Tee und sei stolz auf dich.«

Peer nippte kurz an seinem Becher, schüttelte dann aber den Kopf.

»Das ist nett von Ihnen«, flüsterte er, »aber ich bin leider nur feige und nicht blöd. Ich bin der Feigling, den eine Katze in Panik versetzen konnte. Mal wieder bin ich der Grund dafür, dass alle traurig sind. Ich verstehe nicht genau, was geschehen ist, aber dass ich es vermasselt habe, ist offensichtlich.«

Maya stürzte um den Tisch herum und griff energisch Peers Hände.

»Aber das stimmt wirklich nicht«, rief sie und versuchte einen Blick auf Peers abgewandtes Gesicht zu erhaschen. »Du bist wirklich sehr tapfer gewesen, Peer. Wir können es dir nicht erklären, aber du bist nicht der Grund dafür, dass wir niedergeschlagen sind. Bitte vertrau mir: du warst nicht feige. Du hast alles richtig gemacht.«

Es war, als habe Peer sie nicht einmal gehört. »Darf ich jetzt nach Hause gehen?«, flüsterte er. »Ich möchte einfach nur allein sein!«

»Geduld, mein Junge, Geduld«, entgegnete die alte Ursel. »Wenn du diesen Becher ganz ausgetrunken hast und die Sonne vollständig aufgegangen ist, dann kannst du gehen.«

Peer trank einen großen Schluck, ohne den Blick zu heben. Alles an ihm verriet, wie sehr er sich davonwünschte.

Ein unerwartetes Geräusch beendete sein Leiden. Der Schall einer Autohupe durchschnitt die Morgenluft. Das Signal wiederholte sich und jemand rief Mayas Namen.

Als sie aus dem Fenster sahen, lief Benita durch den Morgendunst auf das Haus zu.

»Maya, Maya, du musst mal kommen, schnell. Ich nehme dich mit zu Pastorenhaus. Hier kein Fernsehen, kein Internet. Komm, du musst haben Neuigkeiten.«

Als Maya ins Freie trat, zog Benita sie sogleich mit sich fort. Der alten Ursel gelang es gerade noch, Peer auf dem Rücksitz des Wagens zu platzieren, dann brauste Benita unablässig redend mit ihnen davon. Mayas Gefühle fuhren Achterbahn und sie konnte Benitas aufgeregtem Redeschwall keinen rechten Sinn abgewinnen. Peer hingegen schien genau zu verstehen. Nachdem Benita ihren Wagen mit einer harten Bremsung vor Peers Haus zum Stehen gebracht hatte, kletterte er wie ein geprügelter Hund von der Rückbank, drehte sich dann aber noch einmal zu Maya um:

»Ich hatte von dieser gemeinen Entführung gar nichts mitbekommen. So wie es aussieht, hat das Auswärtige Amt wohl recht behalten.«

Peer schlug die Wagentür zu und Benita brauste davon.

»Auswärtiges Amt! Recht behalten!« Mayas Gedanken drehten sich in der Geschwindigkeit der Wagenreifen.

Am Pfarrhaus angekommen sprang sie aus dem Auto und stürmte durch die offenstehende Haustür ins Wohnzimmer. Ein aufgeklapptes Notebook stand auf dem Esstisch. Auch der Fernseher war eingeschaltet und ein Videotext ließ die neuesten Nachrichten über den Bildschirm laufen. Annikas Eltern standen schweigend zwischen den Geräten. Benita trat zu ihnen.

Maya machte vor dem Fernsehgerät halt. Sie atmete tief durch und zwang sich, den Text zu lesen.

+++ Regierungskoalition lehnt Steuererhöhungen entschieden ab +++ Waldbrände in Spanien und Portugal noch nicht unter Kontrolle +++ neue Technik ermöglicht medizinischen Durchbruch +++ Festsetzung von Meeresbiologen unproblematisch beendet +++ Regierungskoalition lehnt Steuererhöhungen entschieden ab +++ Waldbrände in Spanien und Portugal noch nicht unter Kontrolle +++ neue Technik ermöglicht medizinischen Durchbruch +++ Festsetzung von Meeresbiologen unproblematisch beendet +++

Maya erschauderte.

»Festsetzung von Meeresbiologen unproblematisch beendet. Festsetzung von Meeresbiologen unproblematisch beendet«, wiederholte Maya laut und blickte zu Annikas Eltern.

Mit einem Lächeln deutete Pastor Mundschenk auf das Notebook. »Die Nachricht ist noch sehr frisch, aber zumindest einen Bericht habe ich finden können. Es steht rechts unten bei den Kurzmeldungen.«

Das Display zeigte die Startseite eines Nachrichtenmagazins. Maya beugte sich über den Bildschirm. Ihre Stimme zitterte, als sie laut zu lesen begann: »Meeresforscher können ihre Mission fortsetzen. Das Auswärtige Amt sieht sich in seiner Einschätzung bestätigt. Wissenschaftler bedanken sich für die faire Behandlung.«

»Schau nach, ob du schon persönliche Nachrichten hast«, schlug Annikas Mutter vor.

Wenige Eingaben genügten und Maya hatte ihre Mailbox geöffnet. Zwei Nachrichten waren weniger als eine Stunde alt. Mayas Augen rasten über die Zeilen. Die erste Nachricht war eindeutig von Annika.

Hurra, hurra, ich hatte recht und alles wird gut! Ein Kommando, das den Namen al-Kamil trägt, hätte deiner Mutter nie etwas angetan. Ich denk an dich, Annika ☺

Die zweite Nachricht war länger:

Liebe Maya,
es tut mir so leid, wenn du dir Sorgen gemacht hast. Es ist aber alles gut. Der Kommandant des Patrouillenschiffes heißt Masut und lässt dich grüßen. Er hat selbst einen Sohn in deinem Alter (er heißt Farack, Fatmir oder so) und möchte nicht, dass du Angst hast. In diesen Gewässern wird Erdöl vermutet. Immer wieder versuchen internationale Firmen heimlich Gesteinsproben zu entnehmen. Hinzu kommen Spione aus allen Teilen der Welt. Wir stehen aber nicht mehr unter Verdacht. In sechs bis acht Stunden sind wir wieder in internationalen Gewässern, dann kann ich telefonieren und werde gleich bei Annikas Eltern anrufen. Alles Liebe dieser Welt, Mama!

»Mama!« Das war das Wort, das die Spannung löste. Tränen rannen über Mayas Wangen, als sie sich mit einer hilflosen Geste zu den Wartenden umdrehte.

»Ist gut, dass du endlich kannst weinen. Ich hab schon angefangen alleine«, schluchzte Benita und schloss Maya in die Arme. Später konnte Maya sich nicht mehr genau an die folgenden Minuten erinnern. Sie wusste nur, dass alle Vier gemeinsam lachten, weinten und einander in die Arme schlossen. Selbst Pastor Mundschenk ließ sich dazu hinreißen, Maya zu drücken und ihr einen Kuss auf die Stirn zu geben. Benita hingegen überschüttete sie mit Liebkosungen und tanzte mit dem Mädchen durchs Zimmer. Am längsten jedoch verweilte Maya bei Frau Mundschenk, und fast war es, als könne sie ihre eigene Mutter in die Arme schließen. Dies war der Ort, um sich fallen zu lassen. Die Angst um ihre Mutter, Smert, Bartholomäus, Fatmir, Peer – all dies durfte ausgedrückt werden, ohne ausgesprochen werden zu müssen. Wer auf die Idee gekommen war, eine Flasche Sekt zu öffnen, spielte keine Rolle. In jedem Fall saß Maya schließlich zwischen den beiden Frauen auf dem Sofa und trank zum ersten Mal in ihrem Leben mehrere Gläser Schampus hintereinander.

Als schließlich eine beseelte Ruhe eintrat, trat Pastor Mundschenk einen Schritt vor. Er räusperte sich und klopfte mit einem Kugelschreiber an sein Glas.

»Es mag ja etwas steif wirken, aber ich möchte einen Toast ausbringen«, begann er. »Ich trinke auf das Vermächtnis von Sultan al-Kamil. Einen Mann, dem wir es verdanken, dass die Geschichte der Kreuzzüge nicht nur mit Grausamkeiten und Blutvergießen verbunden ist. Einen Mann, der die Klugheit und den Mut besaß, an einen friedlichen Ausgleich zwischen den Kulturen zu glauben. Ein leuchtendes Vorbild, an dem sich viele ein Beispiel nehmen sollten.«

»Ja, ist richtig, wenn man hat Vertrauen in das Gute und nicht ist für diese dumme Krieg für Glauben!«, sagte Benita und stürzte ihr Glas hinunter.

»Vollkommen richtig«, bemerkte Frau Mundschenk, »allerdings ist jetzt nicht die Zeit zum Predigen.«

»Nein, nein!«, beeilte sich Maya zu unterbrechen. »Sie haben mir wirklich aus der Seele gesprochen. Vielen Dank.« Sie stand auf und stieß mit Annikas Vater an.

Nun war es der Pastor, der verlegen dreinblickte.

»Also dann«, begann er. »Ich schlage vor, dass ich rasch zur alten Ursel fahre und auch ihr die guten Neuigkeiten überbringe. Du, Maya, willst sicher noch eine Weile bleiben und alle Nachrichten studieren, die im Laufe des Morgens zu lesen und zu hören sind.«

So geschah es. Pastor Mundschenk fuhr fort und kehrte zurück. Maya durchsuchte die Internetseiten zahlreicher Nachrichtendienste und verfolgte gleichzeitig einen Nachrichtensender im Fernsehen. Längst war der Sekt durch schwarzen Kaffee ersetzt worden.

»Echte Kaffee, nicht diese milchige, kalte Etwas!«, bemerkte Benita, während sie die Kanne auf den Tisch stellte.

Als Maya die zehnte Bestätigung dafür gefunden hatte, dass sich ihre Mutter wieder auf freiem Fuß befand, formte sich in ihr ein Gedanke, der nach einer sofortigen Überprüfung verlangte. Erneut rief sie ihr digitales Postfach auf. Die letzten beiden Nachrichten waren unverändert. Auch Annikas Nachrichten vom Vortag waren noch vorhanden. Allerdings hatte sich der Inhalt des Schreibens auf wundersame Weise gewandelt:

Liebe Maya,
sicher reden gerade alle auf dich ein und sagen dir, dass du dir keine Sorgen machen sollst. Das hilft dir wahrscheinlich wenig. Ich habe daher alles nachgelesen, was ich aus dem Internet gewinnen konnte. Also: al-Kamil war ein Sultan, über den viele verschiedene Dinge geschrieben werden. Allerdings wird übereinstimmend von einem Ereignis berichtet, das Grund zur Hoffnung gibt. Al-Kamil hat mit Friedrich II. eine friedliche Lösung im Streit um Jerusalem gefunden. Es wurde ein Waffenstillstand ausgehandelt, der beiden Glaubensgemeinschaften freien Zugang zu ihren heiligen Stätten gewährte. Durch die Weisheit beider Herrscher wurde der Kreuzzug Friedrichs II. zum einzigen unblutigen Kreuzzug der Geschichte. Al-Kamil steht also nicht für Hass, sondern für Vernunft und für die Bereitschaft zur friedlichen Verständigung. Das Auswärtige Amt dürfte mit seiner Entwarnung also richtig liegen. Friedliche Wissenschaftler werden nicht in Gefahr sein. Sobald wir mehr wissen, melde ich mich wieder. Kopf hoch! Annika.

Maya las Annikas Schreiben drei Mal und schaute nach, ob die alten Formulierungen an anderer Stelle zu finden waren – vergebens. Zudem stimmte der Zeitpunkt beider Schreiben eindeutig überein. Dann kam ihr die Idee, die Pressemeldungen des vergangenen Tages nachzulesen. Auch dort war eine enorme Veränderung vor sich gegangen. Vokabeln wie »Geiseln«, »Hinrichtung« oder »Vergeltung« waren nicht zu finden. Stattdessen las Maya von »Verhaftung«, »Überprüfung« und »Bestrafung«. Ähnlich verhielt es sich mit dem Foto, das Maya so erschreckt hatte. Noch immer saß die Besatzung des Forschungsschiffes gegen die Bordwand gelehnt, doch niemandem war etwas über den Kopf gezogen worden. Die Situation wirkte angespannt, aber nicht respektlos. Waffen waren kaum zu erkennen, dafür aber Wasserflaschen, die den Gefangenen überreicht worden waren. Mayas Mutter saß neben Michael, der schützend einen Arm um sie gelegt hatte. Von einem Krisenstab des Auswärtigen Amts war nichts mehr zu lesen. Lediglich ein Sprecher hatte verkündet, dass man darauf vertraue, dass die Wissenschaftler nur überprüft würden und dass sich die betroffenen Staaten einig seien, auch weiterhin eine Kultur der wechselseitigen Wertschätzung pflegen zu wollen.

Mit einem Seufzer ließ sich Maya in das Sofa sinken. »Es ist, als wäre nichts gewesen!«

Annikas Mutter schaute durch den Rahmen der Küchentür. »Ja, vielleicht haben wir uns alle ein wenig in unsere Ängste hineingesteigert. Ich muss gestehen, dass ich die Meldungen von gestern viel dramatischer in Erinnerung hatte. Manchmal verselbständigen sich unsere Befürchtungen.«

»Ich schäme mich ein bisschen«, sagte Maya leise.

»Unsinn«, erklärte Frau Mundschenk ernst. »Schließlich hat es in der Vergangenheit vergleichbare Fälle gegeben, die einen weniger guten Ausgang genommen haben. Du konntest ja nicht wissen, dass sich die Gruppe, die deine Mutter festgesetzt hat, einem so positiven Vorbild verpflichtet sieht. Vielleicht sollten wir uns alle mehr mit diesem Sultan al-Kamil auseinandersetzen.«

»Das stimmt!«, bestätigte Maya. »Auch die Berater des Kaisers und des Sultans sollten nicht vergessen werden. Es gab da einen Fürsten namens Fahr ad-Din. Sein Einsatz sollte uns in Erinnerung bleiben.«

»Das klingt, als hättest du dich bereits intensiv mit dem Fünften Kreuzzug beschäftigt«, staunte Frau Mundschenk.

»Oh, das habe ich«, seufzte Maya, »das habe ich!«

Die Heilerin vom Schattenmoor

Am späten Vormittag schlenderte Maya durch das Dorf zum Moor. Sie hatte darum gebeten und die Erwachsenen ließen sie schließlich ziehen. Der Sturm in Mayas Kopf hatte sich gelegt. Ängste, Sorgen und Überlegungen sanken wie Wrackteile auf den Grund einer zur Ruhe kommenden See. Maya ging langsam. Es erschien ihr angemessen. Die Größe der Ereignisse verdiente eine gewisse Entschleunigung. Der warme Sonnenschein, die Sumpfgewächse, der Duft von feuchter Erde, all dies schien unverändert, doch sie selbst war eine andere. Smert hatte sie Verräterkind genannt. Sie hatte ihre Mutter gerettet und den Lauf der Geschichte verändert. Der Wandel schien Gutes bewirkt zu haben. Ein Zeichen von Hoffnung in einer von Misstrauen und Gewalt überschatteten Welt. Doch noch war nicht klar, wer wie viel dafür hatte geben müssen.

An den Moorwiesen angelangt krempelte Maya ihre Hose hoch und ließ ihre Beine in einen Bach baumeln. Erschöpft streckte sie sich aus und schloss die Augen. Es dauerte nicht lange und er war bei ihr. Sie hatte kein Geräusch gehört, keinen Spritzer auf der Haut gespürt und doch wusste sie, dass er gekommen war.

»Geht es deiner Pfote besser?«, fragte Maya, ohne die Augen zu öffnen.

»Sie ist wie neu!«, antwortete Fidelius.

»Und Bartholomäus?«

»Nun, einige Wunden werden bleiben.«

»Was bedeutet das?«

»Das bedeutet, dass er nur noch wenige dämonische Kräfte besitzt. Er wird älter werden und sterben.«

»Aber das ist furchtbar!« Maja riss die Augen auf.

»Langsam, langsam, Heilertochter!«, erwiderte der Otter und strich seine Tasthaare zurecht. »Ich habe nicht gesagt, dass er sofort sterben wird. Er hat noch immer eine längere Lebenserwartung als die meisten Uhus, die gerade aus dem Ei geschlüpft sind.«

»Aber er wird sterben?«

»Müssen wir das nicht alle? Der Wert des Lebens wird nicht durch seine Länge bestimmt. Das Wunder besteht darin, dass das Leben überhaupt stattfindet. Bartholomäus hat deine Großmutter erwählt und damit der Unsterblichkeit entsagt. Mit ihrem Tod wird auch sein langes Leben ein Ende finden. Der Kampf mit Schleicher hat diesen Prozess nur beschleunigt. Ich habe mich mit dir verbunden. Wenn du stirbst, vergehe auch ich.«

Maya suchte nach den richtigen Worten. »Ich fühle mich irgendwie schuldig.«

»Das ist Unfug«, paffte Fidelius und wälzte sich genüsslich im Gras. »Ein normaler Otter wird selten mehr als dreizehn Jahre alt. Wenn du ein wenig Acht auf dich gibst, und dafür werde ich sorgen, können wir beide leicht noch in sechzig oder siebzig Jahren hier sitzen. Und was Bartholomäus betrifft: Es war seine freie Entscheidung, gegen Schleicher zu kämpfen. Er hielt es für richtig. Für ihn war es ein sinnvolles Opfer. Genau darum geht es, verstehst du? Es ist nicht die Anzahl an Jahren, die unser Leben wertvoll machen. Es ist der Sinn, den wir unserem Dasein verleihen. Vergiss nicht, dass Bartholomäus aus der Verzweiflung geboren wurde. Es hat über zweitausend Jahre gedauert, bis er bei deiner Großmutter Frieden finden konnte. Zudem hat er deine Begabungen früh erkannt. Bartholomäus war überzeugt davon, dass du viel Gutes in die Welt tragen kannst und er war stets bereit, dich zu verteidigen. Heute Nacht war er überzeugt von dem, was er tat, und er bedauert es nicht, seine Kräfte geopfert zu haben.«

»Aber welche Folgen hat es, wenn Bartholomäus kein mächtiger Dämon mehr ist?«, fragte Maya vorsichtig.

»Nun ja. Ich befürchte, dass er die Fähigkeit eingebüßt hat, durch die Welten zu wandern«, bemerkte der Otter.

»Das ist schlimm!«, überlegte Maya, während sie sich aufsetzte. »Einige Krankheiten können nur auf diese Weise geheilt werden. Wer soll nun helfen, wenn es hart auf hart kommt?«

Fidelius ließ ein abfälliges Paffen hören. »Da fragst du noch? Wir natürlich!«

»Wir?«

»Selbstverständlich! Du bist jetzt die Weltenwanderin des Schattenmoors. Deine Großmutter wird auch weiterhin mit Kräutern und Gesängen helfen können. Die Grenze zwischen den Welten hat sie jedoch zum letzten Mal überschritten. Wir sind es, die von nun an diese Verantwortung tragen.«

»Ich bin gerade erst sechzehn!«, stotterte Maya.

»Na und? Ich bin noch keine hundert Jahre alt. Für einen Dämon ist das auch nicht gerade beeindruckend.«

»Ich weiß nicht, ob ich das kann«, stöhnte Maya und ließ sich zurück ins Gras sinken.

»Wir!«, verbesserte sie Fidelius. Mit einer flinken Bewegung sprang er auf Mayas Oberkörper. Sein struppiger Kopf mit den schwarzen Knopfaugen thronte über Mayas Gesicht. Es war ein possierlicher Anblick, obwohl seinem Maul ein intensiver Fischgeruch entströmte. »Es ist nun wirklich keine Prahlerei, wenn man betont, dass wir bei unserem ersten Einsatz ganz hervorragende Arbeit geleistet haben«, fügte er mit einem kecken Grinsen hinzu. »Gemeinsam, Heilertochter, werden wir alle Herausforderungen meistern!«

»Das wird sicher ein schwerer Weg!«, antwortete Maya und strich dem Otter durch das feuchte Fell.

»Sicher«, bestätigte Fidelius und rekelte sich genüsslich. »Aber blutige Anfänger darf man uns auch nicht mehr nennen. Zudem müssen wir ja nicht täglich durch die Welten wandern. Unsere Stärke ist es, Vertrauen und Zuversicht zu verbreiten. Und damit können wir hier und jetzt anfangen.«

»Jetzt gleich?«, staunte Maya.

»Natürlich!«

»Was meinst du damit?«

»Ich will damit sagen«, begann Fidelius und ließ sich von Maya herunterrollen, »dass ich nun zu meiner Familie in die Mühle zurückkehre und du einen Brief schreiben wirst.«

»Einen Brief?«

»Selbstverständlich. Wozu soll das Papier sonst gut sein, das du noch immer mit dir herumschleppst?«

Maya griff in ihre Hosentasche und zog staunend das hauchdünne Luftpostpapier und einen Schreiber heraus. Eine Ewigkeit schien seit dem Gespräch mit Annika vergangen zu sein.

»Ein Brief kann noch so dünn sein und doch ein großes Gewicht besitzen«, bemerkte Fidelius im gespielt strengen Tonfall. »Du weißt hoffentlich, an wen du zu schreiben hast?«

Maya nickte.

»Dann ist es gut«, pfiff der Otter vergnügt, glitt ins Wasser und tauchte davon.

Maya lächelte ihm nach. Natürlich wusste sie, für wen der Brief bestimmt war. Sogar die richtigen Worte kamen ihr wie von selbst.

Wenige Minuten später stand sie vor Peers Haus. Sie hätte klopfen können, hielt es aber für besser, den Brief unter der Tür hindurchzuschieben.

Davonschlendernd stellte sich Maya vor, wie Peer ihre Handschrift las:

Lieber Peer,
weißt du noch, wie du mir gesagt hast, dass meine Geheimnisse bei dir sicher seien? Dir würde ohnehin niemand glauben, hast du gesagt. Nun, das stimmt nicht: Ich glaube dir und zwar immer mehr, jeden Tag.

Die Wanderheiler

Bereits erschienen:

Maya und die Kunst der Weltenwanderer

In Vorbereitung:

Maya und das Schicksal der Zeit

Markus Tiedemann (geb. 1970) studierte Philosophie, Psychologie, Geschichte und Erziehungswissenschaften. Nach dem Studium arbeitete er zwölf Jahre als Lehrer und Fachseminarleiter in Hamburg. Er lehrte als Professor für Philosophie und Philosophiedidaktik an der Johannes Gutenberg Universität in Mainz, der Freien Universität Berlin und folgte dann einem Ruf an die TU Dresden. Zu seinen Arbeitsschwerpunkten zählen u. a. Philosophiedidaktik, Philosophieren mit Kindern und die Möglichkeit ethischer Orientierung in der Moderne.

Die Wanderheiler. Maya und der Fünfte Kreuzzug ist die Fortsetzung seines 2012 erschienenen Jugendromans *Maya und die Kunst der Weltenwanderer.* Zu seinen ersten Leserinnen gehörte seine Tochter Lina (geb. 1997), die die Illustrationen zu den Büchern zeichnete. Ebenfalls beim Olms Verlag ist sein erstes Jugendbuch erschienen: *Prinzessin Metaphysika. Eine fantastische Reise durch die Philosophie.*